眠狂四郎無情控　下

柴田錬三郎

集英社文庫

目次

眠狂四郎無情控

下巻

伊勢詣《まい》りの犬

一

当時——。

江戸っ子の愉《たの》しみといえば、いわゆる「悪所」がよいが、まず挙げられた。「悪所」というのは、吉原はじめ岡場所などの遊女町と、中村《なかむら》、市村《いちむら》、守田《もりた》の三座をはじめとする芝居小屋を指す。

しかし「悪所」がよいは、庶民のうちの幾パーセントかに限られていた。江戸っ子の大半が経験する愉しみといえば、祭礼とお伊勢詣りであった。

まず、祭礼だが、江戸の二大祭は、山王祭と神田祭であった。

山王《さんのう》・神田は、祭礼が隔年に行われたため、双方の競争が激しくなった。

山車《だし》の数は、山王が四十五本、神田が三十六本、それに附随する踊り屋台は無数であり、祭りの年番にあたった町では、費用を惜しまず、趣向をこらした。文政《ぶんせい》に入ってから、殊に盛んになり、同三年の年番が、金持の集まっている日本橋通り一、二丁目にあたるや、その二カ町で、四千八百両を投じた。爾来《じらい》、祭礼は年毎《ごと》に派手になった。

須田町の大工の棟梁《とうりょう》は、娘を神田祭の踊り屋台に出したが、その借金返済のために、祭りの翌日、娘を吉原へ売った。それでも足りないので、女房も、宿場女郎に売りとばしてしまった。

また、小石川《こいしかわ》の富坂《とみさか》に住む古着屋は、祭りに出る着物をつくるために、女房を吉原へ売り、当日は思う存分にねり歩いた挙句、この身装《みなり》を見せたい、といって、売った女房を買いに行った、という。

祭礼に対する熱狂ぶりは、このように異常なものであったが、また、江戸っ子が一生に一度は必ずやらねばならぬ、と思いきめているのが、お伊勢詣りであった。

この費用をつくるためにも、また、女房や娘を、女郎に売りとばす者が、年に二人や三人は現われた。

これは、必ずしも、庶民の信仰のあつさを示すものではなかった。地獄・極楽の仏説があまねく信じられていたわけではなく、因果応報をおそれる気持もうすらぎ、信仰はいわば慣習的なものになっていた。

現世加護の利益を得るために、安産祈念に観音を信じ、育児の安全に地蔵をおがみ、幸福利益を欲して大師を念ずるのは、もっぱら、婦女子のつとめになっていた。

ただ――。

男どもが、伊勢と京畿の名祠《めいし》仏閣を巡拝するために、必ず一生一度は、江戸を出るのは、旅の愉しみをもとめたからである。

すなわち。

泊り泊りの宿駅で、道中女を買う——その愉しみであった。

十返舎一九《じっぺんしゃいっく》の『東海道中膝栗毛《ひざくりげ》』が、洛陽《らくよう》の紙価をたかめて、二十年間も、続篇を書きつづけられたのも、行くさきざきで、旅の恥はかきすて、という記事を売りものにしたからである。

旅籠《はたご》には、留女、飯盛がいたし、どんな小さな宿場にも女郎屋があって、小格子から呼びとめていたし、物蔭《ものかげ》には、鼠《ねずみ》なきする夜鷹《よたか》・惣嫁《そうか》がいたし、路傍には瞽女《ごぜ》がいたし、神社には巫女《みこ》がいたし、川には船饅頭《ふなまんじゆう》がいたし、湯治場には湯女《ゆな》がいたし、そして、街道には、門付《かどづけ》や巡礼がいた。

その気になれば、一夜として、一人で寝ることはなかった。

のみならず——。

公娼《こうしょう》私娼の中には、おどろくほど眉目の整った、肌の美しい女がいたのである。職人・百姓の娘で、まともに嫁入り道具をととのえて、女房の座におさまることのできるのは、その半数にも足りない貧しい時世だったのである。

貧しい家に、眉目整って生れた娘は、むしろ不幸であった、といえる。みにくい容貌の持主であれば、下婢《かひ》になるよりほかはなかったが、才覚次第で、お店者《たなもの》や職人の女房になる幸運もつかめた。なまじ美しく生れたゆえに、宿場女中に売られたのである。

東海道でも、川崎《かわさき》、平塚《ひらつか》、小田原《おだわら》、三島《みしま》、吉田《よしだ》など、美しい女郎がいる宿場として有名であった。

富士の白雪、朝日でとけて、
三島女郎衆の化粧の水

とか、

吉田通れば、二階からまねく、
しかも鹿の子の振袖で

とか、その殷賑《いんしん》ぶりを示していた。

泊り泊りに、道中女を抱く愉しみは、江戸っ子の生甲斐《いきがい》のひとつともいえた。

期待に胸をはずませて、わいわいがやがや、今日も、どこの町内か、江戸を発《た》って、伊勢参宮をめざす一団があった。

一行二十人近く、大半は、菅笠《すげがさ》に半合羽《はんかつぱ》をひきまわしていたが、長合羽の老人や、天鵞絨《ビロード》の襟をかけ、華奢《きやしや》な竹の杖《つえ》を持った初老の内儀《ないぎ》、そして、深編笠《ふかあみがさ》に黒の着流しの浪人姿も、まじっていた。

二

慣習にしたがって、一行は、日本橋を七つ（午前四時）に渡り、高輪《たかなわ》の大木戸をくぐってから、しらじらと明けそめる空を仰いだ。

ここから、朱引外《しゆびき》（市外地）になり、景色がかわる。

いよいよ旅へ出る、という気分をあふられて、

「へへ、いいねえ、道中は——。さても、浮世のならいぞと、食うて、脱糞《はこ》して、寝て、起きて、見たり、聞いたり、話したり、旅行くさまのおもしろさだのう」

「御隠居、旅の枕 詞《まくらことば》を、草枕、というだろう。あれは、どういう意味だね？」

「大昔は、旅籠がなかったのだな。一夜の宿をかす家もなかったので、草を枕に野宿するのがふつうだったのだな。大国主 命《おおくにぬしのみこと》が、大きな袋を肩にかけているだろう。その袋の中には、食いものと炊き道具が入っていたらしい」

そのうしろでは、生れてはじめて江戸をはなれる若い衆が、

「兄哥《あにい》、島田髷《まげ》ってえのは、島田宿の女郎衆が結ったのが、流行《はや》ったのだってな」

「そうよ。島田の女郎が、格子の蔭から、大名行列の色小姓の若衆髷を見て、それをまねて、結ったのだ。ついでに、態度も男ぶりで、立膝になり、緋縮緬《ひぢりめん》の蔭から、股奥まで、のぞかせたから、たまらねえや。それが、日本中にひろがって、お武家の娘御まで

が、立膝をするようになったのさ。いまじゃ、立膝をしているのは、女郎のほかには、鉄火場の莫連《ばくれん》だけだが……」

「文金高島田というのは――？」

「それアおめえ、島田髷ってえのは、なにしろ、金が高くつくからよう――」

二歩ばかりおくれて歩いている浪人姿が、編笠の蔭から、

「元文《げんぶん》元年、金貨鋳造の年を記念して、改良された高島田なので、文金と称された」

と、教えた。

その折、ずっとしんがりを来ていた菅笠に半合羽の一人が、その半合羽をひらひら舞わせて、

お泊りならば泊りゃんせ、お風呂もどんどん沸いている、畳もこの頃、取りかえた、

夜のお伽《とぎ》はまけにして、草鞋《わらじ》の紐《ひも》の仇解《あだど》けに、結んだ縁《えにし》の一夜妻……

と、清元「喜撰《きせん》」を、ひくくうたい乍《なが》ら、追い抜いて来ると、浪人姿と肩をならべた。

「どうなるんです、いってえ？　このまま、ずうっと、お伊勢様まで、一緒に道中なさるんですかい？」

そっと、訊《たず》ねかける菅笠の下の顔は、金八《きんぱち》のものであった。

「箱根を越える前に、たぶん、この一行から、はなれることになろう」

こたえたのは、眠狂四郎であった。

金八に、お伊勢講の一行を、えらばせて、狂四郎は、金八とともに、それに加わったのである。

その理由を、金八にはまだ告げてはいなかった。

狂四郎がかくれ蓑《みの》を必要としていることは、金八にも、おぼろげ乍ら、合点できたが、それにしても、独歩行を好む孤独な男にしては、あまりにふさわしくない行為に思われた。

眠狂四郎が、敵をおそれるはずはないのである。

どうして、お伊勢講の一行にかくれて、江戸を発ったのか？

「ねえ、江戸をこそこそと発った、とあとで判《わか》っちゃ、眠狂四郎の名がすたりゃしませんか？」

「武士の面目など、わたしには、保つ必要はない」

「お供をしているこの江戸っ子の面目もありまさ」

「巾着切に、面目などあるのか」

「ありますとも！　大あり名古屋の金の鯱《しやちほこ》でさあ。これでも、ちゃんと、深川不動に願かけして、ひとつ、義理を重んじ意気に感ずること、ひとつ、生涯女房を持つまじきこと、ひとつ、宵越しの金は使うべからずって、河豚《ふぐ》まで断っているんだから——」

「窮屈だな、巾着切として生きるのも……」

「まぜっかえしちゃいけませんや。……生涯一度しか出会《でくわ》さねえほどの強い敵が、追いかけて来る、とでもいうんですかい?」

「河豚汁や、鯛《たい》もあるのに無分別、か」

「なんです、それア?」

「いまに、判る」

それきり、狂四郎は、金八がいくらしゃべりかけても、返辞をしなくなった。

三

一行は、小田原までは、何事もなく、無駄話に花を咲かせ乍ら、道中した。

「オイ、御隠居、お伊勢詣りは、年をえらばなけりゃ、いけねえんだってな」

「そうだな。午未《うまひつじ》の参拝は大凶だな。巳申《みさる》は凶。凶年、大凶年に参拝したら、道中できっと災禍がふりかかるそうな」

「あっしは、亥《いのしし》で、今年は戌《いぬ》年だが、どうなんで?」

「大吉だな。わしも、お前さんよりひとまわり上の亥さ。亥年生れが、子丑卯辰酉戌亥《ねうしうたつとりい》の当り年に参拝するのが、大吉さ」

うしろの者が、

「おうおう、おれア戌年生れだぜ。どうなんだい?」

と、訊ねた。

隠居が、ふり向いて、笑い乍ら、

「みごとな犬面だの。母親が犬たわけで、産んだかな」

「犬たわけたァなんだ？」

他の者が、

「おめえのお袋が、犬とつるんで、孕《はら》んだ、ってえことよ」

「ちぇっ、置きやがれ。八犬伝じゃあるめえし、隠居っ！　こけにしやがると、ただじゃすまねえぞ」

「とんでもない。戌年生れが、参宮するのは、前世からのさだめ、というくらい大吉さね。……それ、赤児《あかご》の宮参りには、近所隣りから、犬張子《いぬはりこ》をくれるだろう。生れたばかりの赤児のそばに、犬張子を置けば、魔除《まよ》けになる、といわれているのを知っているかな。……こういう話がある」

隠居は、語った。

江戸名物のひとつに、犬の糞《くそ》がある。一丁毎に、五六匹の犬がいる、といわれるほど、江戸には多いのだが、年によって、その一匹か二匹が、ふっと、伊勢参宮を思い立つのであった。

諸大名が、帰国するこの季節になると、東海道を上って行く行列に、まとわりついてはなれぬ犬のすがたが、見受けられる。

　供ざむらいが、

「これは、伊勢参宮の犬であろう」

と、気づいて、犬の頸《くび》へ、竹筒をゆわえつけて、その筒の中へ、若干の銭を入れておいてやる。

　すると、犬は、その行列よりさきに、走って行ってしまう。

　往還の家では、竹筒を頸にゆわえつけた犬を見ると、屋内へ入れて、食事を与えてやる。そして、竹筒の中から、食費として、いくばくかを取り、翌朝、犬が出て行く時には、取った銭へさらにすこしばかり加えて、竹筒に返してやる。

　こうして、犬は、泊りを重ねてゆくうちに、すこしずつ、竹筒の銭をふやし、やがて、伊勢神宮に辿《たど》り着く。

　宮司は、竹筒の銭を、賽銭《さいせん》として受けとり、その代りに、社廟《しゃびょう》の御札を納めてやる。

　犬は、やって来た駅路を、再びひろって、まっすぐに江戸へ帰って行く。

「そんな、ばかな！　きいたことがねえぜ。え、うちの町内に、そんな犬がいたって、だれか知っているか？」

　一人が、見まわした――その時。

「あ！　あれ――あの犬か！」

別の一人が、松の並木ぎわを、指さした。

一樹の根かたに、竹筒を頸につけて、ちょこんと坐《すわ》っている一匹の犬を、見出《みいだ》したのである。

隠居の話をきいた矢先に、その犬が出現したのであるから、皆は、一瞬、あっけにとられた。

と——。

犬は、ひょいと起《た》って、一行の中に入って来ると、狂四郎の裾へ、顔をこすりつけた。

「ご浪人さん、お伊勢詣りの犬に、見込まれるとは、縁起がようござんすねえ」

「どうだかな」

狂四郎は、犬にまとわりつかれるままに、歩いた。

酒匂川《さかわ》が、行手をさえぎった。

この川は、冬期（十月から二月まで）には、仮橋が架けられるが、三月からはとりはらわれて、徒歩《かち》渡りか、舟渡しになる。

「輦台《れんだい》渡しよりは、舟賃の方が、安いのう」

隠居が云《い》い、それにきまった。

狂四郎と金八は、その舟の艫《とも》のちかくに、腰を下ろした。

犬もまた、ぴょんととび乗って来て、船頭の足もとへ、坐った。

「この犬、お伊勢様まで、ついて来るつもりでいやがる」

金八が、呟《つぶや》いた。

狂四郎は、黙って、上流へ視線を向けていた。

海へ出て行くらしい釣舟が、ゆっくりと下っていた。

水面にも磧《かわら》にも、かげろうがもえ、山野は淡くかすんでいる佳《よ》い日和《ひより》の朝であった。

「おい犬《わん》公よ、おめえ、いってえ、どこの誰から、お伊勢詣りを教えられたんだい？」

金八は、しきりに、犬に話しかけていた。

下って来た釣舟が、渡舟へ、三間近くまで寄って来た。

一瞬――。

釣舟の舳先《へさき》にうずくまっている者が、さっと、弓に矢をつがえた。

矢のさきは、焰《ほのお》が燃えていた。

弦音《つるね》鋭く、射放たれた火矢は、渡舟の艫めがけて、飛来した。

火矢が、犬の頸につけられた竹筒へ、突きささるのと、狂四郎がいつの間にか両手にした棹《さお》を一閃《いっせん》させるのが、同時であった。

犬は、宙を躍って、水面へ落ちた。

刹那――。

そこから、凄《すさ》まじい火薬の炸裂《さくれつ》音もろとも、高く水柱が噴き立った。

四

「や、やりやがった！」

金八は、血相変えて、遁走《とんそう》する釣舟へ向って、呶鳴《どな》った。

「卑怯《ひきよう》だぞっ！　お伊勢講の人たちを、まきぞえにしようとしやがったな、くそっ！」

一行は、顔面蒼白《そうはく》になり、息をのんで、狂四郎を、見まもっている。

狂四郎は、編笠をはずすと、

「ご一同を、おどろかせて相済まぬ。むこう岸に着いたら、別れて、これ以上のご迷惑はかけぬことにする」

と、詫《わ》びた。

やがて――。

渡舟は、対岸へ着いた。

人々は、大急ぎで、上って行って、瞬時でも早く、狂四郎から、はなれようとした。

「ご隠居――」

狂四郎が、呼びとめた。

「お主には、話がある」

人々は、怯《おび》えた目つきで、狂四郎と隠居を見くらべた。

狂四郎は、講中の一人に、

「この隠居は、お主らの町内の者ではなかろう？」

と、訊ねた。

「へい。てまえどもは一丁目でござんすが、このご隠居は三丁目だそうで、三丁目のお伊勢講は、三日前に発ったのだそうで、ご隠居だけ、ちょっと加減がわるくて、おくれちまったので、てまえどもに入れてくれろ、というんで、連れになったのでござんす」

「そうか。……では、隠居だけのこして、さきに行ってもらおう」

隠居は、すでに覚悟をきめて、わるびれぬ態度であった。

狂四郎は、一行が土手の彼方《かなた》に消えるのを待って、

「老人――、お主は、誰の手先だ？」

と、問いかけ、

「とたずねても、こたえるはずもないか」

と、薄ら笑った。

金八が、「おっ！　野郎！」と叫んだ。隠居が、懐中から、短銃《たんづつ》をとり出して、狂四郎の胸へ、ぴたりと狙いつけたのである。

「そうか。お主が誰の手先か、見当がついたぞ。阿蘭陀屋嘉兵衛《おらんだやかへえ》だな」

「………」

隠居は、口を真一文字にひきむすんだなり、一歩迫った。

「老人、わたしを殺したところで、なんの得にもならぬ。――阿蘭陀屋に、そうしろ、と命じられていた、とすれば、嘉兵衛も、智慧《ちえ》が足りぬ、ということになる。黙って、わたしの行先を、つきとめればよかったものを、無駄骨を折ったな」

「………」

「わたしは、子供と年寄りを斬るのは、好まぬ」

そう云いすてると、狂四郎は、しずかに踵《きびす》をまわした。

「先生っ！」

はなれていた金八が、びくっとなって、呼んだ。

狂四郎は、平然として、磧を歩いた。

弾丸《たま》は、飛んで来なかった。

土手下へ来た時、狂四郎は、振りかえって、

「老人、江戸へ戻ったら、阿蘭陀屋へ、わたしがいま云ったことを、つたえてもらおう。あの町人ならば、お主の失敗をとがめるようなけちくさい料簡《りようけん》は持って居《お》るまい」

と、云いのこした。

街道へ出ると、金八が、きょろきょろと、四方を見わたして、

「さあ、いよいよ、行くさきざきが、修羅場になるぜ」

と、肩をゆすった。

「金八、それでも、供をするか」

「ちょっ、これだけ長えつきあいで、まだ、あっしという男を、ご存じねえとは、それが、うらめしいや。……運は天にあり、牡丹餅《ぼたもち》は棚にあり、人間万事運次第、畳の上で怪我《けが》もすりゃ、豆腐で歯を痛めることもありまさ。……さあ来い、いざ来い、やって来いだあ。飛んで火に入る夏の虫、片っぱしから、たたき落してくれるぞ！」

火器問答

一

　小田原城下は、ごったがえしていた。

　町に入ると、金八が、左右を見まわして、舌打ちした。

「ちぇっ！　どの旅籠も、下宿になっちまってやがる」

　下宿というのは、本陣に大名が泊り、家臣たちが、その附近の旅籠に泊る——それを、下宿という。

　本陣は、宿駅の中央にあるのが普通で、家臣は、本陣に近い旅籠を下宿にする。

　本陣からはるか遠いこのあたりの旅籠まで、下宿にされているのは、よほどの大藩か、あるいは、二家がぶっつかったのを示している。

「そこのうめぼし茶屋で、ちょっと、待っておくんなさい。甲州道に岐《わか》れる辻《つじ》に、あっしの懇意の外郎《ういろう》屋がありまさ。そこにたのんで、一晩借りて来やす」

　金八は、走って行った。

眠狂四郎は、茶屋の落間《おちま》に入って、床几《しょうぎ》に腰を下ろした。

となりの床几に、箱根《はこね》に湯治に行くらしい裕福そうな年配の町人が二人いた。

「本陣の幔幕《まんまく》の紋は、寄九曜《よせくよう》だったのう。五十四万石なら、人数は、ざっと千二百人か。江戸と熊本の往復じゃ、途方もない物入りさな」

「どこのお大名も、参観《さんきん》交替のおかげで、首がまわらなくなっているらしいが、細川家なんざ、最も懐《ふとこ》ろ具合が、いけねえらしいよ」

「新しい鍋釜に、細川という二文字を書きつけておくと、金《かな》っ気《け》が出ねえ、というからのう」

「路銀の工面に、ご領内の百姓をしぼりあげるだけの智慧しかねえんじゃ、一揆《いっき》も起ろうというものさ」

どうやら、大名の財政窮迫は、すっかり、町人連に、見すかされている模様であった。

——たしかに、参観交替などという制度は、ばかげている。

狂四郎は、思った。

いつか、肥前《ひぜん》佐賀の鍋島《なべしま》家の参観交替に費消する金の莫大さを、狂四郎は、きいたことがある。鍋島家は、三十五万七千石、江戸との距離は二百六十余里。片道の旅費は、二千六百両、すなわち、一里に十両の出費である、という。

熊本藩細川家は、五十四万石。その路銀は、三千両にも及ぶであろう。

——細川家は、いったい、どれぐらいの借金を背負っているのか？

はこばれた梅干茶を、把《と》りあげ乍ら、なんとなく、その莫大な負債額を、想像しているうちに、狂四郎は、ふっと、あるひとつの行動を思いついた。

金八が駆けもどって来て、

「くそ面白くもねえ。外郎屋までが、下宿になっちまってやがるんでさあ。しかも、細川家で一番偉え学者に、離れを貸しているから、あきらめてくれろ、とけんもほろろに、ことわりやがった。……先生、いまいましいから、このまま、箱根へ登っちまいますかね」

と、云った。

「細川家で最も偉い学者が、その外郎屋に、泊った、というのか。……ちょうどよい。会うことにするか」

「なんの用なんで——？」

「学者なら、わたしの質問に、こたえることができるかも知れぬ」

狂四郎は、茶店を出た。

とたんに——。

この男の鋭く研ぎ澄ました神経が、往還の一隅へ向けられた。

「金八——」

「へい？」

「お前は、一足さきに、箱根を登れ」

「……？」

金八は、冷たい狂四郎の横顔を、ちらと視《み》やったが、そこは、長年のつきあいで、直感が働いた。

なぜ、と問いかえすまでもなく、

「裏筋を登って、底倉で、湯治としゃれ込んでいまさ」

と、ひくい声で告げた。

「気をつけろ。お前も尾《つ》けられるかも知れぬ」

「つけ馬にゃ、十七の時から、馴《な》れてまさ」

金八は、狂四郎からはなれると、

「つけがかさんで、つけまわされて

闇が欲しやのこの首尾に

忍ぶ邪魔して、まだあきたらず

蚊帳《かや》の中まで、のぞく月。

と来た」

と、とっとと走って行った。

二

裏通りをひろって、幾曲りかして、寺院の土塀のつらなった門前へ出た折であった。

行手に、そして、背後に、あわただしい跫音《あしおと》が迫った。

——おれを討つ追手にしては、余裕のない躍起ぶりだな。

この眠狂四郎を討ち取ろうとするのであれば、音もない奇襲戦法でなければなるまい。まるで、博徒どもがなぐり込みをしかけるように、殺到して来るのは、どうしたというのか？

不審のままに、足を停めた狂四郎は、幾筋かの横道からとび出して来た討手の群れを、一瞥《いちべつ》して、——これは!? と、啞然《あぜん》となった。

追跡して来たのは、総勢十人を越えていたが、いずれも十四五歳の少年ばかりであった。なかには、十二三歳の前髪立ちの者も三四人まじっていた。

いずれも、眉宇をひきつらせ、眸子《ひとみ》を血走らせ、歯を食いしばり、極度の興奮状態になり乍ら、一斉に、抜刀した。

こちらの強さを知りすぎているとみえて、土塀や樹木へ背中をすり寄せて、肉薄して来る者は、一人もなく、遠巻きにして、狂気したように眼眸《まなざし》ばかり光らせた。

「どういうのだ？」

狂四郎は、ふところ手のまま、視線をまわした。

「お主らの腕では、わたしは、斬れぬ。命令した者は、それを知っていて、敢《あ》えて、お主らにわたしを追わせたのであろうが、いったい、どういうのだ？」

正面の一人が、紅顔をひきつらせて、叫んだ。

「貴殿を殺すか、われら十一人が全員斬死するか――いずれかだ！」

「何者に、そのようなばかげた命令を受けた？」

「眠狂四郎殿、大奥より盗み出した品を、当方に渡して頂きたい。さもなくば、われら十一人、全員斬死いたすぞ！」

「そうか、どうやら、お主らに命令したのが、何者か、判った。お主ら、水野家の子弟どもだな」

狂四郎は、にやりとした。

瞬間――。

「やあああっ！」

横あいから、突きとばされたようなあんばいで、突きかけて来た。

狂四郎は、ふところから手を抜き出しもせず、すっと一歩退《さが》って、面前を泳がせた。

次に、正面から、滅茶滅茶《めちゃめちゃ》に白刃をふりまわして、襲いかかって来た。道場稽古では、朋輩《ほうばい》を圧倒している乱暴者に相違なかった。

狂四郎は、その時はじめて、目にもとまらぬ迅《はや》さで、その利腕《ききうで》をつかんで、白刃をもぎ取ると、その腰の鞘《さや》に納めてやっておいて、突きとばした。

「わたしが、お主らのような少年たちを、絶対に斬らぬ、と知って、命令者は、お主らを遣わして来た——そのことが、お主らには、判って居るのか？」

狂四郎の叱咤《しった》がおわらぬうちに、一人が、

「斬ってみろっ！」

と、絶叫した。

その絶叫が、他の少年たちを、恐怖感から解放した。

狂四郎は、慄然となった。

恐怖感から解放された少年というものは、野性の狂暴性をあふらせる。これは、逆上した知能薄いやくざよりも、しまつがわるい。

無想正宗を峰をかえしてふるうにしても、手加減しかねる。不具者にしてしまうおそれがある。撃ちどころがわるければ、一命を奪うことになろう。

少年たちを対手《あいて》にして、無想正宗をふるうことさえ、おぞましい振舞いなのだ。

狂四郎は、少年たちを討手として送って来た武部仙十郎に対して、勃然たる憤怒《ふんぬ》をおぼえた。

「ええいっ！」

背後から斬りつけて来たのを、身をひねりざま、手刀で地面へころがした狂四郎は、

「たわけっ！」

と、凄まじい一喝をはなった。

無数の修羅場を経て、かぞえきれぬ人命を奪った者の一喝であった。

当然、少年たちは居竦《いすく》んだ。

やくざどもなら、それなり、戦意をうしなったであろう。

その一喝は、しかし、次の刹那、少年たちに、逆作用をおよぼした。武家の子弟であった。居竦んだことを、慙《は》じたのである。

一人が、おのれでおのれの闘志をあふる叫びをほとばしらせるや、他の者たちも、それにならった。

――まずい！

狂四郎は、一喝したことのまちがいをさとった。

――狂犬にしてしまったらしい。

どの形相も、もはや少年のものではなかった。

「やむを得ぬ。不具になっても知らぬぞ」

狂四郎が、無想正宗の栗形《くりかた》へ左手をかけた――その時であった。

「殺生八分の損、見るは十分の損！」

その大声が、かかった。

いつの間にか、山門下に、一人の僧侶が現われていた。

「勧善懲悪、殺生なし！　それっ！」

僧侶は、袈裟《けさ》の下にかくしていた右手を、ひと振りした。

轟然《ごうぜん》たる音響もろとも、白煙が濛《もう》っと地面から噴き、たちまち、あたりを白い闇にした。

煙幕の中で、少年たちは、いたずらに叫びたて、奔《はし》りまわった。

三

狂四郎は、その古寺の庫裡《くり》にいた。

「やれやれ、子供対手に殺生沙汰とは、文字通り大人気ない仕儀でござったな」

住職が、入って来て、笑ったが、狂四郎は、敢えて弁解はしなかった。

「造作に相成った」

頭を下げる狂四郎を、四十年配の住職は、凝《じ》っと見据えて、

「眠狂四郎殿――そうでござるな？」

と、云いあてた。

「………」

見かえす狂四郎に、首を振ってみせ、

「拙僧は、五年前までは、韮山《にらやま》の代官所の手代でござった。代官のご命令によって、新しい輪燧佩銃《りんすいはいじゅう》——つまり、オランダ附木《つけぎ》を応用して、黄燐《おうりん》を使った撃発銃を発明いたした。……次いで雷汞《らいこう》の研究をいたし、三年余の苦心の挙句、発煙硝酸を作り、水銀を用いて、雷汞の製造に成功いたした。ところが、それが、仇となったから、人生とは皮肉なもの。弟子の一人が、雷汞を瓶に入れ、蓋をしようとした時、爆発いたして、その弟子はもとより、そばにいた拙僧の伜《せがれ》もはねとばされて、犠牲になり申した。……そのことが、こうして、遁世の原因となり申したが、おもしろいものでござるな、坊主になり乍ら、やはり、火薬いじりが忘れられず、ひそかに、山犬狩りの焔硝《えんしょう》玉をつくっておいたところが、はからずも、それが、今日、役に立ち申したとは……」

韮山代官江川太郎左衛門英竜《えがわたろうざえもんひでたつ》の部下であったのなら、こちらを見知っていたのは、ふしぎではない。

「お手前が、火薬の専門家ならば、ひとつ、うかがっておきたいことがある」

「拙僧の知って居ることであれば、なんでも——」

「本邦の鉄砲が、西欧のそれに比べて、どれほど劣っているか、そのことを、うかがいたい」

「左様——、上杉謙信が武田信玄と川中島で戦っていた時代には、府中大友宗麟《おおともそうりん》の居城

（現在の大分）などには、鉄砲が三万梃《ちょう》もあった、という記録が残って居り申すな。その後も、耶蘇《やそ》の布教師らが、京大坂堺《さかい》などに参って、日本人が、いかにたくさんの銃を所持しているか、大層おどろいた由。……ところが、文禄慶長《ぶんろくけいちょう》頃を、頂点として、火器の発達は、ひどうおとろえ申した。……寛永《かんえい》の頃、播州三木《ばんしゅうみき》のさむらいで、三木茂太夫《もだゆう》という人物が、棒火矢の発明をいたした。これは、先端に、主に焼夷《しょうい》薬を包んだ矢形の弾丸をさし込んで、発射いたすが、発射すると棒火矢は火の尾を曳《ひ》いて飛び、射程は二十町余、目的物に中《あた》って、炸裂《さくれつ》する仕掛けになって居り申した。この棒火矢は、西欧の火器にまさるとも劣らぬ飛道具でござったが、その発明も、それきりで、爾来、二百数十年間、なんらの進歩もないまま、先込めの一発撃ちの鉄砲が、飾りだけ美しゅうつくられて参り申した」

「…………」

「方今、欧羅巴《ヨーロッパ》では、燧石《ひうちいし》が全盛をきわめて居り申す由。しかるに、わが日本では、いまだ、種子島《たねがしま》銃だけを、つくって居るにすぎぬのでござるよ。……口はばったき儀乍ら、燧石から考えついて、輪燧佩銃を製造したのは、この拙僧が、はじめてでござる。次いで、拙僧は、雷管銃をつくるべく、苦心して居ったのじゃが、不幸にして、よき弟子と伜を喪《うしの》うて、出家遁世してしまい申したが……」

「…………」

「もしかすれば、欧羅巴に於《お》ては、すでに、雷管銃が採用されて居るかも、知れ申さぬ。……鉄砲というものは、研究いたせばいたすほど、新たな発明がなされるのでござる。元込めにして、つづけさまに、五発も十発も発射できるおそるべき品も、可能でござる」

「大砲は——？」

「大砲の威力に着目したのは、織田信長公でござったが、太閤《たいこう》秀吉は、これを顧みず、文禄の役に於ては、わが水軍は、一隻の亀船に備えつけられた李舜臣《りしゅんしん》がつくったたった一門の大砲のために、散々な目に遭《お》うて居り申す。……東照権現様（家康）は、かなり、大砲を重視なされた模様でござるが、三代様（家光）に及んで、天下泰平の時世ゆえ、閑却され申した。……欧羅巴に於ては、おそらく、大砲は、改良に改良を重ねて、おそるべき威力を発揮して居るに相違ござるまい。大砲に就いての知識は、拙僧は、乏しゅうござる」

しかし——。

文化五年八月に、英国軍艦フェートン号が、長崎に来航した際、公儀が設けた砲台の大砲は、全くの役立たずであった、という記録がのこされている。

当時、大砲の問題は、砲架の問題であった。砲架の構造如何《いかん》によって、取扱い不便の重い大砲も、自由自在に、移動させ、砲口を向けかえることができるのである。文化六年に、佐藤信淵《のぶひろ》が、如意台という砲架を工夫したが、幕府では、一向に、これを採用する気配はない。

幕府は、大砲の威力など、みとめていないのである。泰平の夢は、いまだ破られてはいなかった。

わずかに、韮山代官江川太郎左衛門が、その威力を知って、反射炉設備の急を主張しているばかりであった。

住職の話をききおわった狂四郎は、

「もし、何者かが、いま、一万といわずとも五千の兵に、大砲と鉄砲を持たせて、本邦へ来襲して参ったならば、如何《いかが》だ？」

と、問うた。

「はばかりある儀乍ら、軍艦十隻に、三十門の大砲を備えつけ、五千の兵が元込撃発銃をかまえて、品川湊に上陸して参ったならば、江戸府内は一日にして占拠され、江戸城は、ものの十日も守り通すことは、不可能でござろう」

住職は、断言してみせた。

四

陽が落ちてから、狂四郎は、一念寺《いちねんじ》というその禅刹の山門から、出た。

ものの二十歩も、土塀に沿うて進んだであろうか。

土塀と反対側の雑木林から、ひとつの黒影が、奔り出て来た。

「眠狂四郎殿！」

喘《あえ》ぐように、息をはずませて、呼びかけた。

宵闇をすかし視て、狂四郎は、それが、先刻、襲撃して来た水野忠邦邸の定府家中の子弟の一人と、見わけた。

まだ、前髪立ちである。

「まだ、なにか用か？」

「わたくしは、留守居添役大野木玄蕃《げんば》が嫡男隆市《りゅういち》と申します。側用人《そばようにん》様より討手の一人に加えられましたが、お手前様に刃を向ける意志は毛頭みじんもないまま、隊にしたがいました」

「…………」

「お願いでございます。わたくしを、供として、おつれ下さるわけには参りませぬか？」

「ことわる」

狂四郎の返辞は、にべもなかった。

大野木隆市は、その場へ土下座した。

「お願いでございます！　わたくしは、このまま、おめおめとは、江戸へ戻れませぬ。お供をさせて下さるよう、必死のお願いをつかまつります」

「他の者たちは、どうした？」

「側用人様より、仕損じたならば、あきらめて、帰還するように、命じられて居りましたゆえ……」

「お主一人だけ残して、江戸へひきあげた、というのか？」

「はい」

「お主だけが、そう信じて居るのであろう。ひきあげずに、先まわりしたかも知れぬ」

「いえ、そ、そんな……」

「お主は、一人思案で、わたしに、じかにあたってくだけることにしたのであろうが、ひとつしかない生命を粗末にするな」

「決して、お手前様の一命を狙う存念ではありませぬ」

「足手まといになる、ということだ」

「いえ、断じて、そのような……」

「血のめぐりのわるい少年だ。……わたしをつけ狙う敵は、幾組も居る。それらの敵の中には、お主がわたしの供をしていれば、お主をひっとらえて、わたしを釣る餌にするこんたんを持つかも知れぬ。これは、こちらにとって、迷惑な話だ。……江戸へ帰って、老人に、つたえるがいい。眠狂四郎は、肚《はら》の底から、憤りをおぼえている、と」
狂四郎は、歩き出した。
大野木隆市は、立ち上って、
「拒否されるならば、わたくしは、この場で、切腹つかまつる！」
と、叫んだ。
しかし、狂四郎は、足も停めず、振り向きもしなかった。

豊臣菊丸

一

小田原城下の甲州道に岐れる辻にある外郎屋の離れでは、熊本藩細川家の穿鑿《せんさく》所目付役・横井平四郎《よこいへいしろう》が、机に向って、料紙に筆を走らせていた。

行列が、小田原城下に到着したのは、まだ陽《ひ》の高い未刻（午後二時）すぎであったが、横井平四郎は、本陣から、この外郎屋の下宿に移ると、すぐに、書きものをはじめ、いま戌下《いぬのげ》刻《こく》（午後九時）をまわっていたが、その間、筆を把る手をやすめたのは、夕餉《ゆうげ》をそそくさとすませる時だけであった。

平四郎は、号を小楠《しょうなん》といい、熊本藩随一の俊邁《しゅんまい》であった。五歳にして、すでに、孔子家語をことごとくそらんじていた。十歳で、藩校時習館《じしゅうかん》に入ったが、開校以来の英才と称《うた》われた。

まだ二十四歳であった。

出府したのは、去年であったが、江戸遊学を命じられたのは、表向きであった。実は、勘定所物書き江戸詰に、不正があるかどうか、ひそかに、調査するために、去年二十歳の若年であらたに国家老となった長岡是容《ながおかこれかた》から密命を受けて、単身出府して来たのであった。

その調査を終えて、帰国の藩主にしたがっているのであった。

細川家では、文化年度にも一度、勘定所物書き江戸詰の者の不正が発覚していた。天下泰平下に於《お》ける綱紀の弛緩《しかん》は、倹約令や法制改正・仕法の実施の中で、つぎつぎと現われるのは、やむを得ぬことであった。

大町人が、貨幣経済の実権を握ってしまったいま、貧乏になった幕府と大名が為《な》すべきことは、体制の強化と維持に、全力を挙げることだけであった。細川家も、例外ではなかった。

小楠横井平四郎は、出府して一月も経《た》たぬうちに、勘定所の不正を発見していた。しかし、平四郎は、不正を犯した者たちを、死罪にしたり、追放したりすることで、一件が落着するものではない、とさとった。

いまこそ、習いおぼえた朱子学を、実践躬行《きゅうこう》すべき秋《とき》だ、と平四郎はほぞをきめたのである。

帰国したならば、若い国家老長岡是容に提出する「時務策」の下書きの起草を、平四郎は、はじめたのである。

その「時務策」は、きわめて具体的なものであった。

富というものは、領主のものではなく、士民の利益に成るものでなければならぬ。

「……およそ、是《これ》まで仰せ出《いだ》されたる節倹は、一口に申せば、上の御難渋を、下より救いたてまつる故に、節倹を行わせらるるものでありしが、これは節倹というものにはあらず、聚斂《しゅうれん》の政と申すものなり」

料紙には、そのような権力に対する烈《はげ》しい論難の文章が、したためられてあった。

ふと――。

平四郎は、筆を止めて、顔をあげた。

庭さきに、いつの間にか、黒い人影が、月かげを背負うて佇立《ちょりつ》しているのを、みとめたのである。

「誰か？」

「江戸の素浪人――眠狂四郎、とおぼえて頂く」

――眠狂四郎？

そんな奇妙な仮名を、平四郎は、いまだ耳にしたことはなかったが、すっと縁側に上って来た姿に滲《にじ》む異常な冷たい雰囲気に、微《かす》かな戦慄をおぼえるとともに、冴《さ》えた眼光をあてられて、

――ただの浪人者ではない！

と、直感した。

「無断の参上、おゆるし頂こう」

座を占めて、挨拶する異相の男に対して、平四郎は、次の瞬間、惹《ひ》き込まれるような強い興味にかられた。

「御用向きを、おうかがいいたそう」

「大坂落城に際して、豊臣秀頼が、重囲を脱して、西国へ落ちのび、肥後《ひご》そして薩摩《さつま》にかくれた、という風説が、いまだ、その土地では信じられて居ると存ずる」

唐突にきり出されて、平四郎は、眉宇をひそめた。

「たしかに、そのような風説は、ないことはござらぬが……？」

平四郎も、自藩の町奉行斎藤権之助孝寿《さいとうごんのすけたかとし》の日誌の中で、秀頼が生存した、という一文を読んだことがある。

斎藤権之助は、秀頼が、熊本の加藤家にかくまわれたのち、薩摩へ身を移された、という事実の有無をたしかめるために、ある年の春、薩摩国に入った。

あちらをきき、こちらをたずねた挙句、鹿児島城下より南方三十里ばかりの山谿《さんけい》の中の一村落に、それらしい墳墓がある、と耳にした。おもむいてみると、その村落は木下と呼ばれ、故老の一人に、

「秀頼公の墓所に詣でたい」

と、申し入れると、なんのためらいもなく、案内してくれた。

墓所の広さは、一段歩ばかりもあり、中央に、三抱えもある巨大な松が二本そびえ、そのあいだに、香華台が設けられ、香烟《こうえん》がたちのぼっていた
そこから東へ向って、ゆるやかな斜面をのぼって行くと、一小堂があり、墓石が竝《なら》んでいた。まん中に、巍然《ぎぜん》として据えられているのが秀頼公の墓で、左右に在るのが側臣たちのものである、と故老は、説明してくれた。

銘は、不明であった。

木下という邑《むら》の名は、秀頼がそこに住んでから、つけられたもので、けだし、その父が若い日に名乗った木下藤吉郎から、とったものであろう、と故老は、告げた。

秀頼は、ここにかくれ住んでからは、大酒を飲み、しばしば泥酔して路傍に横たわった、という。

二

「お手前は、かりに右大臣が生存した、として、どうしようといわれるのか？」

平四郎は、訊ねた。

「素浪人が、為すこともないまま、つれづれに、むかしのことを詮索している酔狂、と申しては、信じて頂けまい。……寛永九年六月、加藤忠広《かとうただひろ》父子が、幕命によって、肥後

を没収されて居るが、その理由はいまだ不明であることは、ご存じであろう」

「………」

「五十四万石の西国の重鎮が、理由もなくして、とりつぶされたのは、奇怪といわねばならぬ。……それは、それとして、加藤家が没落するまで、豊臣秀頼は、熊本にかくれ住んでいた」

「………」

「加藤忠広は、寛永九年五月に、突如、幕府から出府を命じられ、急ぎ熊本を出発して、品川宿まで来た時、江戸に入るのを許されず、池上本門寺《いけがみほんもんじ》に於て、待命せよ、と命じられた。そして、六月一日、幕命が本門寺にとどけられた。肥後五十四万石没収、忠広自身は、庄内酒井《しょうないさかい》家へ流謫《るたく》、その子光正《みつまさ》は、飛騨《ひだ》高山金森《かなもり》家へ預けられる、という命令で、父子ともに帰国を許されなかった。……その時、忠広は、家臣の一人を、熊本へ趨《はし》り戻らせて、菊丸自斎と名のっていた豊臣秀頼の身柄を、薩摩へ移すように、指令した」

「………」

平四郎は、沈黙を守って、じっと、狂四郎の眼眸を受けとめている。

「熊本に在っては、秀頼は、従臣の一人直森《なおもり》与兵衛《よへえ》の妹を妾《めかけ》として、一男一女をもうけていた。嫡子は、菊丸と名づけられていた。……秀頼は、加藤家が滅び、その遺領が小倉三十六万石細川忠利《ただとし》に与えられるや、薩摩国に落ちて行ったが、その際、従臣の一人に、嫡子菊丸をゆだねて、天草《あまくさ》へのがした。……菊丸は、天草から、島原《しまばら》を経て、長崎へ出、そこから、南蛮船に便乗して、海の彼方の日本人町――たぶん、安南《あんなん》の日本人町へおもむいた」

「…………」

「豊臣菊丸は、父秀頼の命令によって、異邦各地に在る日本人町の面々を糾合し、一大軍船を組んで、祖国へ攻めかえる壮図を抱いていた。しかし、その壮図は、菊丸の夭折《ようせつ》によって、挫折した。……いかがであろう、この推測は？」

狂四郎は、そこまで語って、薄ら笑ってみせた。

「芝居の筋書きとしては、面白うござる」

平四郎も、微笑してから、

「では、こちらから、もうひとつ、筋書きをつけ加えさせて頂きますか」

と、云った。

こんどは、狂四郎が、沈黙する番であった。

平四郎は、云った。

「寛永十四年秋、天草・島原に切支丹一揆が起り申した。天草四郎時貞《あまくさしろうときさだ》を総大将として、島原に籠城した軍勢は二万三千余。そのうちには、大坂城から遁《のが》れ出た牢人《ろうにん》者どもが、二千余もいた、と申す。……その時、薩摩谷山木下に、豊臣秀頼がかくれ住んでいた、とすれば、まだ四十六歳の壮年でござる。その秀頼が、ひそかに、豊臣旧臣どもに説かれて、かくしていた軍用金を提供して、天草・島原の切支丹住民どもに、乱を起させたのではござるまいか。すなわち、天草四郎時貞は、豊臣菊丸であった」

「…………」

「眠狂四郎殿、お手前が、おそらく、秀頼生存の風説を、事実ではあるまいか、とさぐって居られるのは、秀頼が、大坂城からひそかに運び出した莫大な軍用金が、いまだ、どこかに隠匿されているのではあるまいか、と考えられたからに相違ござるまい」

「…………」

「芝居の筋書きは、所詮は根も葉もないつくりごとでござろう。……西国の者どもは、徳川家よりも豊臣家に、心を寄せ、右大臣秀頼に同情を寄せて居り申した。……関ケ原役には、京都以西の大名は、大部分が西軍に属して居り申す。東軍に属した大名も、徳川家の勢力をおそれたか、あるいは石田治《じ》部《ぶ》少輔《しょうゆう》に反感を抱いていたがためであり、豊臣家に対しては、家臣の心情を失ってはいなかった、と存ずる。ましてや、下級の武士や町人百姓どもは、右大臣秀頼に対して、ふかい同情を持っていたに相違ござらぬ。……右大臣秀頼が、弱冠二十三歳で、大坂城内で殺されたのは、あまりにもいたましい。そこで、生きていた、と思いたいのが人情のしからしむるところ。……真田左《さ》衛門佐《えもんのすけ》幸村を、孔明にも比すべき軍師にしたてたのも、木村重成《しげなり》が八尾若江で、長曽《ちょうそ》我《か》部《べ》盛親《もりちか》よりもはるかにつたない戦闘をしたけれども、捏造《ねつぞう》された誓書血判の美談の方をもっぱら喧伝《けんでん》されて居るのも、岩見重太郎とか猿飛佐助とか霧隠才蔵などという者が、つくりあげられたのも、庶民というものの心情が、滅びた敗者をあわれんでのことでござろう。……ならば、いっそ、天草四郎時貞は、豊臣菊丸であった、ということにすれば、さらに、同情をそそることになり申そう」

「成程――」

狂四郎は、うなずいた。

「お主は、ききしにまさる英才だ。……どこにもありもせぬ太閤遺産をさがして歩いているこの素浪人が、阿呆《あほう》とも頓馬とも、目に映るであろう。……ところが」

そこまで云いかけて、一瞬、狂四郎は、平四郎の前の机をつかみあげざま、それを、楯《たて》とした。

机には、つづけさまに、数本の矢が突きささった。

三

「横井平四郎殿、こちらは、太閤遺産さがしで、こういうあんばいに、降りかかる火の粉をはらう立場に置かれているのだ。……太閤遺産の有無をつきとめるまでは、わたしは、拱手《こうしゅ》しているわけにいかぬのだ。太閤遺産が隠匿されている、などというのは、絵そらごと、まっ赤な嘘《うそ》っぱちでも、一向にこちらは、さしつかえはない。……どこかの土の中に埋められている櫃《ひつ》の中が、からっぽであっても、それで失望はせぬ。ただ、有無をつきとめるのが、この眠狂四郎のつとめになっている、と思って頂こう」

そう云いおいて、狂四郎は、机を楯にし乍ら、ゆっくりと、縁側から、庭へ降り立った。

外郎屋の庭とはいえ、築山もあり泉水もある見事なつくりであった。

塀に沿うて、木立も深く、蹲踞《つくばい》も手水鉢《ちょうずばち》、手燭《てしょく》石、湯桶《ゆとう》石を組んでいたし、織部燈《おりべとう》籠《ろう》や雪見燈籠なども配されていた。

庭にさまざまの附設物があることは、多勢を敵として、単身で闘う場合の利となる。

狂四郎は、木立の中から、六七人の曲者《くせもの》が奔《はし》り出て来るのを眺めやって、

——公儀の庭番らしいが、討ち急ぎしているのは、下条主膳《しもじょうしゅぜん》の命令とも思われぬ？

と、不審をおぼえつつ、織部燈籠の左脇に立った。

闕《か》けた月の光を背負うた敵がたは、手槍《やり》の穂先と白刃を、いずれも、中段にそろえて、じりじりと肉薄して来た。

狂四郎の左脇には、修竹が植え込まれて、敵がまわり込んで来るのをはばんで居り、修竹の前には、柊《ひいらぎ》などの下木が、茂っていて、攻撃のさまたげとなっていた。

狂四郎は、その地歩を占める限り、正面の敵に対してのみ、八分の神経を集める利を

得ていた。

まず、最初に迫って来たのは、手槍を構えた者であった。

狂四郎は、ためらわず、まだ両手を空けたなりで、すっと、燈籠の前へ出た。

「おおっ！」

懸声もろとも、電光の突きが襲って来た。

穂先は、そこに——狂四郎の顔が在った宙をはしって、織部燈籠の笠の上の宝珠を、貫いた。

狂四郎の方は、抜きつけにその敵の胴を横薙《よこな》ぎした迅業を、そのまま、次の跳躍に継続させ、冴えた気合に乗せて、次の敵へ、目にもとまらぬ殺刃をあびせていた。

月明の空に、黒い血飛沫《ちしぶき》が、ふりまかれた。

「ええいっ！」

右方の一人が、猛然と、槍をくり出した刹那には、もう狂四郎の姿は、そこにはなかった。

下木の茂みをひと跳びに越えた狂四郎は、そこに布陣した三人の敵めがけて、飛鳥の斬り込みを為した。

文字通り凄まじい狂四郎の迅業が、そこで発揮された。

無想正宗のきえーっという唸《うな》りが、ただひと振りのものとひびいたにもかかわらず、

た。

「うっ！」

「あっ！」

「ううっ！」

三つの口から、同時に断末魔の叫びがほとばしり、それぞれ、下木を鳴らして、落ちた。

全くの一瞬裡に、三人が、一合と交えずに、斬られたのであった。

生き残ったのは、ただ一人であった。

その者は、狂四郎めがけて手槍を投げつけておいて、速影を木立の中にかくした。

無想正宗をぬぐって、鞘にすべり落した狂四郎は、ゆっくりと、縁側に近づくと、

「おさわがせして、申しわけない。……死骸のとりかたづけを、お願いいたす」

と、頭を下げた。

横井平四郎は、立ち去ろうとする狂四郎を、あわてて、呼びとめた。

生れてはじめて目撃させられた血闘に、舌をもつれさせつつ、

「お手前は、ど、どこへ行かれる？」

と、訊ねた。

「たとえ、これが猿芝居でも、幕があがっているからには、それが降りるまでは、踊らねばなり申さぬ。尤《もっと》も、どういう筋書きになっているのか、こちらもわからぬ。……ど

ういう踊りかたをするか、遠くから見ていて頂こう」

「眠狂四郎殿！」

　平四郎は、燃える眼眸になった。

「それがしは、さきほどは、芝居の筋書きは、所詮は根も葉もないつくりごと、と申したが、いまは、当藩の穿鑿所に残る記録を、正直に、おつたえいたそう」

「…………」

「菊丸自斎と名乗る大坂城の落人《おちうど》を、加藤家が、かくまったのは、まぎれもない事実。そして、その一子で菊丸と申す少年が、父親と別れて、長崎へおもむき、オランダ船に乗って、海の彼方へ去ったことも、たしかに、記録書にしたためられて居り申す」

「左様か。お教え下さって、忝《かたじけ》ない」

「それにしても、漠然と、あてもなく、太閤遺産をさがし歩く、というのは、いかがなものか？」

「あては、ないこともない」

「ほう、と申されると？」

「話は、ここまでにしておいて頂く」

　狂四郎は、一揖《いちゆう》して、踵をまわした。

　その頃――。

相模灘《さがみなだ》の沖を、追風《おいて》に帆を上げた船が、快速の航行をしていた。

オランダ商館の持船が、江戸で、将軍家や御台所《みだいどころ》への献上品、その他の南蛮の品物をおろして、代りに、公儀下賜品や江戸名物を積んで、長崎出島へ、還《かえ》ろうとしていたのである。

オランダ商館の持船は、特別に、幕府から制限枠をはずされていて、廻船《かいせん》問屋のそれとは、比較にならぬ大きさであった。

幕府が、大砲などの火器を、オランダから購入する場合、石制限内の船では、間に合わぬためであった。しかし、大砲を積み込むなどということは、絶えてなく、年に二回か三回、オランダからの輸入品を運ぶだけであった。したがって、長崎・江戸往復の商館船は、いつも、がらがらであった。

天明の頃にいたって、足弱な老人子供、婦人や病人などが、これに便乗できる許可が下りた。九州・四国・中国地方の藩士や郷士、そしてその家族などは、商館船を利用できるようになって、どれだけたすかっているか知れなかった。

その商館船にも、帰国する老いた藩士、その妻、病んで、東海道の道中に加われぬ者、まだ十歳未満の子供など、三十数人が、便乗していた。

それに交じって、夜盗の吉五郎《きちごろう》と千華《ちか》がいた。

吉五郎は、七十を越えた、いかにも老いぼれ果てたどこかの藩士に化けていたし、千華は、病んでいる娘になりすましていた。

なるべく、他の乗客とは、はなれた場所に、ひっそりとうずくまっていた。

「いま頃、あの御仁《おひと》は、どのあたりを歩いておいででしょうか？」

千華は、そっと、訊ねた。

「箱根を、まだ、越えては居られますまい。……箱根を越えるまでに、ひと騒動起りそうだ、と仰言《おつしや》っていたんだが……、なアに、あの旦那の不死身ぶりは、てまえが、いちばんよく知って居りますよ」

吉五郎は、笑ってみせた。

笑ってみせ乍ら、内心、

──こっちは、船内で、ひと騒動起きたら、とても、生きて陸《くが》へもどれるものじゃねえな。

と、自分に云いきかせていた。

女郎群

一

ところで——。

眠狂四郎と別れて、一足さきに箱根へ登った金八にも、ひとつの出来事が、待っていた。

小田原から、箱根本宿の関所に至る道は、表と裏と二筋あった。

表道は、三昧橋《さんまいばし》を渡って、早雲寺《そううんじ》門前の坂より、須雲《すくも》川を経て、畑村を過ぎ、杉や檜《ひのき》が視界を掩《おお》うた密林の中を抜けて、元箱根に達し、蘆《あし》の湖のほとりに至る。

裏筋は、ずっと遠まわりになるが、箱根七湯巡りができた。湯本《ゆもと》、塔ノ沢《とうのさわ》、堂ガ島《どうがしま》、宮ノ下《みやのした》、底倉《そこくら》、木賀《きが》、蘆ノ湯——これら七湯を泊りあるく富有な商家の隠居、また病気療養者などのために、この湯治道は、ゆるやかにつくられていた。

金八が、その夜の泊りをきめたのは、底倉の湯宿のひとつであった。

その湯宿を十年あまり前からひらいているのは、江戸で五指にかぞえられた名人巾着切であった。いわば、金八の大先輩にあたり、還暦を迎えて、足を洗って、湯宿のあるじにおさまったのである。

「ううっ……ちょいと登って来ただけで、冷え込みやがらあ」

金八は、胴ぶるいして、呟いた。

午後の陽ざしが、薄絹をかぶせたように、渓谷をへだてた向いの峰の片側に、当っていた。

その明るい光が、あざやかであるだけに、こちら側の、杉木立の暗さが、ひどく冷たく感じられるのであった。

「底倉の爺《じい》さん、女を飼っちゃいねえかな。飼っていたら、眠の旦那が到着するまでのひとっ刻《とき》を、へへへ……、

恋の炬燵《こたつ》に、情《なさけ》の蒲団《ふとん》、女郎が持って出る煙草盆《たばこぼん》、よさこいよさこい

女郎は二階の格子の小梅、客はうぐいす、来てとまる、ああ、よさこい、よさこい

と来らあ」

その大声に、応えるように、木立の中から、

「金八ぬし！」

かん高い呼び声がひびいた。

「なんだと!?」

金八は、目を剝《む》いた。

こっちを、こんな呼びかたをするのは、吉原の廓内《くるわうち》だけである。

とたん——。

十歩ばかりむこうに、ぱっと、とび出して来たのは、まさしく、吉原の小格子女郎であった。のみならず、一人だけではなく、そこに花が咲いたように、七八人が、道をふさいだ。

いずれも、小格子内に坐って、客を呼ぶいでたちそのままであったので、流石《さすが》の金八も、きもをつぶして、

「ま、まだ、陽は高《た》けえんだぞ。化けて出るには、早すぎらあ、こん畜生！　消えてなくなりやがれ」

と、呶鳴った。

一人が、緋縮緬から脛《はぎ》をちらつかせ乍ら、駆け寄って来ると、

「ああ！　地獄で仏に出逢《でお》うた！　金八ぬし、あちきでありんすよ、東雲《しののめ》屋の玉絵《たまえ》」

「わ、わかってら、こんちきが、化かすのに、馴染の女郎になってみせるのなんざ、ありふれた手だ。……対手を誰だと思ってやがる。膝栗毛に出て来る弥次喜多《やじきた》のような頓馬とは、ちがうぜ。木っ葉を入れた財布でも、こっちが、すり取ったとたんに、ずしりと重い小判に変えてみせる、江戸で名うての巾着切のお兄哥さんだぞ」

云いたてているうちに、おちつきをとりもどした金八は、つと一歩出て、緋縮緬の裾をつまむと、すばやく、剝いで、股奥をのぞいた。

女郎は、笑い乍ら、

「あちきが、玉絵であることを、ちゃんと、たしかめなんしたかえ？」

と、云った。

「てめえら、花見にしちゃ、遠出しすぎているじゃねえか」

「くるわから、逃げ出して来たのでありんすよ、わちきら――」

「逃げ出して来た？　そのなりで、どうして逃げ出せたというんだ？」

「一昨夜が、くるわの桜狩りでありんした。そのにぎわいの最中に、隙をうかがって、かねて手筈《てはず》をたのんでおいた金太駕籠《かご》に、乗ったのでありんす」

「ふうん！」

金八は、ぞろぞろと寄って来た小格子・切見世のはした女郎連を、あらためて、じろじろと、見まわした。

二

たしかに、吉原の桜狩りは、花魁《おいらん》道中に、数万の見物人を集めるにぎわいを呈する。

扇屋《おうぎや》とか丁子屋《ちょうじや》とか松葉屋《まつばや》など、名代の総籬《そうまがき》の花魁などは、道中させられるので、身の自由はないし、また、大町小見世《だいちょうこみせ》の部屋持ち座敷持ちの女郎たちも、この夜は、客に買い占められているので、そのかたえをはなれることはできまい。

しかし、小格子《こごうし》・切見世《きりみせ》のはしたい女郎は、桜狩りの最中は、客を呼び込むことを止《や》めていて、見物側に置かれているから、隙をうかがって、逃げ出すことは、可能であろう。

それにしても、その身なりのままで、集団脱走して来たとは、金八をあきれさせるに足りた。

「金八ぬし、ここで出逢うたのも、わちきらにとって、み仏のおみちびきでありんす。お願い！　たすけて、くんなまし！」

玉絵が、両手を合わせると、他の女郎連も、それにならった。

「ちょっ、ここは、中村座や市村座の舞台じゃねえや。大時代な身ぶりは止《よ》しやがれ」

「金八ぬし！　わちきらは、生きるか死ぬかの瀬戸際に追いつめられているのでありんす。どうぞ、お願い申します。たすけて！」

女郎たちは、一斉に、土下座した。

「冗談じゃねえや。平家の落人だって、ひそむ先ぐれえ、きめていたぜ。おめえら、あてもなく逃げ出して来やがったのか」

「いえ、そうではありんせぬ」

小田原在の材木問屋で、太っ腹の客がいて、かねてから、逃げ出して来たら、かくまってやる、と約束してくれていたのを、あてにして、駕籠をとばして来てみたら、一月あまり前に、急死した、と報《しら》されたのだ、という。

吉原へ客を送り込むのを稼業としている金太駕籠の連中は、女郎たちがこっそり貯《たくわ》えた金を、のこらずまきあげておいて、この箱根山中へ、彼女たちをおっぽり出すと、すたこら、江戸へ駆け戻って行ってしまった、という。

途方にくれている矢先、地獄で仏に出逢うた、という次第であった。

「金八ぬし——主も江戸っ子ならば、哀れなわちきらを、救ってやろう、と思うてくんなまし。まんざら、他人の間柄ではないし……」

「置きやがれ。客と女郎は、店の内外へ別れたら、それきりの他人だあ」

「いいえ、他人ではないことをたしかめようと、主は、いま、わちきの湯文字をはぐってみたではありいせんか」

金八は、そう云われて、苦笑すると、

「とんだお荷物を背負っている場合じゃねえんだが、しようがねえや、ついて来やがれ」

と、承知した。

女郎たちは、歓声をあげた。

底倉の湯宿のあるじ万助は、八人の女郎を連れて来た金八を迎えて、眉宇をひそめた。

「いったい、どうしたというんだね？」

「一人二人は、ケチくせえから、まとめて、ごっそり、足抜きさせてやるんだ」

金八が、手短かに事情を説明して、うまい方法はないものか、と相談すると、万助は、かぶりを振った。

「ここに、かくまってやっても、ものの五日と経たぬうちに、ばれてしまうことぐらい、おめえも、わかっているだろう。箱根を越えちまえば、なんとかなるが、出女《でおんな》と入鉄砲《いりでっぽう》に目を光らせる関所の網は、とうてい、くぐり抜けられまい」

吉原では、逃げ出した女郎を捕えるために、カンの鋭い男たちを、数多くやしなっているし、関東一円はおろか、この箱根あたりまでも、早飛脚の一報によって、さっと動くやくざをひかえさせているのであった。

勿論《もちろん》、各関所には、吉原から、毎年きちんと賄賂《まいない》されている。いかに、かたぎにみせかけ、通行手形を用意しても、必ず看破され、とりおさえられる。

「お前がた、あきらめて、吉原へもどった方がよいな」

万助が、女郎たちに云いきかせるのをきいた金八は、

「ちょっと、待った。……眠狂四郎の旦那が、あとから来なさるんだ。旦那なら、なにか、ほかに、いい思案があるかも知れねえ。それまで、待つことにしようぜ」

と、云った。

三

狂四郎が、その湯宿へ到着したのは、子刻（午前零時）をまわった頃合であった。

万助とは、顔馴染であった。

金八が、吉原の女郎を八人も連れてやって来た、ときかされたが、狂四郎は、べつに表情も動かさず、しずかに、階段をのぼって行った。

金八は、女郎たちを車座に坐らせて、吉原へ売られるまでのそれぞれの不幸な身の上を、語らせている最中であった。

「あ――旦那！」

金八は、狂四郎が入ると、坐りなおして、ぺこりと頭を下げた。

「義をみてせざるは勇なきなり、ってんで、こういうことになっちまったんでさ」

狂四郎は、女郎たちの顔ひとつひとつへ、冷たい眼眸を送って、

――女郎に化けているのは、一人も、いないようだ。

と、たしかめておいて、すっと、奥の部屋へ移った。

金八が、ちょっと間を置いて、入って来ると、

「あっしは、つらつら、考えたんですがね、……旦那も、箱根の関所を、通りなさるのは、危険だと――」

「…………」

「つまり、その……、旦那は、このたびは、武部仙十郎という爺様まで、敵にまわしてしまいなすったのだから、箱根の関所が、おそろしい鬼門のひとつになったことは、まちがいねえ、と考えやした」

「おれに、関所破りをしろ、とすすめるのか？」

「へえ。はやく云えば、そうなんで——」

「あの女郎らを、ぞろぞろとひきつれて、関所破りをするのか」

「旦那！」

金八は、両手をつかえた。

「窮鳥、ふところに入れれば、猟師も、これを殺さず、って——、あっしも江戸っ子であるからにゃ、あとへはひけませんや。……おねげえします！」

「あの中に、お前が抱いた女郎がいるようだな」

「深馴染というわけじゃありません。三度ばかり買っただけの女郎なんで……。ただ、あっしも、旦那と同様に、乗りかかった船だから、乗らざなるめえ、とほぞをきめたんでさ。……夜明け前に、万助が教えてくれた猟師を、たずねて行って、足柄峠《あしがら》を越えるけもの道を、きき出して来ます」

金八が、ひきさがって、四半刻も過ぎた頃、

「主さまえ――」

襖《ふすま》をへだてて、かぼそい声が、かかった。すでに、牀《とこ》に就いていた狂四郎は、べつに、返辞もせず、目蓋を閉じていた。

小楠横井平四郎の言葉を、くりかえして、思い出していたのである。

細川家の穿鑿所には、たしかに、菊丸自斎と名乗る大坂城の落人を加藤家がかくまい、そして、その一子菊丸が、長崎へおもむき、オランダ船に乗った、という記録がある、と横井平四郎は、打ち明けてくれたのである。

――百万両が、日本の何処《どこ》かに隠匿されているのは、事実とする。

――安南の日本人町の面々が、その軍用金を手に入れたならば、数千の軍勢を催し、十隻の軍艦に乗り込み、三十門の大砲を備えつけて、江戸へ攻め込んで来ることになる。

――江戸城は、たった一日にして、占拠される！

――沼津千阿弥《せんあみ》は、この革命を実現させる夢を描いたに相違ない。

「主さま、ごめんなんし。……寝酒を持参しました」

襖が、開かれた。

入って来たのは、八人のうちで、最もはっきりと記憶にのこっている女郎であった。

貌《かお》のつくりや肢体は、むしろ美しい方であったが、容子ぜんたいにただよう名状しがたい陰気さは、一瞥しただけで、客の気分を滅入《めい》らせるに相違ない。もし、その陰気さがなければ、総籬の花魁にもなれたであろう。

年齢は、まだ二十歳にとどいていまい。

「どうぞ、召し上ってくんなまし」

「お前が、敵娼《あいかた》にどうしてえらばれた？」

狂四郎は、訊ねた。

「あみだ籤《くじ》で――」

おもてを伏せて、消え入るような風情を示した。

あわれをさそうよりも、幽霊じみた陰気さが、嫌悪感を催させる。

狂四郎は、しかし、その暗いしめった雰囲気を、おのが虚無に見合うものとして、起き上ると、さし出された盃《さかずき》を、受けとった。

女郎は、おそれをふくんだ眸子《ひとみ》で、ちらと狂四郎を視てから、おずおずと、銚子《ちょうし》をさし出した。

「吉原へ売られて、何年になる？」

「半年あまりになりいした」

「それにしては、まだ、泥水の臭みは、肌にしみついていないようだな」

「わちきは、脳が弱《よ》おうて……」

「客をよろこばせたことは、一度もないか？」

「あい……。いつも、売れのこって……、たまに、お客がよって来なんしても、正気じゃ、とても抱けぬ、などと云わんして……」

「………」

狂四郎は、それきり、黙って、女郎がつぐにまかせて、飲みつづけた。

四

銚子を二本、空にすると、狂四郎は、牀に仰臥《ぎようが》した。

女郎は、膳をとりかたづけてから、しばらく、牀裾に坐っていたが、

「伽させてもろうても、よろしゅうありんすか？」

と、伺った。

「うむ」

女郎が、そっとかたわらに入って来ると、狂四郎は、訊ねた。

「わたしの陰気さが、お前には、薄気味わるくはないか？」

「………」

女郎は、返辞をためらった。

「正直に、云ってくれてよい」

「あい、――。なにやら、お気の毒な境涯のおひとのような……」

「一向に、気の毒な境涯ではない。おのれでおのれの歩く道をきめた男だ。お前とは、ちがう」

狂四郎は、片手をのばして、女郎の長襦袢《じゆばん》と湯文字を、はぐった。

ふれてみると、その茂みは、あるかないかの薄さであった。

その時――。

しびれが、その指先から起った。

「…………」

狂四郎は、女郎の横顔へ、視線を刺した。

「おい――」

「あい」

「お前が、酒に毒を仕込んで、わたしに飲ませたのか？」

「えっ！」

女郎は、驚愕《きようがく》の目をみはった。

「ど、毒!?」

「知らずに、飲ませたようだな」

「そ、そんな……、毒だなんて、わ、わちきは――。ど、どうしよう！　だ、だれが、毒を……」

狂四郎は、全身が徐々にしびれて来るのに堪えつつ、

「お前の仲間の一人が、毒をまぜたことになる」

と、云った。

「ど、どうして、そんなことを……。ああっ！」

女郎は、はね起きると、恐怖に顫《ふる》え乍ら、畳をいざった。

襖が、すっと開かれて、姿を現わしたのは、金八と馴染の女郎玉絵であった。

おそろしいことをやってのけた興奮で、肩を烈しく上下させていた。

「か、かんにんして、くんなまし！」

詫びておいて、膝をがくがくさせ乍ら、迫って来た。

――うまい手だ。ほんものの女郎を、使って、仕止めようとするとは、考えたものだ。

狂四郎は、玉絵を、見上げ乍ら、胸のうちで、呟いた。

玉絵は、わななく手で、ふところから、匕首《あいくち》を抜いた。

「お前を、使った男は、姿をみせず、じかに手を下そうとせぬのか？」

「わ、わちきは、お、お前様を、殺しとうはない。……で、でも、殺せば、きっと、自由の身にしてやると、約束してくれたので――」

「何者だ、その男？」

「………」

「せめて、おれを殺した男の名前ぐらい、知って、あの世へ行きたいものだ」

玉絵は、喘ぎをいよいよ烈しいものにしつつ、

「名前など……、いつも、覆面をしているお客で……」

「そうか」

狂四郎は、合点した。

——あいつか！

死神九郎太《しにがみくろうた》の、刀痕凄まじい面貌が、思い泛《うか》んだ。

狂四郎は、目蓋を閉じた。

玉絵は、匕首を、双手で逆摑《さかづか》みにして、狂四郎の上で、振りあげた。

狂四郎は、微動もせぬ。

四肢は、すでに、動く自由を喪《うしな》っていた。

孤影さびし

一

女郎玉絵は、目蓋を閉じて仰臥する眠狂四郎の胸もとめがけて、匕首を突き刺そうとして、一瞬ためらった。

そのためらいが、玉絵に、狂四郎の寝顔の静けさを気づかせた。

「ぬし！」

玉絵は、声音をふるわせつつ、

「ぬしが、何か大切な品を、身につけていなさんすことを、わちきは、知って居りいす。……そ、それを、渡して下されば、殺すのは止めにする。……渡して下され」

「…………」

狂四郎は、もはや昏睡《こんすい》の底へ落ちたように、目蓋も、口も、開かなかった。

「わ、渡して、くれなければ、殺して、取りいすぞ！」

「…………」

「ぬし！」

玉絵は、匕首をすてて、狂四郎のからだをさぐるのは、おそろしかった。

たしかに、酒に毒を仕込んだが、しかし、眠狂四郎ほどの男が、微動だにできぬほどかんたんに総身をしびれさせてしまうことに、疑惑があった。

匕首をすてて、からだをさぐろうとしたとたんに、逆に、組み伏せられるかも知れぬ、という恐怖感があった。

――殺して、取るよりほかはない！

玉絵は、自分に云いきかせると、こんどこそ、その胸を刺し貫くべく、切先を擬した。

その時、あみだ籤で狂四郎の敵娼にきめられた、幽霊じみた陰気な雰囲気をただよわせている若い女郎が、不意に、玉絵に、とびついた。

「いやじゃ！　殺しては、なりいせん！」

その邪魔だてが、玉絵をして、反対に、殺意をかためさせた。

「阿呆《あほう》が！　この浪人を殺したら、わちきらは、自由の身になれるのじゃ」

「いやじゃ！　だ、だまして、殺すなんて、そ、そんなことさせん！」

死にもの狂いで、むしゃぶりついて来た。

玉絵は、倒れ乍ら、無我夢中で、匕首を突き出した。

切先は、咽喉《のど》を刺し、ばあっと血汐《ちしお》を飛び散らせた。

絶鳴をあげるいとまもなく、その女郎は、玉絵の上へ、折り重なった。

その重い屍体《したい》を、押しのけた玉絵は、返り血をあびて、凄まじい夜叉《やしゃ》の形相になっていた。

十指は、咽喉を貫いたなりの匕首の柄《つか》に、膠《にかわ》づけされたように、へばりついていた。

玉絵は、しかし、咽喉から匕首を抜きとると、

「なむあみだぶつ……」

と、となえる余裕をみせて、こんどこそ狂四郎の胸もとを狙った。

二

編笠で顔をかくした死神九郎太が、幽鬼のように、音もなく、その湯宿に入って来たのは、夜が明けそめた頃合であった。

九郎太が、すっと平土間に立つと、板敷きの囲炉裏のそばで、小鳥の群れが身を寄せ合うように、ひとかたまりになっていた女郎たちが、びくっとなって、一斉に、おびえた視線を、向けた。

「玉絵は、どうした？」

九郎太は、そこに見当らぬ女郎の名を、口にした。

すると、階段の蔭に凭《よ》りかかっていた玉絵が、ふらふらと立ち上った。

顔面から、血の気をうしなって、わずか一夜で、頬から肉が殺《そ》げ落ちていた。

九郎太は、そばへ寄って、その肩へ手を置くと、

「ご苦労――。どうやら、たのんだことを、やりとげてくれたようだな」

「あ、あい……」

「眠狂四郎は、どこだ？」

「二階に――」

「正体なくなって居るのだな？」

「いえ……」

「なに？　しばりあげてある、とでもいうのか？」

「あちきが、殺して――」

「殺した？……お前の手で、眠狂四郎が一命を落したと！」

九郎太は、爆発するように哄笑《こうしよう》した。

「ほ、ほんとうでありんす！　あちきが、殺したんです！」

「検分しよう」

九郎太は、階段を上って行き乍ら、ついて来る玉絵に、

「狂四郎は、身に、何か大切そうな品を、つけていたか？」

と、訊ねた。

「それが、いくら、さがしても……」

「見当らなかったか」

「あい——」

「お前のあたまでは、さがし出せなかった、という次第だな」

杉戸をひき開けた九郎太は、夜具に寝かされている狂四郎の面貌を、一瞥して、

「ふむ！」

と、ひくく唸った。

まさしく、狂四郎は、死んでいた。

「眠狂四郎ともあろう男が、小格子女郎に殺されるとはのう」

九郎太は、自分が企てた策略とはいえ、あまりにあっけない強敵の最期に、一種の物足りなささえおぼえた。

「尤も、考え様によっては、こういう死にざまの方が、この男には、ふさわしいのかも知れぬ」

掛具をはねのけて、遺体へ手をふれかけた九郎太は、ふと、枕もとへならべて置かれてある大小へ目をとめた。

「これが、無想正宗《むそうまさむね》か。こいつにとっては、片刻も、身からはなせぬ白刃であったのだな」

そう呟いた瞬間、九郎太は、おのが独語のおかげで、ひとつの直感が、脳裡にひらめいた。

九郎太は、無想正宗を把りあげると、すばやく目釘《めくぎ》を抜いた。

柄をはずしてみると、はたして直感たがわず、刀身の端に、古びた紙が、巻きつけてあった。

「これか！」

ひろげた一枚の絵図面に、九郎太は、ごくりと生唾をのみ下した。

玉絵は、九郎太がそれをたたんで懐中にするのを待ってから、

「わちきらの身を自由にしてやるというお約束は――？」

と、目をすがらせた。

「おう、拙者は、約束したことは、必ずはたすぞ。安心せい」

九郎太は、明るい声音で、こたえた。

「ああ、うれし！……では、箱根を越えさせて下さるので――？」

「越えさせるとも。拙者は、足柄越えの間道には、猟師よりもくわしいのだ。黙って、ついて参ればよいぞ。沼津《ぬまづ》あたりに、当座かくれ住む場所も、さがしてくれよう」

九郎太は、階下へ降りると、女郎たちを見やり、

「一人、足りぬな」

と、云った。

玉絵が、事実をかくさずに告げた。

「眠狂四郎と心中したのであれば、はした女郎の冥利につきるというものだろう。……お前らを、ここへつれて来た金八という巾着切は、どうした？」

「むこうの部屋で、この宿のあるじと一緒に、倒れて居りいす」

「あるじまで、ねむらせたとは、機転のきく頭脳だ」

「あるじだけではなく、ぜんぶの湯治の客にも、毒酒をのませて居りいす」

「流石は、拙者がえらんだだけある。女房にしてやってもよいくらいの、したたかな性根を持って居るぞ、お前は——。はっはっは。……では、参るか」

三

江戸に徳川幕府ができて、東海道の本筋を、小田原・三島間は、箱根越えと改める以前は、もっぱら足柄越えであった。

小田原から、塚原《つかはら》、関本《せきもと》、矢倉沢《やぐらさわ》、足柄、竹ノ下、古沢、須走《すばしり》、甲山《かぶとやま》、佐野を経て三島に達した。

箱根越えを本筋としてから、幕府は、足柄越えの古街道をこわした。

いまでは、よほど足柄峠にくわしい猟師ぐらいしか、通ることはできぬけもの道となってしまっていた。

ところが——。

死神九郎太は、七人の女郎を連れて、底倉を出ると、いささかのためらいもない足どりで、そのけもの道に入ったのであった。

女郎たちは、必死の面持で、黙々として、九郎太のあとにしたがって、登って行った。陽の目のとどかぬ暗い闊葉樹《かつようじゅ》の密林の中を、一刻近くも辿って、急に、樹木のないひろびろとした柔らかな草山の鞍部《あんぶ》に出て、生きかえる思いをしたのも束《つか》の間、渓谷から巻雲のように湧きあがって来た濃霧によって視界は三歩さきも、きかなくなった。

女郎たちは、前の者の帯の端をつかんで、歩いた。

九郎太の足どりは、その白い闇の中でも、のろくはならなかった。

霧が消えた時、女郎たちの口から、歓声があげられた。

行手の山岳の緑の稜線《りようせん》の上に、白妙《しろたえ》の富嶽《ふがく》が、すっきりとそびえていた。そして、足もとは、野花が、いま盛りであった。なかでも、こいわ桜の群落は、ひときわ目立つ華やかな彩りであった。

九郎太が、その時はじめて足を停めたので、女郎たちは、思いきり澄んだ深山の霊気を、胸に吸い込んだ。

自由！

それを、やっと、自分のものにした――その解放感で、どの顔も、疲れを忘れて、はればれとしていた。

「お前ら――」

九郎太は、女郎たちに向って、

「ようここまで、ついて来た。拙者から、礼を云うぞ」

「旦那、お礼を申し上げるのは、わちきらの方でありんす」

玉絵が、進み寄って、媚《こび》をふくんだ眼眸をかえすと、九郎太は、

「いやいや、お前らが、拙者に礼を云うのは、ちと早いぞ」

声音はあくまでも明るく、しかし、双眼の光は、笑ってはいなかった。

「つまりだ、拙者の考えが、霧の中を歩くうちに変った、と思ってもらおう」

女郎たちは、まだ、九郎太が何を云おうとしているのか、判断しかねて、黙って見かえしているだけであった。

玉絵一人だけが、九郎太の眼光をあやしんで、

「あちきらが、足手まといになった、とでもお云いなんすのかえ?」

「いや、べつに足手まといになったわけではない。お前らの死場所を、どのあたりにしてくれようか、と考えていて、此処《ここ》にきめたのだ」

その宣告をきいて、女郎たちは、顔色を一変させると、悲鳴をあげた。

「お前らは、無数の男に肌身を弄ばれたが、若い女子《おなご》であることに変りはない。やはり、死場所は、このような美しい景色の土地がよかろう」

うそぶく九郎太に対して、玉絵が、

「人非人《ひとでなし》！」

と、絶叫した。

そのひびきがまだ、宙に消えぬうちに、抜く手もみせぬ九郎太の一閃裡に、玉絵は、血煙りをあげて、のけぞっていた。

「ひやあっ！」

「きゃっ！」

「ああっ！」

残りの女郎たちは、ゆるやかに傾斜した草地を文字通り死にもの狂いで駆け出した。これを追って、一太刀ずつで、斬り仆《たお》す九郎太の速影は、まさに悪鬼であった。

女郎たちは、てんでんばらばらに、四方へ奔ったのであるが、西へ逃げたのを斬っておいて、東へ向って駆ける者へ追い着く九郎太の脚力は、数倍の迅さであった。

逃げるのをあきらめて、坐り込んで、両手を合わせて許しを乞う女郎もいたが、九郎太は、容赦なく、一太刀あびせた。

酸鼻、というほかはなかった。

四

一人残らず、草地に横たえさせておいて、ひと息ついた時、死神九郎太は、再び湧きあがって来た霧の中に――二十歩ばかりへだてた地点に、うっそりと佇立する黒い人影を、みとめて、愕《ぎょ》っとなった。

「眠狂四郎！」

その名を、口のうちで呟いて、あらためて、眸子をこらすと、黒影は、ゆっくりと、霧の中から、歩み出て来た。

「貴様っ！」

眦《まなじり》が裂けんばかりに瞠《みひら》いて、九郎太は、呻《うめ》いた。

狂四郎は、五六歩の距離で立ち停ると、彼処此処《かしこここ》に仆れている女郎たちの屍骸を、見まわしてから、

「死神と異名をとる者らしい所業だ」

と、冷やかに云った。

「貴様っ！　たしかに、あの二階では、死んで居ったが……？」

「左様、貴様ほどの男の目をごまかすほど、巧みに、死顔そのままに、化粧されていた。ことわっておくが、わたしは、貴様が踏み込んで来た時、べつに、死んだふりをしてい

たわけではなかった」

「なんと!?」

「正体もなく、昏睡の状態をつづけていた、ということだ。貴様が、玉絵という女郎に渡した毒物は、たしかに、よくきいた。普通の人間なら、息をひき取ったろう」

狂四郎を救ったのは、湯宿のあるじ万助《まんすけ》であった。

あわや、玉絵が、狂四郎の胸を突き刺そうとした瞬間、万助がとび込んで来て、これをさえぎったのである。

そして、玉絵に云いふくめて、ひとつの工作をやってのけたのであった。

万助は、二十歳頃までは、市村座附《つ》きの顔師であった。

昏睡状態に陥《お》ちた狂四郎の顔を、死人のものに、化粧しておいて、九郎太の到着を待ち受けたのである。

いちかばちかの大芝居であった。

「貴様が、わたしの胸に耳をあてて、鼓動があるかどうか、たしかめなかったのは、不覚というほかはなかった」

「う、うっ!」

九郎太は、ぎりぎりと歯を食いしばった。

「目覚めて、すぐ、あとを追って来たのだが、ひと足おくれた。……よもや、貴様が、

　この女郎たちをみなごろしにすることまでは、予想がとどかなかった。貴様が、このような残忍を為さねば、そのまま、さきへ行かせたかも知れぬ。……どうやら、ここが、貴様とわたしが、決着をつける場所になったようだな」

　久しぶりに、眠狂四郎は、円月殺法の冴えを発揮することになった。

　二人が、九尺の間隔を置いて、対峙《たいじ》した折、金八と万助が、そこへ登りついた。

「爺さん、おめえ、まだ、眠の旦那の円月殺法を、おがんだことはねえだろう」

　金八が、ささやいた。

「ああ、まだだ」

「とっくりと見物しな。円月殺法を使うには、不足のねえ敵だぜ」

　二人は、息をつめて、見まもった。

　四半刻の静止睥睨《へいげい》の、長くて短い時刻が、山上に流れた。

　と――。

　無想正宗が、地摺《じず》り下段から、ゆるやかに、円を截《き》ってまわす緒についた。

　刀身は、直立した。

　九郎太の青眼の構えは、微動だにせぬ。

　無想正宗は、ゆるやかに、下向の弧を描きはじめた。

　そして……。

切先が、元の地摺りの位置へ還ったかと、見えた刹那、九郎太が、地を蹴って、跳躍した。

二条の白刃が交叉《こうさ》した――とみた刹那、もう、二人の立った地点は入れ代っていた。

のみならず、一間余をへだてて、狂四郎と九郎太は、互いに背中を向け合っていた。

九郎太は、撃ち込んだ一瞬そのままに、まっすぐに、刀身をさしのべていたし、狂四郎は、胸前へそれを横たえていた。

狂四郎が、ゆっくりと向きなおるのと、九郎太が朽木のように仆れるのが、同時であった。

「ど、どうだい、爺さん、旦那の腕の見事さは――」

金八が、小鼻をひくめかした。

「すげえものだのう。……あの世への土産話ができた」

万助は、大きく肩で呼吸《いき》をした。

「爺さん――」

狂四郎が、無想正宗を腰にもどしてから、呼んだ。

「へい」

万助が、寄って行くと、

「お世話になった」

「いえ、なんの……」

「面倒だが、ゆきがかりのついでに、この女郎たちを、埋葬してやってもらえるか」

「へい。それはもう、あわれな女子どもでござんすから、ちゃんと、墓をたててやりましょう」

万助は、いたましげに、七つのむくろを眺めやった。

「金八、埋葬を手つだってやれ」

狂四郎は、命じた。

「合点で――」

「では」

狂四郎は、万助に一揖しておいて、歩き出した。

「先生っ、あっしゃ、すぐに、追いつきますぜ」

金八が、その背中へ、叫んだが、返辞はなかった。

万助も、狂四郎の後ろ姿へ、じっと視線を送っていたが、

「なんとも、さびしそうなご様子を、していなさる」

と、呟いた。

「なんだと？　なんと云ったい、爺さん」

「対手がいくら極悪な奴《やつ》でも、斬り殺した後味はわるいものらしいのう」

「冗談じゃねえや。……眠狂四郎はな、斬っちまったら、もうすぐ忘れていなさらあ。いちいち、後味のわるい思いをしていたら、あの旦那が、今日まで生きていられるものけえ」

「金八、おめえは、もうずいぶん長いあいだ、あの御仁の乾分《こぶん》気取りでいるんだろうが、お心のうちの十分の一も、汲《く》みとってはいないようだな」

万助は、沁々《しみじみ》と云ったことだった。

少年覚悟

一

雨もよいの午後であった。

松の並木が、田野の中をまっすぐにつらぬく街道を、黒の着流しの痩身が、ふところ手で、いそぐでもない足どりで、歩いて行く。

沼津の旅籠を朝ややおそく発ち、原宿を通り抜け、吉原がもうすぐそこに近づいていた。

駿河路《するがじ》をついてまわる富士山は、ひくくたれこめた雨雲に、かくれていた。

孤身のかたわらに、金八の姿はなかった。

沼津の旅籠で、狂四郎は、ふと思いついて、金八を夜明けに発足させたのである。

「薩埵《さった》峠の下で、待て」

そう命じた。

これは、この男独特のカンであった。

薩埵峠が死地になる待ち伏せが為されているような予感が、ふっと、湧いたのである。

そして、また――。

沼津から由比《ゆい》までの八里半の間にも、意外な襲撃があることは、当然考えられたので、巾着切としての金八の鋭い耳目の働きをたよってみることにしたのである。

「これは、くさい、と感じたら、並木の枝に、呪札《まじないふだ》でもむすびつけておけ」

「合点でさ」

おのが直感力が役立つことに、金八は、勇躍して、まだ足元が暗いうちに、旅籠をとび出して行ったことであった。

当時――。

民家には、家毎に、門口や檐下《のきした》に、厄払いの呪札が、貼ってあったのである。

街道上に、ほとんど人影は見当らなかった。

――そうか、今日は、厄日か。

迷信のつよい時代であったので、旅する人も、大凶の日は、旅籠ですごすならわしがあった。大名行列も、伊勢詣でや富士浅間《せんげん》神社詣での講中も、道中を中止するのであった。

ちなみに――。

講中、というのは、文化《ぶんか》年間にできた。

大坂玉造《たまつくり》上清水町の綿弓の弦を商う松屋という店の手代源助《げんすけ》が、諸方を行商して、いたるところの旅籠が待遇がわるく、飯盛女を無理強いするのに辟易《へきえき》して、宿屋組合を設けて道中の弊風をのぞいたらどうだろう、とあるじに相談した。

あるじ甚四郎は、懇意の江戸の大商人鍋屋と計って、浪花《なにわ》講という宿屋組合をつくった。松屋甚四郎が講元になり、日本全土にわたって加盟者を募集して、各宿駅に、浪花講定宿の看板をかかげさせた。

泊り泊りの宿駅で、道中女を買うのを愉しみにして、伊勢詣でをする江戸っ子連は別として、信仰一途の旅をする人々にとっては、飯盛女をすすめず、心づくしのもてなしをすることを標榜《ひようぼう》した旅籠ができたことは、大いによろこばれた。

この流行に目をつけた大坂日本橋の河内屋茂左衛門《かわちやもざえもん》が、江戸馬喰《ばくろ》町の苅豆屋茂右衛門《かりまめやもえもん》と相計って、三都講をつくった。それにつづいて、ぞくぞくと諸講がうまれた。大山詣で、富士詣での講中もできて、一般旅客、巡礼、行商人も、これを利用した。

いわば――。

東海道の道中は、対蹠《たいしよ》的な硬軟二派の旅人が行き交うていた。

ただ、共通しているのは、いずれも、大凶の日には、旅籠から出るのを避ける、ということだけであった。

一人、吉凶の迷信とは無縁の世界に棲《す》む狂四郎は、うすら寒い風に吹かれ乍ら、街道をひろって行く。

やがて――。

狂四郎は、むこうから、しずしずと、女乗物の道中が進んで来るのをみとめた。

供まわりは、二十数人であった。

遠くからでも、一瞥して、これは、京都禁裏から、江戸へ下向する女官道中であることが、判然とした。

禁裏《きんり》には、天皇御側附《おそばつ》きの女官として、典侍《すけ》、掌侍《しょうじ》、命婦《みょうぶ》、女蔵人《くろうど》、御差《おさし》などがある。

このうち、江戸城または上野東叡山《とうえい》などへ、お使いとして遣わされて来るのは、掌侍のかしら、勾当内侍《こうとうないし》であった。

勾当内侍は、長橋局《ながはしのつぼね》といい、位は五位。諸方からの献上物を受けとったり、下賜品を渡したりする役目で、一年勤めると千両の役得がある、といわれるくらい威勢があった。

したがって、街道上で、大名行列と出会っても、大名の方が、道をゆずった。

狂四郎は、しかし、べつに、並木へ身を避《よ》けもせず、ふところ手のままで、距離を縮めて行った。

二

それは、見事なつくりの女乗物であった。

外装は、金梨子地《きんなしじ》で、金の紋散らしの唐艸蒔絵《からくさまきえ》、これに金色の金具をうちまわし、左右の腰まわりには二つの環をつけてあった。

夢想窓には、紗《しや》を張ってあった。

おそらく、内部は、鳥の子に金砂子を蒔き、花鳥の極彩色の絵でも描いてあるに相違ない。

狂四郎は、そのまま、ゆっくりと、脇を通り過ぎようとした。

刹那――。

夢想窓から、飛電の迅さで、一槍が突き出されて、狂四郎を襲った。

狂四郎に、油断はなかった。

身をひねりざま、穂先ちかくの口金のあたりを、むずとつかんだ。

手槍だが、九尺はあった。これをどうして、乗物の中に、かくしていたか？

――柄《つか》を、幾段にもたたむ工夫がしてあるのだな。

そうと看《み》て取る余裕は、しかし、次の瞬間、狂四郎は、すてなければならなかった。

二十余の供揃《ともぞろ》いが、一斉に、四方へさっと包囲の布陣をみせるや、片手をかざしたのである。

いずれの手にも、手裏剣がにぎられていた。そして、どの構えも、手練者《てだれ》であることである。

を示していた。

——ここが、死地であったか。

狂四郎は、自嘲の薄ら笑いを、口辺に刷《は》いた。

乗物の扉《と》が開かれ、出現したのは、これは、まさしくこれに乗るにふさわしい、禁裏お使いの長橋局と見まがう美しい上臈《じょうろう》であった。

「眠狂四郎、不覚にも、罠《わな》にかかりましたの」

嫣然《えんぜん》として、云った。

「まことに見事なご挨拶だ、と申し上げよう」

二十数本の手裏剣を、四方から一瞬裡に投げられては、いかに不死身の狂四郎でも、生命《いのち》を保つことは、おぼつかぬ。

俎《まないた》の上の鯉《こい》にならざるを得なかった。

「そちが身につけている大切な品を、こちらへ渡すがよい」

「あいにくだが、所持せぬ」

「狂四郎！　そちは、いま、生死の境目に立たされていることを、忘れまいぞ」

「死をおそれて、今日まで生きのびた男ではない。面倒なら、屍体にして、さがすがよかろう」

「そうか、相判った」

上臈は、冷たく、冴えた双眸《そうぼう》を据えた。

「江戸城内大奥よりぬすんだ絵図面は、脳裡に写しておいて、破棄した、と申すのじゃな？」

「ご明察――」

「そちが向う場所へ、案内するがよい」

上臈が命ずるとともに、四人ばかりが迫って来た。一人が、綱を持っていた。

すると、狂四郎は、にやりとして、

「長橋局に化けたおひとに、申し上げておこう。この眠狂四郎は、ひっくくられて道中する屈辱に堪えるよりは、死をえらぶ男だ。……遠慮なく、片づけて頂こう」

死地に立たされた者の方が、平然として、うそぶいたのである。

上臈は、

「その長持の中で、寝て参ることまでは、こばみはすまい」

と、云った。

「膝栗毛の手間をはぶいて頂くことになり、お礼を申さねばならぬところか」

「どちらまで参るのじゃ？」

「とりあえず、西へ――とだけ、申しておこう」

狂四郎は、自身の方から、無想正宗と脇差を、供の一人へ渡しておいて、乗物のうしろに据えてある長持に入った。

長持の中には、夜具だけが納めてあり、身を横にするには、おあつらえ向きであった。

行列は、西へ向きを転じた。

三

同じ日——。

箱根を降りて、三島宿へ至った巡礼父娘《おやこ》——と見せかけた一組が、いた。

「雨になるかも知れぬ」

菅笠をあげて、空を仰いだ顔は、佐賀闇斎《あんさい》のものであった。

連れは、いつの間に、大奥から脱出させたのか、小銀《こぎん》であった。

「沼津まで、一里半か。急ぐとするか」

闇斎が、足をはやめようとすると、

「爺様——」

小銀が、呼びとめた。

小銀の表情は、沈んでいた。江戸を発った時からであった。闇斎は、それと気づき乍ら、娘の心中によどんでいるものを、わざと無視して来た。

小銀が、自分から闇斎に呼びかけたのは、いまが、はじめてであった。終始沈黙を守っていたのである。

「爺様は、眠狂四郎殿のあとを追うておいでなのでしょう？」

「そうじゃ」

「あの御仁を、味方につけようとなさるのは、おあきらめなされませ」

「いまは、味方につけようなどとは、考えて居らぬ。……殺す」

小銀は、ちょっと間を置いてから、

「わたくしは、江戸を発ってから、毎夜、同じ夢をみます」

と、云った。

「なんの夢だ？」

「……爺様が、眠狂四郎殿に、斬られる悪夢です」

「ふうん――。このわしが、狂四郎にのう……」

「あとを追うのを、あきらめるわけには参りませぬか？」

「たわけ！　今夜、沼津の宿では、わしが、狂四郎を斬る夢をみるがよい」

闇斎は、云いすてた。

小銀は、悲しげに、俯向《うつむ》いた。

その時であった。

松の並木の蔭から、黒い凶器が、異常な唸りを生じて、宙を截って襲って来た。

ぶうめらんであった。

「おっ！」

闇斎は、これを、紙一重で、頭上にかわした。

大きく弧を描いて、翔《か》けもどって来た武器を、受けとめたのは、総髪、筒袖に軽衫《カルサン》をはいた男であった。

この男は、この物語のはじめに、狂四郎が、伊豆半島最南端・石室崎で燈台守をしている元岡っ引の佐兵衛を訪ねて行く途中、出会って、いまと同様、ぶうめらんで襲った人物であった。

「ほう、お主、莫邪主馬助《ばくやしゆめのすけ》か」

闇斎は、その姓名を口にした。

「いつの間に、日本へもぐり込んで居ったぞ？」

莫邪主馬助と呼ばれた人物は、「日本太夫！」と、闇斎を睨《にら》み据え、

「おのれは、六十を越えてなお、我欲旺盛《おうせい》とは、見下げはてたぞ！」

と、ののしった。

「ははは……、主馬助。豊臣秀吉はどうじゃ？　徳川家康はいかに？　六十を過ぎたら、無欲恬淡《てんたん》に相成ったかな？」

「日本太夫！　われら一統が、日本へ潜入したからには、太閤遺産は、絶対にお主の手

には渡さぬぞ！」

「ふむ！　安南の日本人町頭領莫邪主馬助が、わがものにするか、暹羅《シャムロ》の山田長政《やまだながまさ》の後裔《こうえい》日本太夫が、この手につかむか——百万両の行方は、神のみぞ知るて」

「日本太夫！　おのれとわれら一統とは、目的は同じであっても、性根に於《おい》て、天地雲壌の差があるぞ。……われらののぞむところは、南方諸洲《しょしゅう》にちらばる同胞の団結だ。以《もっ》て、一大軍勢を編成して、母国へ寄せかけ、幕府に迫って、鎖国の迷妄を打破するのだ。この悲願達成のため、太閤遺産を手に入れて軍用金にしようとするわれら一統と、おのれ一人占めにしようとする我欲の権化と、いずれに神仏の加護があるか、自明の理であろう」

莫邪主馬助が、云いはなった折、にわかにあたりがくらくなり、大粒の雨が降り出して来た。

「主馬助、この雨では、ブウメランは使えまい。出なおすがよい。太閤遺産を狙うのは、お主とわしと二人だけではない。幾多の人間が、血眼になって、さがしまわり、最後に、誰が、その手につかむか——これは、面白い見物でもあるのだ。……今日のところは、別れるといたそう」

佐賀闇斎こと日本太夫は、老獪《ろうかい》な落着きぶりを示した。

四

その日、老中水野忠邦《みずのただくに》は、下城して来ると、居室に武部仙十郎《たけべせんじゅうろう》を呼び、

「いかが相成ったか？」

と、問うた。

大奥から下らせたオランダ娘千華が、行方不明になり、眠狂四郎もまた江戸から姿を消した——そのことであった。

「この爺《じ》いが、七十余年の生涯に於て、最大の不覚でござる」

忠邦は、この老人がみせるはじめての沈鬱な態度に、

「そちが、狂四郎に裏切られたとはのう」

と、云った。

「狂四郎めが、東海道をまっすぐに歩いて行ったことは、明白でござるゆえ、こころみに、一策を案じ申したが、はたして、効があったかどうか、疑わしゅうござる」

「狂四郎という男を最もよく知って居るそちが案じた策略ではないか」

「……ではござるが、あやつのことゆえ、それを、身共の策略と看て取ったならば、身共に対する憤りのあまり……」

そこまで云いかけて、老人は、口をつぐんだ。

家中からえらんで、狂四郎のあとを追わせた十一人の少年たちに、

「目的を果せずば、死ね」

と命じたおのれの残忍が、いまにして、胸を疼《うず》かせた。

おそらくは、狂四郎は、少年たちを斬りはすまいが、その峰撃ちをくらっただけで、幾人かは、生れもつかぬ不具者になるおそれがあった。

その惨状が、老人の眼裏にうかんでいた。

「爺――、狂四郎がおもむくままに、見すてておいたならば、どうだ？」

「いまは、そうも、考えて居り申すが……」

老人は、ほっと吐息してから、

「というて、すてておけば、狂四郎は、太閤遺産をさがしあてたならば、あのオランダ娘に、のこらず呉《く》れてしまうは、必定」

「狂四郎自身も、この日本を去って、海を渡ってしまうかも知れぬ、と思うか？」

「あるいは――」

主従は、視線を合わせた。

「狂四郎が、それをさがしあてたならば、殺すよりほかはあるまい」

忠邦は、云った。

四十歳になったならば、必ず老中首座に就いてみせる、とおのれにひそかに誓った忠

邦である。

その四十歳を、今年迎えた忠邦は、しかしまだ、のぞむ首座を、はるかに遠いものにみていた。

政治の主権をつかむには、やはり、軍資金を必要とした。

百万両を手に入れることは、確実に、政治の主権をつかむ夢を実現させてくれるのだ。

忠邦は、のどから手が出るほど、その軍資金が欲しかった。

「爺、たのむ！」

忠邦は、股肱《ここう》に向って、頭を下げた。

主人の居室を退出した仙十郎は、猫背をさらに一層まるめて、長い廊下を幾まがりかして、家中出入口へ来た。

すると、そこに、おのが役宅の用人が、血相を変えて、待ち受けていた。

あたりをはばかり乍ら、

「一大事にござりまする！」

と、訴えた。

「なんじゃ？」

「留守居添役大野木玄蕃殿の嫡男隆市と申す少年が、庭さきに……」

「いかがいたした？」

「せ、切腹、つ、つかまつりました」

「……………！」

仙十郎は、いったん、かっと、皺目蓋《しわまぶた》をひらいたが、声は出さなかった。

大野木隆市は、討手としてさし向けた十一人の少年の一人であった。

「他の者どもは、いかがした？　立戻って参ったか？」

仙十郎は、役宅へ急いで身をはこび乍ら、用人に、訊ねた。

「それが、わかりませぬ。……大野木殿の子息一人だけが、いきなり、庭へ踏み込んで参り……、止めるいとまもなく、腹を――」

「たわけが！」

老人は、吐き出したが、それは、少年の軽率な振舞いをののしるのではなく、おのれ自身をあざけっているようであった。

木戸を通って、庭さきの有様を一瞥した仙十郎は、ふうっと肩で息をした。

おびただしい血海の中に、少年は、横伏していたが、まだ死にきれず、首をうごめかし、脚をびくびくと痙攣《けいれん》させていた。

しかし、仙十郎が抱き起したとたん、がっくりと、事切れた。

「大野木殿に、お報せいたしましょうか？」

用人が、遠くから云った。

「いや、こちらから、遺骸をはこんでやらずばなるまい」

そうこたえておいて、仙十郎は、血汐に染められた遺書を把りあげた。

それには、かなりの達筆で、討手としてのお役目が果せなかったことを謝罪し、十人の少年たちは、いま、水野家の菩提《ぼだい》寺である伊皿子《いさらご》の光明《こうみよう》寺方丈に在って、不首尾が許されるかどうか、謹慎している旨、記されてあった。

すなわち。

大野木隆市は、代表者として、立戻って来たのであった。その帰途、自分一人が腹を切って詫びれば、他の十人は、許されるのではなかろうか、とほぞをきめたに相違ない。

仙十郎は、遺書を読み了《お》えると、

「たわけが！」

と、もう一度、おのれをあざける独語をもらした。

そして、あらためて、少年の死顔を視やった。

死顔には、苦痛の色はなかった。それが、老人にとって、せめてもの救いとなった。

敵と味方

一

文字通り暗黒の中にとじこめられて、眠狂四郎は、四肢を折って、痩軀《そうく》を横たえていた。

ただの長持ではなかった。

動く牢獄として、巧妙に作られていた。内部には、薄い鉄板が、張られてあったし、食事の差入れ口も設けられていたし、夜具の下には、便器もそなえつけてあった。

これを破って、遁れることは、まず不可能であった。

尤も、狂四郎には、脱出する意志はなかった。

どうせ、さまざまの敵が、行手をはばむ道中であるからには、いっそ、虜囚となって、身をはこんでもらう方が、気楽といえた。

長持が据えられているのは、蒲原《かんばら》の脇本陣と、判っている。富士川の早瀬を、舟渡しされて、ここへ到着したからである。

夕餉が差入れられてから、一刻以上が過ぎていた。

——金八は、薩埵峠の下で、おれがこれにとじこめられているとも知らず、行き過ぎさせて、待ちぼうけをくらうことになる。

狂四郎の脳裡にうかんだことといえば、それだけであった。

桑名あたりまでは、長持の中で寝て行くつもりの狂四郎であった。

と——。

狂四郎の研《と》ぎ磨《すま》された神経が、急に、働いた。

なんの物音もきこえたわけではなかったが、長持の外で、何事かが起った、と察知した。

——どうやら、寝ていられるのは、ここまでらしい。

狂四郎は、おのれに呟いた。

はたして——。

ひそやかに、長持にかけられた錠前が、はずされ、そっと、蓋があげられた。

とたん、部屋にまかれた臭気が、狂四郎の鼻孔を衝《つ》いた。

狂四郎は、目ばかりに覆面した救い手を、一瞥しただけで、

「ほう、お前か」

と、薄ら笑って、身を起した。

「敵である者が、都合によっては、味方になってくれるのか、捨てかまりの弥之助」

　長持から出た狂四郎は、毒煙をくらって倒れている二人の見張り番を、眺めやり乍ら、云《い》った。

　弥之助は、狂四郎から距離を置いて、うずくまっている。

「弥之助、お前は、お目付下条主膳の手先であった筈だ」

「へい」

「わたしは、この女官道中は、下条主膳が思案した罠と、看たが、そうであれば、お前は、主人を裏切って居る」

「…………」

「すなわち、お前は、別に考えるところがあって、お目付の手先になった曲者ということになる」

「…………」

「捨てかまりというのは、忍者用語で、要所要所に捨て石のように配備された伏兵の意味だが、甲賀や伊賀では、この用語は、使わぬ。薩摩だけで、忍者がそう称《よ》ばれているのではないのか。……お前は、薩摩から放たれて来た島津《しまづ》家手飼いの忍びであろう。公儀お目付の手先になって、島津家のために、働いて居る——そうではないのか、弥之助？」

「………」

「忍びに、正体を明かせ、と迫る方が、野暮というものか。いずれにしても、お前が、下条主膳を裏切ったことは、疑いない」

「旦那、ともかく、この脇本陣を、ぬけ出して頂きます。それからの相談ということにして、お早く――」

弥之助は、うながした。

「弥之助――」

「へい」

「長持から救い出されたのは、わたしにとって、有難迷惑なのだ。しかし、救い出された以上、やむを得ぬから、歩いて行くことになる。しかし、無腰では、恰好《かっこう》がつかぬ。無想正宗をとりもどすゆえ、お前は、ひと足さきに、出て行け」

「旦那！　この供揃いが、男はもとより女子も、選りすぐった手練者であることを、旦那もすでにご存じじゃありませんか」

「対手がたが、そうだからこそ、尻尾を巻いたていで、こそこそと退散するわけにいかぬのだ。自身の差料《さしりょう》をとりもどすとともに、贋《にせ》女官殿にも、挨拶して参ろう」

「そんな！　みすみす、また――」

「捕えられて、この長持へ、逆戻りすることも、こちらは、一向にいとわぬ」

狂四郎は、そう云いすてておいて、廊下へ出た。

二

奥の一室へ、跫音《あしおと》を消して近づいた狂四郎は、ふっと、眉宇をひそめた。

そこから、小さな悲鳴がもれ出るのを、きき取ったのである。

次の瞬間、狂四郎は、苦笑した。

それは、悲鳴ではなく、きわめて淫靡《いんび》な、官能の身もだえから吐かれる呻きであった。

狂四郎は、障子を、ほそめに、開けてみた。

褥《しとね》の上にくりひろげられた光景は、男女の営みではなかった。

禁裏お使いの長橋局に化けた女が、緋の長襦袢も白綸子《りんず》の二布《こしまき》も、ひきはだけて、肉の盈《み》ちた豊艶な胸、腹、腰をあらわにし、侍女の一人に、ぞんぶんに弄ばせていた。

胸のふたつの隆起は、唇と指に弄ばせ、滑らかに張った蠟《ろう》色の腹部を、掌《てのひら》で撫《な》でさせていたが、もうそれだけで、官能の疼《うず》きに堪えがたい呻きをあげ、顔をゆすり、下肢を曲げたり拡《ひろ》げたりして、腰をうごめかしているのであった。

侍女は、そうするように習練させられているのか、腹部を撫でる掌を、秘部まで、なかなか、下げようとせぬ。

狂四郎の眸子には、柔肌を匍《は》う五本の指の白く嫩《やわら》かな細長さが、妖しい美しい生きものに映った。

身もだえる贋女官は、ついに、焦《じ》れて、侍女の手くびをつかむと、秘部へ下げた。

黒い茂みをわけて、その一指が、濡《ぬ》れた襞《ひだ》にふれるや、贋女官は、われを忘れた叫びを発した。

その時を、待っていたように、狂四郎は、室内へ、すべり込んだ。

贋女官も、侍女も、ひしと目蓋をふさいでいるおかげで、狂四郎は、悠々と自由に行動することができた。

脱ぎすてられた衣裳《いしょう》のわきに、懐剣が置かれているのをみとめて、まず、それを、そっとひろいあげた。

侍女の顔が、贋女官の股間にうずめられて、さらにせわしい喘ぎがたかまるまで待ってから、狂四郎は、ひくく咳払《せきばら》いをした。

反射的に、侍女が、ぱっと顔をあげ、贋女官の豊艶な肢体のうごめきが、ぴたっと停止した。

贋女官が、狂四郎を見出して、はね起きようとした。

「動くな！」

狂四郎は、一喝した。

懐剣を抜きはなっていた。

距離は、五歩以上もあったが、狂四郎が、抜いた懐剣を、手裏剣にして撃つ構えを示しているので、贋女官は、あられもない放恣な寝姿を、掩いかくせなかった。

「男にとって、格別の見世物を馳走《ちそう》して頂いたついでに、こちらも、座興までに、ちょっとした技を、ごらんに入れよう」

狂四郎は、云った。

「技がきまったならば、わたしの差料をかえしてもらう。よろしいな?」

「………」

贋女官は、眠狂四郎という人物に就いて充分の知識があるとみえて、恐怖の色を双眸に滲ませた。

狂四郎は、冷たく笑って、

「座興の技ゆえ、べつに、おそれることはない」

と、ことわっておいて、侍女に有明を褥裾に近づけさせ、贋女官に、大きく下肢をひろげて、腰を上げるように、要求した。

贋女官は、ちょっとためらっていたが、抵抗しても無駄と知って、目蓋をとじると、命じられるままな肢態をとった。

狂四郎は、酷薄な語気で、

「目をひらいて、こちらの技を、しかと、見とどけて頂こう」

と、云った。

贋女官は、狂四郎を視かえして、

「なにを為そうというのじゃ？」

と、はじめて声音をあげた。

「見て居れば、わかる」

狂四郎は、ゆっくりと、畳へ片膝をついた。

そして、懐剣の鞘をつかんだ右手を、直立させて、贋女官の股間にむき出された剝き身の蛤《はまぐり》に似た女陰を、凝視した。

次の刹那――。

鞘は、宙を截って飛び、あやまたず、濡れた女陰へ、ふかぶかと突きささった。

「ああっ！」

贋女官が、悲鳴をほとばしらせるや、狂四郎は、

「動くな！」

と、叱咤《しった》し、

「本技は、これからだ」

と、云った。

贋女官は、狂四郎が、懐剣を右手に持ちかえて、構えるのを視て、恐怖の色を、顔面

いっぱいにひろげた。

「……ゆるして！」

思わず、ちいさく呟いて、目蓋を閉じた。

「目を閉じてはならぬ！　ひらいて居らぬと、故意に、腹をぐさりと刺すことになろう」

狂四郎は、おどした。

「……ああ！」

贋女官は、ひろげた下肢を、びくびくっと痙攣させた。

懐剣は、狂四郎の右手をはなれた。

一閃の白光となって、飛んだ九寸五分の刃は、見事、女陰に突きささっている鞘に、ぴたりと納まった。

狂四郎は、侍女に、自分の差料を持って来るように、命じた。

侍女は、贋女官を、うかがった。

贋女官は、うなずいてみせた。

狂四郎は、贋女官に近づくと、女陰から、懐剣を抜きとって、その枕もとへ投げた。

侍女が持って来た無想正宗と脇差を、狂四郎が腰に落した時、贋女官は、ようやく、おちつきをとりもどして、

「貴方《あなた》の男ぶりに、わたくしは、生れてはじめて、目も心もくらみました」

と、云った。

「あとを追って来るのならば、別の策を案じて、襲って来ることだ。但し、こんどは、おとなしゅう、虜囚にならぬかも知れぬが……」

「いえ！　貴方を慕うて、追います」

「この世には、恰度《ちようど》都合よく、男と女の頭数が、半々につくられているにも拘《かかわ》らず、わざと、同性を対手にえらぶような女子を、こちらは、好まぬ」

狂四郎は、云いすてておいて、出て行こうとした。

「待って！」

贋女官は、あわてて、起ちあがると、追って来ようとした。

とたん、狂四郎の凄まじいひと睨みが、彼女の足をすくませた。

「わたしが、無想正宗を抜く時は、座興の技では、すまぬぞ！」

三

脇本陣を抜け出して、暗い街道をものの二十歩も進んだ時、背後から、三本ばかり、手裏剣が、飛来した。

その一本は、袂《たもと》を貫いた。

「旦那！　危のうございます！」

闇の中から、弥之助の声が、かかった。

狂四郎は、後方をうかがおうともせず、黙って、まっすぐに歩いた。

追手は、襲って来なかった。

二町あまり行って、狂四郎は、一軒の居酒屋に入った。

ちょっとおくれて、弥之助が、入って来て、狂四郎の向いに、腰をおろした。

馬子や駕籠舁《か》きが、飲む店で、四十年配のみにくい貌とからだつきの酌婦が一人いるだけであった。

「おどろきました！」

弥之助は、云った。

「てまえも、ずいぶん多勢の度胸のある男たちに出会って居りますが、旦那ほど、自分の生命《いのち》を粗末にする御仁には、はじめて、お目にかかりました」

「…………」

狂四郎は、黙って、猪口《ちよこ》を口にはこぶ。

「てまえは、旦那を、長持から救い出すまでは、まだ、旦那を自分の仕掛けた罠へはめられるかも知れぬ、と甘く考えて居りました。いまは、きれいさっぱり、そんな考えは、すてました。……白状いたします。てまえは、たしかに、薩摩の者でございます。……

先程、旦那が仰言ったように、捨てかまりというのは、薩摩の忍び衆のことでございます。てまえは、その薩摩忍者の下忍の家に生れました。鹿児島城下から南に三十里ばかりの、木下という村でございます」

「豊臣秀頼の墓所がある、という村だな」

「そうでございます。木下村では、秀頼公が落人として、かくれ住んだことを、疑う者は一人も居りません。みな、かたく信じて居ります」

「………」

「てまえは、二十歳の頃、村の故老から、秀頼公が、何百万両という莫大な軍用金を、どこかにかくした事実を、きかされました。……で、いつの間にか、てまえは、自分の手で、その軍用金をさがしあてたい、と野心を抱くようになりました。てまえが、家をすてて、薩摩を出奔したのは、そのためでございました。上方では、二年ばかり、かたぎのあきないをして居りましたが、江戸へ出て来ると、薩摩忍者としてならいおぼえた忍びの業を、夜働きに使うようになって居りました。これは、しかし、公儀お目付下条主膳殿に、近づく手段《てだて》でもありました。町奉行所に捕えられれば、獄門になる盗賊も、お目付に、その腕が買われれば、手先にしてもらえるからでございました。……で、首尾よく、お目付にてまえの腕を買ってもらって、手先になりました。三年前のことでございます」

「………」

狂四郎は、じっと、弥之助の視線を受けとめている。

「お目付下条主膳殿が、秀頼公のかくした軍用金を、さがしている、ということを、てまえは、偶然かぎつけたからでございます。お目付が、このことを知ったのは、ご同朋《どうぼう》の沼津千阿弥殿が、病気といつわって出仕をやめ、塾をひらいて、お坊主衆を弟子にしたのを、なにか企《たくら》むところがあるな、と疑って、身辺をさぐっているうちでございました。千阿弥殿が、秀頼公の軍用金を、どこで、知られたか、そこまでは、てまえは、存じません。……てまえは、お目付に命じられて、ご同朋の塾へ、忍び込んで、千阿弥殿が、軍用金のかくし場所を、つきとめるかどうか、地獄耳をたてて居りました。……ところが、千阿弥殿は、軍用金をさがし出すかわりに、あのような凄まじい諫死《かんし》をされてしまいました」

「………」

「すると、お目付は、千阿弥殿の弟子がたを、片はしから殺しはじめたではございませんか。てまえは、その頃から、お目付を憎むようになりました。軍用金は、どんなことがあっても、下条主膳の手には、渡さぬぞ、と肚をきめました。これは、嘘いつわりのない、てまえの決心でございました」

「………」

「旦那は、いつぞや、若年寄のお屋敷に、てまえが忍び込んだところを見つけて、鋭い訊問《じんもん》をなさった挙句、こう仰言いました。若年寄小笠原相模守《おがさわらさがみのかみ》も、お目付下条主膳も、死神九郎太も、そして、お前も、同じ道を——欲の道を歩いて居る、と」

「お前は、まだ、その欲の道を歩くのを、止めたわけではあるまい」

狂四郎は、冷やかに、云った。

「旦那！　てまえには、いま、はっきりと、判りました。旦那お一人だけは、軍用金のかくし場所へ向っていなさるが、決して、欲の道を歩いていなさるわけではないと、はっきり、てまえには、お心のうちが読みとれます」

「それは、どうかな。おれも、欲と道連れの一人かも知れぬぞ」

「いいや、そうじゃありません。旦那だけは、ちがっていなさる。無欲だからこそ、今夜のような、途方もなく生命を粗末にする振舞いをみせなさるのだ。……てまえは、旦那のために働きたくなりました。どうか、働かせて下さいますまいか？　お願い申します！」

弥之助は、頭を下げた。

狂四郎の無表情は、動かなかった。

「弥之助——」

「はい」

「あいにくだが、それがお前の本心かどうか――こちらは、看て取っては居らぬ。たとえ、本心であっても、お前を、おれの手先にする存念は、毛頭みじん持たぬ」

「旦那！」

「救い出してくれた礼だけを、云っておこう。……おれの目の前から、消えてくれることだ」

「旦那！　てまえは、信じて頂けなくても、旦那のために、働きとうございます。……どんなことでも、ひとつだけ、お命じになって下さいまし。きっと、やりとげてみせます」

「お前にたのむことなど、何もない」

狂四郎の態度は、あくまで、かわらなかった。

「下条主膳の首を取って来い、とお命じ下さっても、かまいません」

弥之助の方も、執拗《しつよう》に、食いさがった。

「おれは、これまで、降りかかる火の粉は、払って来たが、自分の方から進んで、他人の生命を狙ったことはない。まして、手先を使って、首を取るような卑劣なまねは、性分にあわぬ」

「旦那！　どうしても、てまえを、旦那のために働かせては下さいませんか？」

「くどいぞ、弥之助」

狂四郎は、立つと、居酒屋を出た。
街道を歩き出したが、弥之助は、ついて来る気配をみせなかった。
――ついて来るであろう。
――勝手について来るがいい。
狂四郎は、弥之助の嘆願を、ただ、わずらわしいものにおぼえただけであった。
時刻はもう、三更（午前零時）をまわっていたろう。
行手には、暗闇がたちこめていた。

薩《さっ》埵《た》峠

一

眠狂四郎が、鰻《うなぎ》の寝床のように細長い、山と海にはさまれた由比の宿《しゆく》に、姿を現わしたのは、早発《はやだ》ちの旅客が、旅籠を出る頃合であった。

蒲原から由比までは、わずか一里足らずで、街道は、大かた町家つづきであった。

狂四郎は、たぶん、塩焼きの浜で、二刻あまり、睡《ねむ》って来た模様である。

ふところ手で、ゆっくりと、一上一下する四丁余の町すじを通り抜けた狂四郎は、薩埵峠の下に着いた。

興津《おきつ》に至るには、二筋がある。薩埵峠の山路を越えるか、親知らず子知らずの波打際をたどるか、どちらかであった。

明暦《めいれき》年間に、朝鮮国から官使が渡来したのを機会に、波打際に、便路がひらかれた。それまでは、越後国糸魚川《いといがわ》と同様、寄せ引く浪間をうかがって、一人ずつ、嶮岳《けんがく》の下岩のはざまを、駆け抜けていた。

いまは、高い波浪が、おそいかかって来る巌《いわお》の上に、掛茶屋数軒がならび、客を呼んでいた。

鮮魚や栄螺《さざえ》の壺焼《つぼや》きなどで、一酌を催し乍ら、沖合の風景も賞する一興もあった。

もともと、峠越えは、地下《じげ》の人すらも、「薩埵」という詞《ことば》をきらい、殊に、嫁入りの行列などは、絶対に通らなかったし、遠出をする者も、避けた。

峠越えするのは、時化《しけ》の日ぐらいのものになっていた。

狂四郎は、おだやかな佳い日和にもかかわらず、あえて峠越えの街道をえらんだ。

峠の入口にある松の枝に、赤い呪札が、むすびつけてあるのをみとめたからであった。

金八のしわざに相違なかった。

ゆっくりと登って行く狂四郎の前後に、旅人の姿はなかった。

坂道は、急勾配であった。

――山の神、さった峠の風景は、三下り半に書きも尽さじ、か。

さったという詞を忌む迷信をわらって、大田蜀山人《しよくさんじん》が、詠んだ一首を、狂四郎は、口のうちで、呟いた。

その時、行手二十歩あまりの地点に、街道を横切って、ぴいんと一本の綱が張られているのを、狂四郎は、みとめた。

予想通りに、なにかの罠が仕掛けられてある、と知って、狂四郎は、そこまで、登り着いた。

綱は、右手の松の幹をひと巻きして、街道に一線を描いて、左方の断崖ぶちへ引っぱってあった。

狂四郎が、その前で足を停めると、

「またぐことは、叶《かな》わぬぞ、眠狂四郎！」

その声音が、松の幹の蔭から、かかった。

「………」

狂四郎が、ふところ手のままで、待っていると、覆面をした武士が、すっと、路上へ立った。

「その綱のはしには、貴公の手下の金八と申す者を、くくって、絶壁に、吊《つる》してある。貴公が、またぐと同時に、こちらの松の幹をひと巻きにして、はしをつかんでいる拙者の配下が、綱をはなす。金八は、ころがり落ちて、岩礁で、五体が砕け散る」

その言葉を合図にして、松の幹の蔭にいる者が、ぎりぎりと、綱を引きしぼった。

すると、断崖ぶちから、金八の首が、現われた。

金八は、苦しげに、その首をねじ曲げて、狂四郎を視ると、

「先生っ！　あっしに、か、かまうことは、ありませんぜ。さっさと、またいでおくんなさい。……水火を辞せず、って、江戸を発つ時に、誓ったんだ、あっしは——」

と、云った。

その顔面は、血の気を失って、蒼白であった。

金八が吊されているのは、常人ならば、そこの断崖ぶちに立てば、足がじいんと鳴って竦む、屏風《びょうぶ》を立てたような絶壁であった。

「たわけ！　眠狂四郎がまたげば、おのれは、落下するのだぞ。恐怖で全身をふるわせているくせに、つよがりを申すな！」

覆面の武士は、あざけった。

「畜生っ！　江戸っ子だい！　いくらおそろしくったって、生命を惜しんだりするものけえ！　……先生、綱をまたいで、そいつを、まっ二つにしておくんねえ！」

金八は、わめいた。

二

狂四郎は、覆面の武士を、正視して、

「条件をきこう」

と、もとめた。

「貴公の行先がどこか——それを、知りたい」

「尾張とも、京都とも、土佐とも、薩摩とも、どうとでもこたえられる」

「当方をからかう立場には置かれては居らぬのだぞ、眠狂四郎！」

「わたし自身、いまだ、太閤遺産が、どこに埋蔵されているか、知らぬのだ。もとめて、うろつく者が、行先を教えるわけにいくまい」

「黙れ！　貴公が、大奥内に於て、埋蔵場所を記した古文書を、手に入れたことは、明白なのだ。貴公は、その古文書を、破りすてたか、焼きすてたか、おのれの脳裡にきざみつけて、江戸を発足して来た。ごまかしは、断じて許さぬ！」

「では、わたしが、行先は薩摩だ、と告げれば、お主は、信じるか？」

「眠狂四郎、大小を腰から、すてろ！」

「すてれば、わたしの告げる行先を信じる、というのか？」

「信じてやろう。大小を、その綱を越えて、こちら側へ、投げろ」

「やむを得ぬ」

狂四郎は、まず、しずかに、左手で脇差を鞘ごとに抜きとった。

次の瞬間――狂四郎の為した動作は、目にもとまらぬ素迅さであった。

右手で脇差を抜く、左手で路面に張られた綱をつかむ、そして、白刃を一閃させて、綱を両断する――その三動作を、一瞬裡にやってのけた。

「おのれっ！」

覆面の武士が、抜刀した時には、狂四郎は、すでに、金八の五体を、断崖ぶちへ、曳きあげていた。

「今日のところは、いさぎよく、失敗をみとめて、ひきさがるのだな」

狂四郎は、青眼につけた覆面の武士に、云った。

配下が三人、いずれも白刃を構えて、木立から躍り出て来たが、狂四郎は、目もくれぬ。

対手は、迫るにつれて、すこしずつ、構えを上段に転じた。

「ほう！」

狂四郎は、五歩の面前で、対手が、左拳を額にあてて、切先を天に向って直立させる上段の構えをとるのを視て、双眸をほそめた。

「薩摩示現流か」

狂四郎は、数年前、同じくこの東海道で、薩摩藩が百年の長きに亙《わた》って組織し完備した隼人隠密《はやとおんみつ》党と称する暗殺団と、死闘したなまなましい記憶を持っている。

その時、狂四郎が、辛うじて、死からまぬがれることができたのは、薩摩隼人の面目にかけて、多剣をもって一刃を襲うことをしなかったからである。

かれらは、一騎打ちを厳法とし、一人が斃《たお》れれば、また一人、その屍《しかばね》をのり越えて、挑んで来た。

狂四郎は、鈴鹿《すずか》峠を、水口《みなくち》側に降りた——田村川沿いの街道上で、この隼人隠密党の鹿児島隊・江戸隊の頭取・副頭取と、つぎつぎに一騎打ちして、十五人まで斬る凄まじい経験を踏んでいた。

「お主、もしかすれば、隼人隠密党の一人ではないのか？」

「………」

対手は、無言であった。

「隼人隠密党ならば、話のつじつまが合う。島津家でも、公儀同様、太閤遺産を狙って居ることが、あきらかになって、こちらを合点させてくれる」

狂四郎の脳裡には、昨夜、蒲原の脇本陣で、自分を救い出してくれた捨てかまりの弥之助のことが、思いうかんでいた。

弥之助は、あくまで、島津家から放たれた忍びの者であることは、白状しなかった。

「但し、お主の張った罠は、卑劣にすぎて、隼人隠密党らしくない。すくなくとも、隼人隠密党は、暗殺団としては、いささかの卑劣な策略も弄せぬ。……お主が、わざと、巾着切一人を捕虜にして、吊す、という卑劣なしわざをみせたのは、隼人隠密党であることを、かくすためではなかったのか。……そう受けとってよいか？」

「たしかに、拙者は、隼人隠密党の隊士であった。三年前まではな」

「脱落者だというのか？」

「左様——、思うところあって、脱落した」

「島津家重臣に、申しふくめられて、故意に、脱落したのではないのか？」

「問答無用！　いまは、お主と一騎打ちするまでだ」

叫ぶ対手に、狂四郎は、冷やかな薄ら笑いをむくいた。

「わたしを斬れば、いよいよ、太閤遺産の行方は、判らなくなる。……ゆきがかり上、虚勢を張っているのであろうが、無駄なことだ。止めておけ」

「うーうむ！」

対手は、頭巾の蔭で、双眼をひき剝いて、眼光から火花を散らした。

狂四郎は、構えた敵を、そのまま、そこに見すてておいて、断崖ぶちに歩いた。

金八は、そこに、落ちた蓑虫のように、倒れていた。

狂四郎が、いましめを解いてやると、

「金八、一生一代の不覚だあ、くそっ！……先生、どうして、あん畜生を、まっ二つにしちゃ下さらねえんで――？」

「おれは、殺人鬼ではない。対手に殺意がないからには、斬る気はせぬ」

すでに、街道上から、覆面の武士とその配下たちの姿は、消え去っていた。

「どうして、殺意がねえ、とお判りになったんで？」

「無数の人命を、あの世へ送った者のみが、いつの間にか、身につけた直感力だろう。……あの男は、わたしが抜いて構えたならば、跳び退って、逃げたろう」

「そいじゃ、あいつ、隼人隠密党じゃねえんですかい？」

「まだ、判らぬ。隼人隠密党だからこそ、わざと、卑劣な罠を仕掛けたり、逃げたりしてみせた、とも考えられる」

「冗談じゃねえや、まったく――。あっしはね、吉原から、あいつらに尾けられているのを、感づいたんでさ。……峠の入口の松の枝に、呪札をむすびつけておいたのは、ごらんなすったんでしょう？」

「うむ、見た」

「ごらんなすったのなら、海辺を往《い》って下さりゃよかったんだ」

「おれは、敵に背中を向けたことのない男だ」

「あっしが、こんなざまになっていることも、お見通しだったので――？」

「そこまでは、見通しては居らなかった」

狂四郎は、金八を連れて、街道へ出ると、

「金八、お前は、ひきかえせ」

と、命じた。

「あっしゃ、こんなことぐれえで、尻尾を巻くのは、まっぴらごめんでさ。あっしが、とっつかまったら、見すてておいておくんなさい。……どこまでも、お供しますぜ」

「そうではない。こんどは、お前が、尾ける番だ」

らば、自業自得とあきらめて、あの世へ行け」
「あの覆面の男は、どこかで、何者かと逢《あ》うはずだ。何者と逢うか、それを、お前の目でつきとめて来い。江戸一番の巾着切なら、できるだろう。見つけられて、斬られたな
「へえ？」

三

巡礼父娘――と見せかけた佐賀闇斎と小銀が、由比宿に到着したのは、その日の昏《く》れがたであった。

倉沢屋という旅籠に入ると、女中の一人がいそいそと、迎えて、

「お連れ様が、お待ちかねでございます」

と、足洗い桶《おけ》を持って来た。

この宿は、東海道でも、最も無愛想な客あしらいで、有名であった。

その女中は、先に上った客から、よほど心づけをはずんでもらったに相違ない。

闇斎は、二階の部屋に入ると、待っていた武士へ、無表情な顔を向けて、

「みごとに、仕損じた、とみえる」

と、云った。

覆面をはずしていたが、峠で、狂四郎に罠を仕掛けた男にまぎれもなかった。

「眠狂四郎という奴、尋常一様の手段では、虜囚にすることはできぬ、と知り申した」

「いまさら――」

闇斎は、吐きすてると、小銀に、からだをもめと命じて、ながながと寝そべった。

「この上は、闇斎殿のご指示によって、働き申す」

「おのれ一人の思案にあまる敵、と――あっさり、あきらめすぎるではないか、壬生宗《みぶそう》十郎《じゆうろう》ともあろう仁がの……」

「おのれを知り、敵を知った上からは、再び襲うのに、万全を期したい」

「それでこそ、隼人隠密党を脱して来た壬生さんだ――と申したいところじゃが……」

闇斎は、重ねた両掌《りようて》の上へ、頤《あご》をのせて、氷のように冷たく鋭い視線で、壬生宗十郎を刺した。

「なんだ、といわれるのだ？」

「壬生さん、あんたは、隼人隠密党を抜けて、わしの味方になってくれて、恰度一年が経つ。そのあいだ、よう働いてもろうた。……よう働いてもろうたが、百のうち一ぐらいの割で、あんたの行動には、怪しいふしが、うかがわれた。他人の目はごまかせても、わしの目をごまかすことはできぬ」

「闇斎殿！　なにを申されるのだ」

「あんたは、まこと、隼人隠密党を脱落したのではない。あんたは、あくまで、島津家の家臣として、働いて居るのだ。そうであろう？」

「ばかなっ！　疑惑を抱くのも、ほどほどにされい！」

「疑惑ではない。事実を云っているのだ。壬生さん、あんたが、今日、眠狂四郎に対して、どんな罠を仕掛けて、つかまえようとしたか知らぬが、おそらく、つかまえることは不可能と知りつつ、仕掛けたのであろう。わしには、ちゃんと、判る。あんたは、眠狂四郎が、どれだけ、こちらの正体を看破する眼力をそなえているか、それをためしてみたにすぎぬのじゃ」

「ちがう！　拙者は、必ず眠狂四郎を捕える自信を持って——」

「やった、と云いきれるかな？　あんたのその顔色は、わしをごまかそうとして居る。わしは、ごまかされぬ」

　闇斎は、小銀に、腰を押す指に、もっと力をこめろ、と命じておいて、

「ふふふ……、あんたが、島津家の家臣として働いて居る、としても、それを、わしは、だまされた、と慍《おこ》っているわけではない。それは、それでよい。一向に、さしつかえはない。……すくなくとも、いままでは、あんたは、わしに十二分に協力してくれたのじゃからな。しかし、今日を限りに、あんたは、わしにとっては、無用の人間になった」

「闇斎殿！」

「弁解はやめにしておけ。さっさと立ち去ってもらいたい」

闇斎は、ぴしりと打ち据えるように、宣告した。

隣りの部屋では、金八が、壁にぴたりと耳をくっつけていた。

この部屋を取るのに、金八は、女中に、二分銀をつかませなければならなかった。

——へっ、仲間割れしてやがる！

金八は、緊張で干《かわ》いた唇を、舌でひとなめした。

その折、階段を上って来る跫音がひびいて、

「ごめんなさい」

唐紙が、さっとひき開けられ、

「相宿《あいやど》をお願いします」

と、女中が、ちらと顔をのぞけて、すぐ、ひっ込んだ。

「ちょっ！　二分もくれてやったのに——」

金八は、いまいましく、舌打ちした。

入って来たのは、風貌魁偉《ふうぼうかいい》な、巨軀をそなえた浪人者であった。

「相すまぬ」

正坐すると、対手がかたぎではなさそうな町人であるにもかかわらず、鄭重《ていちょう》に、頭を下げた。

「いえ、上んなすったのなら、しようがありませんや。あの欲の皮のつッぱった女中が、悪たれてやがるんでさ」

「実は、身共も、心づけを二分はずんだのだ」

浪人者は、正直に、云った。

「へえ、そうでしたかい。あのくそったれあま、あしたの朝、どうなるか、おぼえていやがれ」

金八は、女中が、きっと重い財布を、肌身につけているに相違ない、と看て取っていた。この旅籠を出ぎわに、その財布をすり取ってくれる、とほぞをきめたのである。

「身共は、志《し》村《むら》源八郎《げんぱちろう》と申す。よろしく」

浪人者は、さきに、名乗った。

金八は、あわてて、挨拶をかえした。

金八の知らぬことであったが、この志村源八郎は、早春の一日、青山の沼津千阿弥家の庭で、刺客として、眠狂四郎と決闘している。

志村源八郎は、二刀を持って、三心刀を使った。

その結果、源八郎は、長剣の方を、無想正宗の鍔《つば》を貫かせ、黒羽二重の袖へ縫い込ませていたし、狂四郎は、無想正宗の切先で、源八郎の上唇わきから頬を刺し通したのであった。

その時、仲裁に入ったのが、隣室にいる佐賀闇斎であった。

「旦那は、どちらまで、おいでなんで？」

金八は、隣室に、神経を半分わけ乍ら、訊ねた。

「さあ、どこまで、行くことになるか……」

「ご自分でも、行先がおわかりになっていねえんで……？」

「めざす敵に、再会するまで、道中することに相成る」

源八郎は、こたえておいて、両手を挙げると、大きく背のびをした。

「陽が落ちると、身共は、すぐ睡気を催す。さきに、やすませてもらう」

春雷殺法

一

眠狂四郎は、薩埵峠を越えると、興津、江尻《えじり》、府中《ふちゅう》、そして鞠子《まりこ》まで、休息なしに、歩いた。

金八が、途中から跛《びっこ》をひきはじめたが、無視した。

鞠子では、ひと休みするのだろう、と金八は思っていたが、狂四郎は、町筋四丁を、まっすぐに、通り抜けた。

朝から、五里余を道中して、すでに、陽は西に傾いていた。

——このぶんじゃ、宇都谷《うつのや》峠を、夜通しで、越えちまうのかな。

金八は、立場《たてば》の居酒屋の、跳ね馬を白く染めぬいた紺暖簾《こんのれん》を、うらめしげに、横目で視やり乍ら、通り過ぎた。

やがて——。

陽ざしが、かげって来た頃あい、狂四郎と金八は、峠下に至った。

数十軒の茅屋《ぼうおく》が、左右にならんでいた。いずれも、家ごとに、赤小豆《あずき》大の十団子《とおだんご》を、麻の緒につないで、売っていた。十粒を一連につなぐので、十団子の名があった。

「先生――」

金八は、こころみに、呼びかけたが、狂四郎は、振りかえりもしなかった。

「旦那、西北は黒雲ですぜ」

腹の虫を鳴らし乍ら、金八は、云った。

当時の天候観測には、次のような言葉があった。

『申子辰の時、降り出さば長し。酉丑の時に、降り出せば晴れる。西北の方、黒雲湧けば雨なり。陽の色、輝けば風なり。陽の暈《かさ》、朝白く、暮に黒く、赤き色なれば、これも、風強し』

俚諺《りげん》の『夕焼け濃《こ》焼《や》け、あした天気になれ』というのは、古今東西の通則であった。中国にも、『朝霞《あさかすみ》なれば門を出でず、暮霞なれば千里を行くべし』と、古書が記している。

しかし――。

狂四郎は、空を仰ごうともしなかった。

――勝手にしやがれ！

金八は、あきらめた。

峠道は、狭く、そして、急勾配であった。

いわゆる蔦《つた》の細みちで、左右に、山が屹立《きつりつ》していた。

峠の頂上に来て、狂四郎は、はじめて、足を停めた。

かたわらに、地蔵堂があった。

「やれやれ――」

金八は、ふうっとひと息ついて、どたりと濡縁《ぬれえん》に、腰を下ろすと、腰に携《さ》げた弁当を、はずして、

「ありついたあ！」

と、本音を吐いた。

あたりは、すっかり昏《く》れなずんでいた。

その折であった。

十数歩のむこうに、ひとつの人影が、宵闇に滲み出た。

「…………」

狂四郎は、黙って、その人影へ、眼眸を向けた。

対手は、数歩の間近まで、寄って来た。

狂四郎は、その容貌には、見覚えがあった。

伊豆の石室崎で、オランダ娘千華の身柄を、こちらへゆだねた人物であった。

狂四郎は、この人物が、江尻を過ぎた頃から、あとを尾けて来ているのを知って、わざと、ここまで、休息なしに、歩きつづけて来たのであった。

「それがし儀、お見忘れでござろうか」

「記憶力はいい方だ、と思って頂こう」

「それがしの素姓を、打ち明け申す。安南日本人町の頭領にて、莫邪主馬助と申す。われらが、母国へ、忍び戻った仔細《しさい》は……」

「それは、こちらも、およその推測がついて居る」

「貴公ならば、然《しか》らんと考えて居り申した。……ご尽力、千万忝のうござった。千華を、江戸城大奥へ上げて頂き、首尾よく、元和《げんな》の頃、村山長庵《むらやまちようあん》の妻の妹が、かくし置いた豊臣家遺金の在処《ありか》を記した密書を、さがし出して下されしこと、お礼の申し上げようもござらぬ」

莫邪主馬助は、そう云って、頭を下げた。

狂四郎は、沈黙を守って、対手の次の言葉を、待った。

「貴公は、身にかずかずの危険をまねき乍らも、あくまでも、それがしとの約束を守って、一歩もあとへ退《ひ》かぬ勇武のほどを示され、まことに、忝のうござった。……ついては、このあたりで、貴公には、手を引いて頂き、安穏の身になって下されい」

莫邪主馬助は、再び、ふかぶかと頭を下げた。

二

「あいにくだが……」

狂四郎が、ようやく、口をひらいた。

「千華という娘を、目的の場所へおもむかせるために、わたしは、囮《おとり》になっている。囮というものは、目的をはたしたあかつきに、はじめて、役目から解放される。……お手前が、手を引け、と云われても、そうたやすく手を引くわけには参らぬようだ」

「しかし、千華が何処《いずこ》へおもむいたか、その場所をお教え下されば、貴公には、江戸へひきかえして頂いても……」

「左様、こちらも、さっさと、手を引きたいところだが、おそらく、わたしが手を引けば、目的を達成することは、叶うまい」

「いや、それがしが……」

主馬助が、云いかけようとするのを、狂四郎は、おさえて、

「佐賀闇斎という老人を、お手前は、ご存じであろう」

「存じて居り申す。あれは、暹羅の山田長政の苗裔《びょうえい》と称する男にて、われらと同様、太閤遺産を手に入れるべく、この日本へ潜入いたした我欲の徒輩にて、目的は同じ乍ら、性根に於ては……」

「性根の相違など、うかがうまでもない。……闇斎が、わたしを追って、この東海道を道中していることは、すでに、耳にしている。もしかすれば、お手前は、途中、闇斎を襲ったのではないか？　ききたいのは、そのことだ」

主馬助は、推察の通りだ、とこたえた。

「まずい」

狂四郎は、呟いた。

「まずい、とは？」

「これからの行手には闇斎手飼いの者どもが、幾重にも網を張っているはずだ。その者どもは、お手前を見知って居ろう」

「………………」

「お手前自身、わたしと同様に、甚だ危険な道中をしていることになる」

「覚悟の上でござる」

「覚悟はよい。しかし、生き残ってこそ、目的は達成する。お手前とわたしと、千華に出逢うまでに、どちらが、生き残るか、それは、神のみぞ知る。……千華とは、宮の熱田神宮拝殿前で、おちあうことになっている。そこまで到着するあいだに、どちらが生き残るか、ひとつ賭《かけ》をいたそうか」

「それがしは、たとえ、釜を破り船を沈むとも、必ず——」

「史記が教える通りに、事がはこべば、こちらの出る幕ではないのだが……」

狂四郎は、薄ら笑った。

「熱田神宮にて、再会いたす」

主馬助は、すばやく地蔵堂の前をはなれた。

「なんです、あれア？」

金八が闇に消える姿を、見送って、訊ねた。

「石室崎で、あの男に出会したために、とんだ騒動にまき込まれた」

「つまり、疫病神ってえわけですかい？」

金八の言葉をきいたとたん、狂四郎は、ふっと、ひとつの予感が脳裡をかすめた。

「金八、ひと足さきに行け」

「またですかい？」

「あの男のあとを追って行くのだ。おれは、この地蔵堂で、ひと睡りしてから、あとを追うことにする。地蔵堂は、降りきった坂口に、もうひとつある。お前は、そこで待て」

「へい、合点で――」

狂四郎は、金八を趨らせておいて、堂内に入った。

手枕で、横になってから、ものの四半刻も過ぎた頃合であった。

不意に、むくっと起き上った狂四郎は、

「お主ら――」

月光のあるおもてへ、声をかけた。

急ぎ足に――しかも、跫音をほとんどたてぬ小鷹《こたか》の術の健歩急行で――一団の虚無僧が、通り過ぎようとしたのである。

渠《かれ》らは、狂四郎が姿をみせるよりも早く、さっと半円の陣形をとった。

扉を開いて、階《きざはし》の上に立った狂四郎は、頭数を九個とかぞえて、

「この眠狂四郎を追って来たのであれば、お主らは、ここが、終焉《しゆうえん》の地になる」

と云った。

刺客――それも、公儀隠密にまぎれもないことは、一斉に、天蓋をすてて、抜きはなった白刃を、地摺りの構えにとったことで明白であった。

切先を地面すれすれにおとして、月闇を肉薄して来るのは、公儀隠密独特の戦法であった。

すなわち、これは、柳生《やぎゆう》流極意『月陰』から採ったものであった。

柳生但馬守宗矩《たじまのかみむねのり》は、剣禅一如をとなえ、兵法のゆきつくところを『無刀取り』とした。

これは、いわば、一種のカモフラージュであった。

但馬守宗矩は、将軍家兵法師範として、三代に仕え、寛永十六年秋には、家光に、剣

法奥義の秘書を献じ、その際、

「この上は、ただ御心にて自ら、その妙を得させ給《たま》うべし。但し、宗矩、若かりし時、禅僧に結縁《けちえん》し、悟道の要旨を聞いて、とみに兵法の進んだのを覚え申し候」

と、申し述べ、

「その僧を召せ」

と命じられて、沢庵宗彭《たくあんそうほう》を薦挙した、とつたえられている。

この逸話は、全くの作りごとである。

それより十年前、沢庵は、家光の忌諱《きい》に触れて、出羽国上山《でわのくにかみのやま》に、流されている事実があるからである。

その理由は、沢庵が、家光に謁見を許された際、遠慮することなく、

「柳生道場より、諸国探索の間者を出すのは、御家流を、将軍家ご自身が、けがされて居ることに相成りましょう」

と、諫言《かんげん》したことによる。

但馬守宗矩が、将軍家兵法師範であったのは、二代秀忠までで、家光が将軍職を継いでからは、柳生道場を、隠密養成所にしたのである。

寛永九年十二月に、宗矩が、水野河内守《かわちのかみ》守信、秋山修理亮《しゅりのすけ》重正とともに、諸大名監察の大目付に任じたのが、その証左である。

爾来、柳生家は、公儀隠密の総取締として、つづいている。

三

柳生流極意『月陰』とは——。

日月陰陽のうち、月と陰をえらんだ秘法を謂《い》う。

月は形があって、夜を照らし、陰は形なくして、闇そのものである。そして、月光があってこそ、陰を見得る。たとえば、闇夜に闘う時、敵の形も見えず、わが影も見えぬ。では、何を以て、対手をするか。敵も、おのれも、昏《くら》いところに、物を尋ねるごとく、太刀を振《ふる》って、地を払ってみる。その探る太刀の微かな閃《ひらめ》きを、敵味方とも目当てとして、闘うことになる。

当然、構えは、地摺り下段となって、敵から、こちらの向う脛《ずね》を見込んで、撃ち込んで来るや、その太刀の微かな閃きに合わせて、わが太刀の光を映しかえすとっさの迅業を、つづけさまに、使う。

これを、『月陰』といい、『月陰』は『山陰』という極意に、転化する。陰陽表裏であり、敵の変化に対する自在の動きを、指している。さらに『山陰』は、烈風が海上を吹きまくって、波をさかまき立てるにたとえた『浦波』という秘術に移るのである。

柳生流が隠密剣である所以《ゆえん》である。

狂四郎が、九人の虚無僧の陣形と構えを、一瞥しただけで、

――公儀隠密団だな。

と、さとったのは、これまで、かれらと数多く決闘した経験を持っているためだけではなかった。その構えが、柳生流独特のものだったからである。

この柳生流隠密剣に対する狂四郎の円月殺法は、一刀流より編まれたものであった。

一刀流の極意は、十本の「法形」によって組まれている。

表は、電光、明車、内流れ、浮身、払捨。

裏は、妙剣、絶妙剣、真剣、金翅《きんし》鳥王剣、独妙剣。

これは、野太刀の刹法《せつぽう》から生れたものである。すなわち、五体を進んで、敵陣の刃圏内に容《い》れることによって、十本の法形を、自由自在にふるうのである。

その闘いぶりを、八方散乱、という。

八方とは、四角四隅（角とは「外すみ」のこと、隅とは「内すみ」のこと）。

その四角四隅に、間髪を容れぬ迅さで、身を抜け、転化すれば、いかに敵が多勢であろうとも、その全員を対手と思う必要はなく、敵はただ一人と心得ればよい。

そこに、十本の法形を使い、乱《よ》曲《れ》、風楊《ふうよう》、分《ほ》身《っ》の凄まじい変化の業を発揮する一刀流の面目がある。

すくなくとも、柳生流とは、全く異なる剣法であった。

狂四郎が、無想正宗を抜いて、地面へ降り立った時、それを待っていたように、厚い雨雲の中から、春雷が、とどろいた。

次の瞬間、人の形も判じがたくなった暗闇をつんざいて、稲妻がそこに落ちた。

その稲妻に搏《う》たれたごとく、公儀隠密団は、半月の陣形を崩して、二人ばかりが、たたらを踏んだ。

一瞬裡に二人を斬り乍ら、狂四郎の構えは、もとの地摺り下段にもどっていた。

敵がたも、地摺りで、微動だにせぬ。

雨が、ぽつり、ぽつりと、降りはじめた。

雷鳴がひきつづき、そのたびに、稲妻が、あたりを煌《こう》として白昼のあかるさに照らした。

敵がたは、稲妻が落ちるたびに、無想正宗が、すこしずつ上げられて、円月を描くのを視た。

「とおっ！」

左端、右端から同時に、懸声がかかり、神速の突きが、狂四郎を襲って来た。

いくたびめかの稲妻が、閃いた刹那、敵がたは、さらに二人の犠牲を出したのをみとめた。

狂四郎は、いつの間にか、無想正宗を、天に直立させていた。

その切先が、落雷を呼んだのであろうか、その直後、凄まじい轟音が、そこに起った。

生き残った敵五人は、反射的に、地面へ身を伏せた。

狂四郎の姿は、もはや、そこにはなかった。

狂四郎は、雨に濡れて、宇都谷峠を降りた。

麓に、頂上と同じ大きさの地蔵堂があった。

「金八——」

呼ぶやいなや、江戸っ子は、とび出して来た。

「先生のカンの鋭さには、いまさら乍ら、あきれけえっちまう」

狂四郎は、堂内に入ってみた。

そこに——。

莫邪主馬助が、仰臥していた。

蠟燭のあかりに浮いた面貌は、死相が濃かった。

「あっしがね、降りた時には、もう、この堂の前に、倒れていたんでさ。胸に、一発くらって……」

金八が、告げた。

主馬助が、目蓋を、微かにふるわせつつ、ひらいた。

じっと見下ろした狂四郎は、

「生き残るのは、わたしの方だったな」

と、云った。

「千華を……、何卒《なにとぞ》、千華の身を、おまもり、下されたい」

「たのまれたことだ。安南へ送りとどけるところまでは、約束しかねるが、太閤遺産をさがし出して、千華に渡すことは、やれそうな気がしている」

「お、おたのみ、申す」

主馬助は、目蓋を閉じて、しばらく喘ぎをつづけていたが、

「安南には、いまも、なお、八百五十余人……日本人が、先祖のつくった町を、守って、居り申す。……暹羅に住んでいた日本人——二百余人も、安南へ、移って来ている、はずで、ござる。……日本太夫——佐賀闇斎は、同胞を、裏切って、暹羅の日本人町を、見すてて……、この母国へ、帰って、参ったが……、彼奴《きやつ》は、江戸の、本石町二丁目の、阿蘭陀屋嘉兵衛と、結託し……、豊臣家遺金を、手に入れようと、暗躍して居り……」

そこまで語って、苦しさに、いったん口をつぐんだ。

狂四郎は、死神がその頭《こうべ》ぎわに立ったのをおぼえ乍ら、

「南洋各処に日本人町があることを、わたしは、風聞によって、知ったが……？」

「さ、左様——、東埔寨《カンボジヤ》に百二十三人、老檛《ラオス》に百人あまり、東京《トンキン》に二百近く、呂宋《ルソン》には、四つの日本人町があり、あわせて、千三百余人……」

「…………」

「いずれの、国の、日本人町にも、戦国武士の、気概がうけ継がれ、士道の吟味を、きびしく、保ち……、い、いつの日か、母国との、交易が、ひらかれるのを、待って居り、申す——」

「…………」

「されば、それがしらが、百万両にも、及ぶ金銀を、手に入れることは、南洋各国の、日本人町の、面々の願いを……」

そこまで云って、主馬助は、突如、最後の力をふりしぼって、虚空をつかむと、それきり、事切れた。

金八が、小さく呟いた。

「先生が、乗りかかった船は、大きいや。……軍用金ができたら、先生は、海のむこうへ渡って、総大将におなんなさるおつもりですかい？」

「おれは、一軍を指揮する器ではない。しかし、日本人町の面々が、軍船を組んで、押し寄せて来る図を、想像すると、柄にもなく、この冷えた血汐《ちしお》が、すこし熱くなって来そうだ」

二人の未通女《むすめ》

一

ふしぎであった。

宇都谷峠で、公儀隠密衆と闘ったあと、それきり、眠狂四郎に向って、襲いかかって来る敵は、はたととだえた。

大井川を渡って、遠江《とおとうみ》に入り、嶋田《しまだ》・金谷《かなや》・新坂《につさか》・掛川《かけがわ》・袋井《ふくろい》・見付《みつけ》、そして井上河内守《かわちのかみ》（六万石）の城下浜松《はままつ》を過ぎたが、身辺につきまとう怪しい人影も見当らず、意外の罠の仕掛けにも、遭わなかった。

こちらが、昼間の道中を避けたり、間道を通ったり、旅籠ではない宿泊所をえらぶような、油断をせぬ旅をした次第ではなかった。

春の陽ざしに、異相をさらして、松並木の街道を、悠々とふところ手で、歩いて行くにもかかわらず、こちらに鋭い神経を配らせるけはいは、さらに起らなかった。

狂四郎が、要心したことといえば、朝と夕に、解毒剤を、おのれも嚥《の》み、金八にも嚥ませたことだけであった。

尤も——。

金八の方は、すれちがう虚無僧や六十六部や、駆け過ぎる馬責めの武士や早駕籠や、さては、並木の根かたにうずくまる乞食《こじき》にまで、目を光らせて、いい加減くたびれた模様であった。

——武部仙十郎は、あきらめるような老人ではない。ただ、こちらが、宝をさがしあてるまでは、そ知らぬふりをすることにきめて、主人にはかり、お目付下条主膳を抑えたかも知れぬ。

しかし、公儀隠密衆以外に、狙って来る敵は、一人や二人ではない筈であった。

佐賀闇斎が、小銀を連れて、あとを追って来ているし、由比の旅籠では、金八が志村源八郎という三心刀使いの刺客と相宿になっている。

捨てかまりの弥之助や闇斎にやとわれていた壬生宗十郎という薩摩の隠密どもも、姿をかくし乍ら、ひそかに尾けて来ているに相違ない。

阿蘭陀屋嘉兵衛も、当然、手下を放って来ていることと、考えられる。

いや、下条主膳という人物は、たとえ、老中から抑えられても、すなおにひきさがるお目付ではない。

かぞえてみれば、むらがって来る黄金亡者は、一人のこらず、おそるべき曲者がそろっている。

渠らが、ひそとして影をひそめているのは、かえって、無気味といえる。

狂四郎の肚裡《とり》は、その日その日が無事に過ぎるにつれて、むしろ、死地におもむく闘志がたかまっていた。しかし、金八は、どうやら、気疲れもともなって、神経の働きがにぶった様子であった。

新居宿《あらいしゆく》の旅籠に入って、狂四郎が入浴しているあいだに、その油断が、金八をぶっ倒れさせた。

夕餉を待ちかねて、金八は、自分で足をはこんで、銚子《ちょうし》を二本ばかり持って来た。その一本を空にした時、急に視界がぐるぐるとまわって、胸苦しくなった。

狂四郎が、部屋へもどって来ると、金八は、おのれの吐物へ顔をうずめて、虫の息になっていた。

解毒剤を嚥まずに、酒を飲んだ罰であった。

いそいで、胃が空になるまで吐かせて、別の強い毒消しを嚥ませた狂四郎は、血の気の失《う》せた寝顔を見下ろし乍ら、

——やはり、つきまとって、狙っていることは、これではっきりしたな。

と、合点した。

こちらは、囮になって、誘っているのである。絶えず狙われていることが、はっきり

しているのは、敵がたがいまだ千華を発見していない証左なのであった。

狂四郎は、金八の枕もとに、腕組みして、窓の外を——浜名湖の名物のひとつである湖上を照らす十六夜《いざよい》の月を、眺めやって、一刻をすごした。

と——。

不意に、金八が、身もだえすると、

「……おん、あぼきゃあ、べいろしやなあ、まかもだら、まにはんのま、じんばら、はら、ばりたや——」

と、はっきりした声音で、唱えて、狂四郎の苦笑を呼んだ。

巾着切が、光明真言をおぼえていることに、べつにふしぎはないが、おそらく、毒が総身にまわった瞬間、

——死ぬ！

と、恐怖したに相違なく、意識を喪失した世界で、三途《さんず》の川を渡らされてでもいるのであろう。神妙に、弘法大師を念じているのが、いささかおかしかった。

二

行燈のあかりを消して、牀に仰臥した狂四郎は、しばらく、さし込む月の光を、冷たく冴えたものに感じていた。

天井板に小孔《あな》が、音もなくあけられ、一本の糸が、するするとおろされたのは、狂四郎が目蓋を閉じてから、かなり経《た》った頃合であった。

糸の先端は、狂四郎の口の真上に、二寸ばかりの空間で、停止した。

毒液が、その糸をつたって落ち、あわや、狂四郎の唇へしたたろうとした——刹那。

くるっと一回転した狂四郎の手から、小柄《こづか》が、天井めがけて、投げられた。

狙った的を、あやまたず刺した、とみとめた狂四郎は、

「おい、天井裏の鼠、その深傷《ふかで》では、遁《に》げられまい。おとなしく、降りて来れば、手当ぐらいは、してやってもよい」

と、呼びかけた。

こちらが、行燈に火を入れた時、張りじまいの天井板が、はずされて、その曲者が、綱にすがって降りて来た。

意外にも、曲者は、女であった。しかも若かった。

緋縮緬の、長襦袢だけをまとい、洗い髪を肩に散らし、白い熟れた胸もとと双腕《もろうで》をあらわにして、片足から血汐をしたたらせ乍ら、宙に浮いた姿は、怪談ものの舞台でも眺めるあんばいであった。

眉目は、艶冶《えんや》というに足りた。切長の眸子の眦のあたりに、男ごころをそそる妖しさが刷かれていた。

蹠《あしうら》を畳につけたが、立つことが叶わぬらしく、崩れた。

その崩れぶりに、なんともいえぬなまめいた風情があった。

顔をそむけて、無言でいる女の肢態を、冷たく見まもり乍ら、狂四郎は、

「傷をみせろ」

と、云った。

女は、微かにわななく手で、長襦袢と水色の湯文字の裾を、そろそろと、たくしあげた。

徐々にあらわにされる下肢の、豊かに肉の盈ちた、滑らかな曲線は、おそらく、この女が最も誇る美しさであろう。

血汐は、太腿《ふともも》の外側から噴いていた。

印籠を把って、近づいて、それをのぞいた狂四郎は、

——これぐらいの傷で、遁げられぬはずはないが……？

その疑念をわかせたが、黙って、手当をしてやった。

薬を塗り、湯文字を裂いて、結え了えると、

「どうする？　自身の部屋へ、もどるか？」

と、訊ねた。

「あたしは、旦那の虜《とりこ》でございます。煮るなと焼くなと、どうにでも、料理なさいま

し」

「ばかに、あきらめがいいな？」

「旦那を、憎んで、狙ったわけじゃございません。金欲しさに、やとわれただけで……、尾け狙っているうちに——旦那、お前様は、女の心を溶かしてしまう魅力をお持ちなのですねえ」

狂四郎は、からみつくような女の眼眸を、受けとめて、

「おれの牀に、寝かせてくれ、というのか？」

「はい。……その気持がなければ、必死になって遁げようと、天井裏を匍《は》いずったに相違ございません。寝かせて下さいまし」

女は、いざって、その牀に寄ると、横臥した。

狂四郎の手が、膝にかけられると、女は、ゆっくりと、仰向けになった。

目蓋を閉じた寝顔に、なにやら稚《おさな》い色が滲んでいるようであった。

年歯は、二十代なかばに達している、とみえるにもかかわらず、すすんで肌を与えようとするこの瞬間に、稚い色を滲ませたのを、狂四郎は、いぶからずにはいられなかった。

——莫連をよそおって、人身御供《ひとみごくう》になろうとする女が、いまだ男を知らぬとは……？

処女ではあるまいか、と疑いを抱かせるほど、四肢が本能的に、男を拒否している気

色を、ありありと示しているのであった。

——金欲しさに、やとわれた、と云ったが、嘘だ。この女は、生命をすてる覚悟ができている。

——すてたければ、すてるがいい。

女の素姓に、およその推測をつけた狂四郎は、胸底で残忍な独語をもらすと、容赦なく、女の前を捲《まく》った。

こらえかねる痙攣が、白い下肢に生じた。

狂四郎は、かたく合わせた膝を割って、その上に掩いかぶさると、

「この営みが、そなたにとって、最初で、最後か」

と、ささやいた。

瞬間——女は、大きく眸子をみひらいて、狂四郎の視線を受けた。

「生きたい、と叫んでみたらどうだ？」

そのすすめに対して、女は、ひしと目蓋をとじると、頸をねじった。

大きく変化した男の力が、柔襞の奥へ押し入った刹那、女は、小さな悲鳴をあげた。

——やはり、処女であった。

顔の表情や、四肢の筋肉の示す反応が、はっきりと、そのことを証明した。

突きとどめて、男と女を合致させた狂四郎は、おのれの残忍を棚に上げて、敢えて処

女をいけにえにする敵に対して、微かな憤りをおぼえた。

三

天井板が、凄まじい音を立てて破られて、黒い塊が、落下して来たのは、それから、十とかぞえる間もない直後であった。

狂四郎は、間一髪の差で、五体をはね躱《かわ》した。

黒い塊は、にぶい響きをあげて、女のむき出された下腹部を、押しつぶした。

それは、直径五寸あまりの鋼鉄の円球であった。

狂四郎は、すばやく、無想正宗をひっ携げて、片隅に立つと、天井の暗い穴を、睨みあげて、

「おい！　若い美しい未通女を、無駄に、犠牲にしたな。貴様、捨てかまりの弥之助か、それとも、壬生宗十郎と名のる男か？　いずれにせよ、薩摩の隠密に相違あるまい。……薩摩の女子でなければ、当節、このような無慚《むざん》ないけにえになど、なりはすまい。せめて、なきがらを鄭重に葬ってやるがいい」

と云いすてておいて、まだ蘇生《そせい》せぬ金八を、ひき起し、部屋を出た。

月光の砕け散る湖面を、松並木ごしに望む街道へ出た時、

「待て！　眠狂四郎！」

鋭い呼び声が、背後から迫って来た。

予想通りであった。

狂四郎は、金八を、松の根かたへ横たえておいて、向きなおった。

追って出て来たのは、壬生宗十郎であった。

竹竿《たけざお》にすがって、一歩毎に、大きく上半身を傾けていた。

天井裏にひそんでいるところを、狂四郎に小柄を投げられて、膝の皿を貫かれたのである。

傍《そば》に忍んでいた女は、壬生宗十郎の替玉となって、自ら太腿を傷つけると、綱にすがって、部屋へ降りたのであった。

「どうする？　手負いの身で、おれと尋常の勝負はできまい」

「勝負は、せぬ。お主には、敗れた」

「…………」

「薩摩隼人たる者、敗れた以上、生き恥をさらすことは、許されて居らぬ」

「…………」

「いさぎよく、ここで、切腹いたすゆえ、しかと見とどけい。それが、勝利者の責務と申すものだ」

「ごめんを蒙《こうむ》る」

「なに！」

「切腹したければ、勝手にするがいい。検分役は、平におことわりだ」

「武士だぞ、お主も！　敗者が自ら命を断つのを、しかと見とどけるのが、士道の吟味ではないか」

「若い美しい未通女を、いけにえにするのは、士道の吟味に叶っている、というのか」

「あれは、身共の妹だ。兄が主命をはたすために、すすんでいけにえとなったのだ」

その言葉をきいた瞬間、狂四郎の五体に冷たくしずまりかえっていた血汐が、かっと熱くなった。

「たわけ！　貴様は、切腹をする資格もない下種《げす》だ」

「な、なにっ！」

壬生宗十郎は、するすると進み寄って来る狂四郎を視て、竹竿をすてると、差料の柄へ手をかけた。

狂四郎は、対手に抜刀するいとまも与えず、抜きつけに無想正宗を一閃させた。

壬生宗十郎の首は、胴をはなれて、高く空へ飛び、並木を越えて、湖面へ落ちた。

その水音をききつつ、狂四郎は、ひとつ、身顫いした。

——妹をいけにえにした男と、生命をすてる覚悟をした女を、そうと知りつつ犯した男と、どちらが、下種なのか？

四

新居宿と、浜名湖が海に向って口をひらいた今切れをへだてた舞坂《まいさか》宿の旅籠には、小銀をつれた佐賀闇斎が、いた。

夕餉を摂《と》り了えたあと、闇斎は、いつものごとく、俯伏《うつぶ》せになって、小銀に、腰をもませていた。

「小銀——」

「はい」

「お前は、まだ、わしが眠狂四郎に斬り殺される悪夢を、みて居るのかな?」

「…………」

「どうじゃな? まだ、みつづけているのなら、正直に、そう云うがよい」

「…………」

「小銀!」

闇斎は、首をまわして、俯向いた小銀の顔を、のぞき視た。

「お前は、もしかすると、眠狂四郎に、惚《ほ》れたのではないか?」

「…………」

「わしが、丹精して、男を羽化登仙の恍惚《こうこつ》境にさそい込むからだに仕上げたお前を、最初に試したのが、眠狂四郎であるからな。お前が、忘れられなくなったのも、むりはない」

「いえ――」

小銀は、俯向いたままで、小さくかぶりを振った。

「あの御仁は、わたくしに、ただ指をふれられただけで……」

「契りはせなんだ、というのか？」

「はい」

「ふむ。……すると、お前を抱いた最初の男は、将軍家であったか」

「いえ、上様も……」

「なんじゃと？　将軍家も、お前を、女にしなかった、というのか？」

「……お女中衆には、わたくしによって、不能をなおした、と仰せられて居りましたが、本当は……」

「そうではなかったのか？」

「はい」

「すると、まだ、お前は、未通女のままか」

将軍家に、どのようなもてあそばれかたをしたか、きいてはいないが、小銀が、まだ未通女でいることはまちがいない、と知った闇斎は、急に、小銀に対して、女を感じた。

「小銀、眠狂四郎に対して、想《おも》いをかけるのは止めにせい」

「…………」

「今宵《こよい》から、お前は、わしと、他人ではなくなる」

「え!?」

小銀は、はっと表情を変えた。

「とどのつまり、お前は、わしの女になる運命であったようじゃ。わしは、自身を羽化登仙の恍惚境にさまよわせるために、お前のからだを丹精した、というわけじゃな」

「爺様！」

「爺様と呼ぶのは、止めてもらおう。……よいな、小銀？」

「…………」

「なぜ、返辞をせぬ？」

闇斎は、ふっと、直感が働き、さっと身を起すと、

「小銀！　寝よ」

と、命じた。

小銀は、ためらいの色をみせたが、闇斎に睨み据えられると、目蓋を閉じて、牀へ仰臥した。

闇斎は、容赦なく、下肢を剝き出させると、左右にひらかせた。

蛾《が》が匐《は》ったような薄い恥毛の蔭を、覗《のぞ》いた闇斎は、つと、一指を、梔子《くちなし》のつぼみのようなそれにふれさせた。

「なんとしたことだ、これは？」

闇斎は、呻いた。

小銀のそれは、花弁を開いて、男の指を吸い込むと、ぴたっと閉じて、指の根をかたく締めるはずであった。

ところが——。

花弁は閉じず、指を締めようともしなかった。

「ばかなっ！」

闇斎は、叫んだ。

指を抽《ぬ》き取ると、小銀をひき起し、

「小銀！　お前は、将軍家に、どのような乱暴な振舞いを受けたのだ？　さ、云え！　云わぬか！」

「………」

小銀は、こたえる代りに、閉じた目蓋の蔭から、泪《なみだ》をわきあがらせた。

「小銀！　云わぬか！」

闇斎は、烈しい平手打ちを、その頰にくらわせた。

しかし、小銀は、ついに、口をひらこうとしなかった。

闇斎は、小銀のからだを突き倒すと、

「役立たずとなったお前のからだなど、生かしておくのは無駄だ」

冷酷な宣告を下した。

比丘尼《びくに》情炎

一

夜が明けそめた頃あい、眠狂四郎は、ただ一人で、遠州灘《なだ》七十五里が一望のもとに見渡せる汐見《しおみ》坂を、越えようとしていた。

毒にあてられて腰の抜けた金八は、新居宿の旅籠にのこして来た。癒《なお》ってから、あとを追って来るもよし、あるいは江戸へ帰るも勝手、どちらにするか、金八自身の思案にまかせておいた。

汐見坂の頂上には、沖を通る船が目当てとする燈籠堂が、建てられていた。

その前を、往《ゆ》き過ぎ乍ら、

――佐兵衛《さへえ》は、どうしたろう？

伊豆石室崎の燈明台の守をしている元岡っ引のことが、ふっと、思い泛《うか》んだ。

佐兵衛は、狂四郎が訪れたために、まきぞえをくらって、右腕を肱《ひじ》から切断されたのであった。

六十三歳の老齢では、あるいは、傷が悪化して、もうこの世にはいないかも知れぬ。

——帰途、もう一度、立ち寄ってみることにしよう。

おのれに呟いた——その折。

燈籠堂に隣接した小屋から、突然、女の悲鳴が、もれた。

——ここにもまた、おれを迎える趣向があるらしい。

狂四郎は、小屋の戸口へ寄って、隙間から覗いてみた。

うしろ手にくくられ、猿ぐつわをかまされようとして、もがいているのは、若い比丘尼であった。

雲助三人が、手ごめにしかかっているのであった。

「じたばたするねえ。女のつとめをさせてやろうという、お慈悲じゃねえか。有難くお受けしな」

よってたかって、尼僧に拝跪《はいき》の姿勢をとらせて、白衣の裾をひきめくった。

「へへ、餅肌というやつだぜ」

猿臂《えんぴ》をのばして、剝き出された臀部《でんぶ》を撫《な》でる者、五指を、内股の奥へ匍い込ませる者。

「おう、あたたけえや」

爬虫《はちゆう》の甲鱗《こうりん》のように、冷たくざらざらした掌《てのひら》に、臀部のいたるところを弄ばれた比丘尼は、死にもの狂いに身もだえるが、肩と胴をつかまれ、押えつけられているために、拝跪の姿勢を変えることさえも、叶わぬ。

狂四郎は、すぐに踏み込もうとはしなかった。

「ふふふ……、籤の大当り、お初は、わいだぞうっ」

一人が、赤褌《ふんどし》をはずして、はだけた前を、あてがった。

「う、う、う……むっ！」

比丘尼は、おぞましい触感に、瘧《おこり》のように、全身を痙攣させた。

「よいしょっ！」

雲助は、双腕に力をこめて、臀部を、ひきあげ、床に膝をついている下肢を、大きく押し拡げた。

「なんまいだ、なんまいだあ……」

念仏に合わせて、しきりにゆすっていたが、急に、口をとがらせて、ふうっと吐息した。

瞬間、比丘尼は、加えられた疼痛《とうつう》で、激しく首を振った。

雲助は、再び、「なんまいだ、なんまいだ……」と、となえ乍ら、前を擦り上げ、擦り下ろした。

狂四郎が、板戸を蹴倒したのは、その光景を見とどけてからであった。

「なんだ、てめえ！」

「邪魔ひろぐな、痩浪人め！」

二人の雲助が、すばやく、息杖《いきづえ》をつかんだ。

――やとわれているのなら、役割はここまでで、さっさと、遁走するところだが……？

狂四郎は、かれらがそうせず、立ち向って来るのに、ちょっと、不審をおぼえた。

「野郎っ！　失せろい！」

一人が、息杖を、なぐりつけて来た。

狂四郎は、抜く手もみせずに、その胴を薙いだ。

それでも、他の雲助どもは、遁げようとしなかった。かえって、仲間を斬られたことに、かっと逆上して、

「やりやがったな！」

「くそったれっ！」

滅茶滅茶に、息杖をふりまわして、襲いかかって来た。

二

それから、しばらくして、狂四郎は、その比丘尼を連れて、汐見坂を白須賀《しらすか》の方へ下っていた。

三人の雲助を斬りすてておいて、比丘尼へは声もかけずに、小屋を出たのであったが、

いつの間にか、あとを慕われていたのである。

比丘尼は、七八歩の距離を置いて、うなだれて、ついて来ている。

狂四郎は、一度も振りかえらず、沈黙を守っていた。

白須賀宿四丁半の、朝のにぎわいを呈している往還を通りぬけて、やがて、遠江と三河の境である境橋にさしかかった時であった。

「あ！　智照尼《ちしように》！」

むこう側の橋袂の立場茶屋から、そう呼んで、三人の比丘尼が、走り出て来た。

とたん――。

狂四郎のうしろで、うなだれていた比丘尼は、なにか言葉にならぬ歓喜の叫びをほとばしらせると、狂四郎のわきをすり抜けて、橋を駆け渡った。

そして、中央の比丘尼に、すがりつくと、わあっ、と慟哭《どうこく》した。

すがりつかれた比丘尼は、他の比丘尼とは別の色の頭巾をかぶり、頭巾の蔭の顔は、初老のものであった。

しかし、その皮膚は、艶やかで、皺ひとつなかった。

「智照尼、どうしました？　さ、泣かずに、仔細を語りなされ。え？　どうしたというのです？」

「院主様っ！」

背中を撫でられた智照尼は、嗚咽《おえつ》をのこし乍ら、襦袢の袖で泪をぬぐった。

狂四郎は、その傍を、黙って、通り過ぎて行こうとした。

「あ、もし！」

それと気づいて、智照尼は、あわてて、狂四郎の袂を、とらえた。

「院主様、わたくしは、この御仁に、救われたのでございます」

「おお、それはそれは――」

初老の比丘尼は、狂四郎の前にまわると、

「わたくしは、このむこうの一里山にある妙法寺の院主妙見《みようけん》と申します。これなる智照が、昨夜より行方知れずになり、案じて、さがしに出て参ったのでございますが……、お救い下された由、忝のう存じます」

ふかぶかと頭を下げてから、顔をあげたが、とたんに、じっと狂四郎の異相へ、視線をこらした。

狂四郎は、口をひきむすんだなり、その視線を受けとめた。

「新也《しんや》さま！」

妙法寺院主の口から、その名が、呟かれた。

新也。

狂四郎が、十五歳まで、その名を持っていたことを知る者は、亡き母のほかは、ほんの数人しかいなかった。

妙見という、見知らぬこの比丘尼は、その数人の一人なのか。

「新也様！　そうでございますね？　ああ、まちがいは、ございませぬ。ちゃんと、俤《おもかげ》がのこっておいででございます」

「貴女《あなた》は、だれなのだ？」

「わたくしは、きちでございます。と申しても、おぼえてはいらっしゃいますまい。貴方様がお母上とおくらしなされた広尾町祥雲《しょううん》寺の住職の兄の娘でございます。……祥雲寺へは、父の使いで、幾度か参じました。そのうちに、お母上とお近づきにならせて頂いたのでございます。わたくしがまだ十七か八の頃で、貴方様はまだ五つか六つでございました」

——三十年もの遠いむかしの稚貌《おさながお》しか記憶にないのに、どうして、おれが、新也の後身と判るのか。

狂四郎は、胸裡で呟いたが、口には出さなかった。

すると、妙見尼は、

「貴方様の眉間に、ちょうど十字のかたちに、六つの小さな黒子《ほくろ》があります。それを、わたくし、一瞥して、はっとなったのでございます。……おなつかしい！　夢のようでございます」

そう云って、衣の袖で、目がしらをそっとおさえた。

一里山の中腹にある尼寺へ、案内された狂四郎は、書院で向い合ってからも、無言をつづけ、院主妙見尼のしゃべるにまかせた。

「……貴方様は、遠いむかしの少童の自分しか知らぬ者が、どうして見分けられたのだ、とさぞかしご不審でございましょう。……申し上げます。貴方様は、わたくしの生涯で、脳裡に焼きついてはなれぬ唯《ただ》一人の男子なのでございます。貴方様ほど、美しいお子は、世にもたぐいまれでございました。お美しいばかりか、お母上と二人きりのおくらしの、さびしさにじっと堪えておいでの哀《かな》しい色が、お顔に滲んで、それはもう、お逢いするたびに、わたくしの胸は、息苦しく、痛んだのでございます。……人の妻になり、子の母になったのであれば、貴方様の面影は、あるいは、うすれたかも知れませぬ。二十歳の春、処女のまま、剃髪《ていはつ》得度いたしましたわたくしは、今日まで、貴方様の美しくさびしいお姿を、心に抱きつづけて参りました。……それゆえに、すぐに、ひと目で、新也様と、判ったのでございます」

「…………」

妙見尼は、狂四郎から言葉がかえされぬのを、不満に思う様子など、すこしもみせず、遠い眼眸になって、

「本当に、美しいお子でございました。わずか五つ六つの稚さで、その瞳には、深い愁いの色をおびて居られました。……不幸なお生れであることは、叔父の住職から、ちらときかされて居りましたが、そのご不幸を、あのように、ありありと容子に湛《たた》えておいでだったのですもの、眺めやっただけで、胸が熱くなり、泪を催したことでございます。そして、今日が日まで、俤を抱きつづけたのも、貴方様が、あまりに哀しいお子だったからでございます」

と、くどいばかりに云いつづけてから、しずかに、座を立った。

狂四郎は、四半刻ばかり、一人にして置かれた。

智照尼が、入って来て、

「院主様が、茶室にて、お待ちでございます」

と、告げた。

あのような無慚な暴行に遭い乍ら、仏門に帰依する身は、あきらめがはやいのか、泪の痕を消して、無表情であった。

庭に降り立った時、狂四郎は、はじめて、この若い比丘尼に口をきいた。

「そなた、武家の出か？」

「はい」

「寺に入った理由は？」

「落度があって、父が切腹し、母もあとを追うて自害いたし、孤児に相成りましたので……」

三

手入れのゆきとどいた植木の枝ぶり、幽雅な石組み、竝んだ高麗《こうらい》塔など——廻遊式の露地のたたずまいは、この尼寺の由緒のほどを示していた。

清らかな水の流れに架けられた小さな反橋を渡ると、茶亭があった。

入母屋《いりもや》の端《つま》には、

『ひとり静』

と記した扁額《へんがく》が、かかげてあった。

「どうぞ——」

智照尼は、一礼すると、踵をまわして行った。

にじり口の障子を開けた狂四郎は、眉宇をひそめた。

褥が延べられて、院主は、それに身を横たえていた。

——どういうのだ？　婆《ばあ》さん比丘尼が、おのが身を、据膳にして食わせようというのは……？

不審のまま、狂四郎は、茶室に入った。

妙見尼は、狂四郎が座に就くと、目蓋を閉じたなりで、

「新也様に、めぐり逢うのが、わたくしの生涯の夢でございました。……三十年、この夢を抱きつづけて参りました。今日、ようやく、叶いました」

「………」

「わたくしが、処女のまま剃髪得度したことは、さきほど、申し上げました。……わたくしも、もう今年で、四十七歳に相成ります。でも、このいのち、あと一年か、長くて二年しかありませぬ」

「………」

「わたくしの腹には、固いしこりが、できて居ります。先代の院主と全く同じ痼《しこり》なのでございます。先代は、これができてから、三年で、みまかりました。……わたくしは、べつに、いのちが惜しくはありませぬ。いえ、浄土に召されるのを、よろこんでいる次第ではありませぬ。貴方様にならば、正直に、申し上げられます。わたくしは、勤行にあけくれる単調なくらしに、あきあきして居るのでございます。仏門に帰依し乍ら、しかも、五十に近くなって、わたくしは、俗世をふりかえって居ります。俗世で、泣き笑い、愛し恨み、よろこび悲しむ女の生きかたを、うらやむ気持が、いまになって、抑えきれませぬ。……寿命の尽きたわたくしは、せめて、生涯ただひとつの夢が叶えられたいま、自分が女になってみたいという情念が燃えあがりました」

「…………」

「おわらい下されても、おさげすみになっても、かまいませぬ。五十に手のとどく処女など、いとわしく、おぞましいばかりでございましょう。……これも、なにかの因縁とおぼしめして、わたくしを、せめて、乳母として、おとり扱い下さいますまいか。……契りを結んで頂きたい、などとあつかましいお願いはいたしませぬ。……わたくしの乳房だけでも、お含み下さいますまいか？」

「…………」

「お願い申しまする」

「…………」

狂四郎は、返辞をする代りに、片手を、掛具の下へ、さし入れて、その腹部をさぐった。

白羽二重の上から、掌をあててみると、たしかに、固いしこりがあった。

無言裡に、狂四郎は、比丘尼のかたわらへ、身を入れた。

胸もとをはだけさせると、とうてい初老の女のものとは思われぬ、白桃のようにふっくらとした、肌理《きめ》こまかな隆起が、そこにあった。乳首はごく小さく、象牙色をおびて、いっそ可憐《かれん》なものに、目に映った。

狂四郎は、終始無言裡に、片腕を頸へまわし、顔を、乳房へ落した。

「……ああ！」

妙見尼は、乳首が吸われると、たちまち、小さな叫びをあげた。

狂四郎のもうひとつの手は、やおら、下へのびて、白羽二重の前をはぐり、下腹を撫で、茂みを分けた。

四

狂四郎の奉仕は、秘処へ指先をふれさせるところで、訖《おわ》った。

乳首には、極《ご》く強い麻薬が塗られてあったのである。

狂四郎は、顔をあげて、妙見尼を見下ろすと、

「みごとな筋書だ、とほめておこう」

と、云いすてて、身を起した。

無想正宗を杖にして、立ち上ったが、足を踏み出すにいたらず、その場へ崩れ伏した。

妙見尼は、起き上ると、

「これほどまでに、男の魅力をそなえた男が、またとあろうか」

と、呟いた。

「そうさな。眠狂四郎は、男の中の男だ」

にじり口の外で、応《こた》える者がいた。

その声は、捨てかまりの弥之助のものにまぎれもなかった。

「妙見さん、法戒を破ったついでに、その御仁が、目をさますまで、抱いていてもかまわないのだぜ。……いや、ぜひ、そうしてもらいたいものだ。抱いて、なめたり、しゃぶったりし乍ら、行先をきいてもらおう。譫言《うわごと》で、本当のことを白状するかも知れないからな」

「覗き見は、ごめん蒙《こうむ》りますよ。いくら、わたくしでも、はずかしい」

「こっちは、その御仁の行先が知りたいだけなのだ。ここで、地獄耳だけを立てている」

妙見尼は、死んだようになっている狂四郎の躰《からだ》を、褥へもどすと、豊かな肢体をしんなりと掩いかぶせて、口へ唇を合わせ、こんどは、彼女自身、手を下へすべらせて、男のものをさぐる番であった。

みるみるいっぴきのけものと化した比丘尼は、狂四郎の上をずるずると匍い下って、股間へ、顔をうずめた。

激しい息づかいだけが、室内に、しばらくこもった。

と——一瞬。

「おお！」

歓喜の叫びをあげた妙見尼は、無我夢中で、上半身を立てて、両膝を拡げると、馬乗りになった。男のものが、変化をみせたのである。

それを、おのが体内へ容《い》れようとして、せわしく腰をうごめかせる比丘尼の形相は、凄まじいばかりの情炎に焼かれていた。

とたん――。

妙見尼は、大きく、はねとばされて、褥外へころがった。

身を起した狂四郎は、麻薬などみじんも受けつけていない、冷たく冴えた光を双眸から放っていた。

「弥之助、これが、おれのために働きたい、と性根をかえたお前の小細工か」

にじり口の外へ、呼びかけた。

「旦那は、どのあたりで、この罠を看破なさいましたか？」

弥之助は、悪びれずに、問いかえした。

「この婆さんのくどきぶりが、いささか、しつこすぎた」

「それで、看破なさったので？」

「もうひとつ、雲助に犯された若い尼が、おれの問いにこたえて、すらすらと、尼になった理由をこたえた。その返辞が、できすぎていた」

「おそれ入りました。こんどこそ、てまえは、旦那に兜《かぶと》をぬぎました。ひきさがります」

「と云い乍ら、もう次の手を、肚の裡《うち》で、練っているのではないのか、弥之助？」

狂四郎は、冷笑した。

弥之助の気配は、そこから、消えた。

狂四郎は、壁ぎわから畏怖の色をあふらせて仰ぎ見る妙見尼へ、一瞥もくれようとせず、露地へ出た。

陽は、ようやく、高かった。

千両問答

一

某日某刻——誰にも知らせぬ日時を指定して、眠狂四郎は、千華をともなった吉五郎と、宮の熱田神宮拝殿で、落ち合う手筈であった。

宮は、東海道随一のにぎわいを呈している。

草薙《くさなぎ》の宝剣を祀《まつ》る古社には、上り下りの旅人が、必ず詣でる。

そしてまた、中仙道とむすぶ宿駅でもあった。京へ上る旅人のうちには、宮を出て、名古屋、清洲《きよす》、稲葉《いなば》、萩原《はぎわら》、尾越《おこし》、洲股《すのまた》、大垣《おおがき》を経て、垂井《たるい》に達し、ここから中仙道筋を辿る者も、すくなくなかった。

東海道を往く者は、ここから、桑名《くわな》へ海上七里の船渡しをえらぶか、あるいは、船酔いをきらって、岩須賀《いわすか》、石垣《いしがき》、冠守《たかもり》を経て佐屋《さや》に至るいわゆる佐屋廻《まわ》りをえらぶことになる。佐屋廻りも、三里の間は、川舟に乗らねばならなかった。

いずれにしても、宮に集まる旅人の数は、他の宿駅の数倍をかぞえた。

狂四郎は、吉五郎・千華の二人と落ち合う場所を、わざと、雑沓《ざっとう》するこの宮と指定したのであった。

ところが――。

熱田神宮の大鳥居の前まで来て、狂四郎は、

――まずい！

と、眉宇をひそめた。

参詣道を、肩がふれ合わんばかりのおびただしい群衆が、いずれも、異常な緊張の色を顔にうかべて、急ぎ足に、進んでいたのである。

今日は別に、古式の盛典をくりひろげる神事の日に当っていない筈であった。にも拘らず、この大群衆は、歳首の初卯《はつう》祭にもまさる。

狂四郎は、職人ていの男をつかまえて、今日はなんの行事があるのか、訊ねてみた。

「富じゃなも、富――。千両富ぞな」

「熱田神宮が、富籤興行をやるとは、ついぞきいたことがないが……？」

「きいていなさらんのは、あたりまえじゃ。今年から、はじまるのじゃから――」

当時――。

市井の貧しい人々を熱狂させたのは、富籤興行であった。

神社仏閣に於て、修復費にあてる名目で、富籤興行を催したそのはしりは、享保《きょうほう》十

五年、京都御室仁和寺《おむろにんなじ》であった。

それが、たちまち、江戸に波及し、年々さかんになり、文政《ぶんせい》年間には、三十箇所で行われるようになっていた。そのうち、谷中の感応寺、目黒の泰叡山《たいえいざん》、湯島の天神——この三箇所を、江戸の三富といった。

その方法は——。

寺社では、まず、千枚の富札をつくる。木札と紙札が一対となっていて、木札を原牌《もとふだ》、紙札を影牌《かげふだ》、という。これを、松竹梅とか、十二支とか、春夏秋冬とか、各部にわけて、番号を印す。

売り出されるのは、影牌の方で、原牌は、大きな六方匣《ろつぽうばこ》の中に納めておく。

影牌は、市中の札屋に、利鞘をとらせて、売りさばかせる。一枚売りがたてまえであったが、割札といって、貧乏人たちは、一枚に何人か乗ることもできた。

江戸の三富の場合、買手が殺到したため、売値よりも高い値段でもとめられた。また、蔭富といって、当籤《とうせん》番号を標準として、輪贏《しゆえい》を決する方法も、行われた。

当日は、六方匣を、本堂あるいは、拝殿の広縁に据えつける。

これを充分にゆさぶっておいて、上部に穿《うが》った孔へ、錐《きり》を突き入れて、原牌を刺して、ひき出す。これを、富突きという。

万余の庶民は、この富突きに、生涯一度の幸運を祈って、固唾をのむことになるのであった。

——尾張家も、熱田神宮で、富籤を催さなければならぬほど、財政窮迫したのか。

狂四郎は、いささかあきれ乍ら、とんだ日をえらんだものだ、と当惑した。

——この蝟集《いしゅう》ぶりでは、出逢うのはむつかしかろう。

ともあれ、狂四郎は、拝殿へ向って、進むよりほかはなかった。

二

拝殿前は、立錐《りっすい》の余地もないほどの密集ぶりであった。

狂四郎は、ようやく、拝殿の南の神楽殿《かぐらでん》わきまで、進むことができた。そこからは、もう身動きもできなかった。

と——。

狂四郎の背後で、稚い悲鳴があがった。

首をまわした狂四郎は、腰までの背丈の少女が、必死に、富札を握りしめた片手をさしあげて、押しつぶされそうな苦しさに、もがいているのをみとめた。

狂四郎は、周囲の者たちを、押しのけて、少女を、かかえあげた。

それは、巡礼姿の、十歳あまりの少女であった。色白な、眉目の整った、いかにも可憐な面立ちであった。

「そなた一人で、ここに来たわけではあるまい。はぐれたのか？」

「わたい、ひとりで、来ました」

「そなたのような稚い子が、富籤をやるというのか？」

「お札を買うたのは、わたいの祖父《じい》様です。……祖父様は、ゆんべ、名古屋のご城下の、旅籠で、亡《の》うなりました」

「……？」

狂四郎は、つぶらな双眸に湛えられた泪を、視た。

「祖父様は、亡うなる際に、このお札は、きっと、当る、と申しました。千両札じゃから、お前は、孤児《みなしご》になっても、分限者になれる、というて……」

その遺言を信じて、少女は、ここへ来た、という。

狂四郎は、少女を抱いたまま、興行のおわるのを、待つことにした。

拝殿の階上に設けられた富突場に、神職が現われて、六方匣の上で、賢木《さかき》を打ち振った。

境内は、とたんに、水を打ったようにしずまった。

いよいよ、富突きが、はじまるのである。

蝟集した万余の顔は、固唾をのんで、錐をつかんだ禰宜《ねぎ》の一挙手一投足へ、食いつくような欲深な視線を当てて、待ちかまえた。

匣の孔から、原牌を刺した錐を抜き出して、高らかに、番号が読みあげられるたびに、境内は、どっと、どよめいた。

当り札は、百本であった。したがって、錐は、百回原牌を刺して、抜き出される。百回目が、突き留めといって、最高金額千両であった。

突き留めまで、約一刻の時間が、かかる。

ついに——。

「これより、突き留めえ！」

その高声が懸けられるや、境内は、わああっ、と喚声が渦巻いた。

ひょっとすると、自分の持っている富札が、千両になるかも知れぬのであった。

千両！

これが、どれほどの大金か、具体的に例を挙げれば、納得がゆく。

当時の旅籠の一泊二食入浴附きの代金は、百五十文であった。現代の金にすれば、百五十文は、千五百円にあたる。

豆腐一丁が三十文、醤油《しょうゆ》一升が百六十文、角下駄一足が四十文、米一石が一両。

一両は、公定価格で四貫文、すなわち四千枚のびた銭であった。一枚の重さを一匁《もんめ》として四貫目、千両箱（一両小判千枚）をそっくり銭に換えれば、四千貫になる。

四千文は、一朱金で十六、一分金で四、そして一両小判となる。

一晩たっぷり飲んで、その代金は二百文にもならぬ時代であったから、いかに、一両がねうちがあったか、明白である。

千石取りの旗本の家計を、例にとってみれば——。

主人の一年の小遣料は十両、用人の給料は八両、近習が五両、中間《ちゅうげん》が三両、女中も三両、というのが相場であった。

すなわち、女中は、月に千文の給料しかもらっていなかった。

さて——。

突き留め、の懸声がかけられるや、ここが熱田の大明神の境内であるにも拘らず、

「南無妙法蓮華経《なむみょうほうれんげきょう》！」

とか、

「南無あみだぶつ！」

とか、あちらこちらから、われを忘れた唱えが起った。

太鼓を持ち込んだ者もあり、どんつくどんつく、と叩《たた》きはじめた。

禰宜が、さっと、錐をふりかざした。

とたんに、唱和の声も、太鼓の音も、ぴたりと止んで、しいんと静寂にかえった。

「千両富っ！」

突き手から、原牌を受けとった読み手が、それを高くかかげて、叫んだ。

「梅の、六百六十、九ばあーん！」

三度くりかえしたが、三度目は、もうどよめきで、ききとれなかった。

人々は、自分の持つ札が、はずれたと知るや、きょろきょろと、まわりを睨《ね》めまわして、近くに、その幸運者はいないか、とさがした。

どの眼眸も、好奇と羨望と嫉妬で、光っていた。

すぐには、その幸運者は、名のり出なかった。

「こらあっ！　どうした、当った野郎は、どこにいるんじゃ？」

「もったいぶらずに、はよう、出て来てなも！」

「あんまりうれしゅうて、気でも失うたんかなも――」

「わしが、代って、千両箱をかついで行ってやるでえ」

ようやく、人波が崩れて、ぞろぞろと、参詣道を流れはじめた時――。

狂四郎の腕の中にいた少女が、

「小父《おじ》さん！」

ふるえ声で呼んで、にぎりしめていた影牌を、そうっと、示した。

まさしく――。

影牌には、梅の六百六十九番、と刻印されてあった。

三

人の往き来のせわしい松並木の道中畷《なわて》を、少女を連れた狂四郎が、一梃の駕籠をしたがえて、ゆっくりと、千浜の鳥居へ向って、歩いて行く。

駕籠の中には、千両箱が据えてあった。

狂四郎は、渡船場から、桑名へ渡るつもりであった。

少女の家は、四日市の小さな紺屋《こうや》ときいたので、そこへ送ってやることにしたのである。

千浜の鳥居の西方に、宏壮《こうそう》な屋敷が、どっしりとわだかまっていた。西浜御殿と称《とな》える尾州家の接待屋敷であった。

いましも、その表門から、出て来たかなり猫背の武士が、まぶしげな表情で、こちらを眺めやった。

狂四郎が、鳥居をくぐろうとすると、武士は、

「あいや！」

と、片手をあげて、呼びかけて来た。

「……？」

黙って、ふところ手のままで、立ち停った狂四郎に向って、武士は、せかせかと、近づいて来た。

六十とも七十とも受けとれる老人であった。歯がことごとく抜けて、上下の唇が、梅

干になっているせいであろう。案外、五十代もなかばの若さかも知れない。

「桑名七里の海渡りは、身の危険。佐屋廻りにしては、如何じゃな、眠狂四郎氏《うじ》？」

どことなく愛敬《あいきょう》のある表情で、もぐもぐ口から、そう云いかけた。

狂四郎は、こちらの素姓を看て取られても、べつに眉宇も動かさず、

「どうして、危険だとお判りか？」

と、訊ねた。

「富札で当てたその千両箱じゃよ」

そう云われて、狂四郎が振りかえるのと、少女が、バタバタと遁げ出すのが、同時であった。

武士は、にやにやして、

「千両箱には、小判の代りに、鉄の塊でも詰めてあるに相違ない。……お主が、こどもに弱いと知った敵が、仕掛けた罠じゃな。船に乗ったならば、あの小娘が、お主に、毒でも一服盛る手筈であろうわさ。……あの小娘、旅芝居の子役、というのが、見当じゃな」

「しかし、富籤興行は、尾州家が催されたのであろうが……」

「左様――。しかし、公儀お目付あたりが、細工をしようとすれば、当藩としても、黙認せざるを得ぬではないか」

──富突きに、カラクリを作ったのが、下条主膳だ、というのか。

「ご老人、お手前は？」

「次席家老麻生頼母《あそうたのも》」

四半刻ののち、狂四郎は、尾張藩次席家老麻生頼母にさそわれるまま、西浜御殿の書院に坐っていた。

千両箱は、床の間に据えてあったが、狂四郎は、まだ蓋を開けずにいる。

麻生頼母は、なにかの用事を足していたとみえて、しばらく、狂四郎を待たせた。

猫背をさらにまるめて入って来た時、狂四郎は、ふっと、その姿が、武部仙十郎に似かよっているのに、気づいた。

「いや、待たせて、わるかった。貧乏ひまなしでな」

座に就いた頼母を、じっと見据えた狂四郎は、

「ご家老は、わたしを眠狂四郎と、どうしてご存じであった？」

と、訊ねた。

「わしは、二年前までは、ずっと、江戸にいた。お主の顔を見知って居るのじゃよ。

……お主という人物、一度、会ったら、忘れられぬ」

「下条主膳という公儀目付が、富籤にカラクリをするのを、黙認しておいて、わたしを

救おうとしたのは、如何《いか》なる理由か、うかがいたい」

「お目付より、お主の方に、好意を持って居る、とでも申しておこうかな」

「それでは、理由にならぬ」

「まあ、よいではないか。わしが、お主を好きなことは、いつわりではない」

「ご家老！」

狂四郎は、口辺に薄ら笑みを刷いた。

「貴方は、もしや、水野越州家の側用人と縁者ではないのか？」

「………」

「たとえば、貴方は、武部仙十郎の実弟とか、あるいはまた、従兄弟《いとこ》とか……」

「他人の空似ということもあるし、七十過ぎれば、どれも同じ顔つき、背恰好になるものじゃが——」

「かくされたところで、この眠狂四郎の目をごまかすことはできぬ」

「ふっふっふ……、それもそうじゃな」

麻生頼母は、急に、ひきしまった表情になり、

「お主、どうして、武部仙十郎を敵にまわすはめになったのじゃな？」

と、問うた。

「なりゆき、と申し上げておこう」

「いかんな！　いかん！」

頼母は、かぶりを振った。

「わたしの方から、すすんで、楯ついた次第ではない。老人が、欲張ったために、斯様《かよう》な仕儀に相成った」

「欲張った、というのは、語弊があろう。武部仙十郎は、主人のため、公儀のため、ひいては、天下のために、よかれ、と考えて、働く側用人ではないかな。生涯、妻もめとらず、一文たりとも私腹せず、公事に専念した人物じゃ。その老人をお主が裏切るとはのう」

「ご家老、貴方は、武部老人から、たのまれて、わたしを、ここへつれて参られたのか？」

「たのまれたとか、たのまれぬとか、そんなことはさておき、わしは、お主に、身命を弊履にせぬよう、たのみたいのじゃよ」

「主人持ちの身ではないし、妻子があるわけでもなく、おのが身をどのように扱おうと、勝手にさせて頂こう」

「さ、それじゃ。お主のそういう不敵さを、わしは、高く買う。武部仙十郎も、その点を見込んで、これまで、お主を、さまざまな危険な場所へ送ったのであろうが、このたびのことは、どう考えても、お主の態度に非があるようじゃ。……安南から渡って来たオランダ娘に味方して、長年のつきあいの武部仙十郎までを敵にまわしたのは、納得しがたい振舞いと云わねばなるまい。そうではないかな、眠狂四郎？」

「わたしは、武部老人に、恩をきせても、きせられたことは一度もない。これは、はっきりさせておきたい。わたしが、おのれの行動を、武部老人の思案によって、しばられる義理はない」

「そう申しては、身も蓋もないが……、どうであろうな、ここはひとつ、歩み寄りということで、手を打っては――？」

「………」

「つまり、武部仙十郎にも協力させて、お主は、宝をさがしあてる」

「それで……？」

「その宝じゃが、十万両か、百万両か知らぬが、公儀とオランダ娘と、折半という約束をする」

「………」

「不服かな、この歩み寄りは？」

「折半ということは、考えられぬ」

「どうしてかな？」

「ご家老――、かりに、その千両箱に、小判千枚が入っていたとする。貴方は、わたしと、折半されるか？」

「……む！」

「尾州家次席家老としては、面目上も、素浪人風情と、折半することはできまい。……浮世のしくみは、その立場立場によって、妥協の余地のないように、つくられていることを、よもや、貴方がご存じないとは、云わせぬ」

「………」

「これは、わたしの直感だが、その千両箱には、まぎれもなく、小判千枚が入っているに相違ない。下条主膳は、この眠狂四郎を生捕るために、富籤にカラクリをほどこし、千両箱には、鉄の塊でも詰める、と云ったろうが、実は、一石二鳥を狙ったのではあるまいか。わたしを生捕るとともに、尾張藩からも千両せしめる。公儀目付というものは、それぐらいの悪智慧を働かせて、当然の職務なのだ」

「ふむ！」

頼母は、唸った。

「その千両箱の蓋をひらいてみられるがいい。……小判千枚が詰められていたならば、わたしと折半されるか？」

狂四郎は、返辞をきかずして、やおら、座を立っていた。

参宮道

一

桑名から四日市《よっかいち》まで三里八丁。四日市から、五つの橋を渡って、日永《ひなが》村に至る。ここに、伊勢神宮遥拝所《ようはいじょ》の鳥居がある。

旅をいそぐ者が、神宮参詣を略して、ここで、はるかに拝むのである。

日永の鳥居は、桑名七里の渡し口の鳥居、関の追分の鳥居とともに、参宮街道の三大鳥居とうたわれている。

すなわち。

日永の追分で、東海道は、伊勢街道（参宮道）と岐れる。

追分から神戸《かんべ》まで二里三十丁。神戸から、白子《しろこ》、上野を経て、津《つ》まで五里半。松坂《まつさか》を通って、山田に至る道順である。

眠狂四郎は、夏に衣がえをしようとしているその伊勢街道を、まっすぐに、ふところ手で、歩いて行く。

薄雲の散る空を、椋鳥《むくどり》の大群が、南をさして渡っていたし、並木の梢《こずえ》では、大瑠璃《おおるり》が、その美しい瑠璃色の羽を陽光にきらめかせ乍ら、美しいさえずりをきかせていた。

狂四郎の前後には、お伊勢講の一行が、幾組も、列をなしていて、御世《みよ》泰平ののどかな風景であった。

神戸宿の手前の高丘川に架けられた細長い橋を渡りかけた時であった。

――尾けて来ている。

その直感が、働いた。

橋を渡った狂四郎は、街道をそれて、ゆっくりと、南土手へ向った。

そこが、いわゆる「女人堤防」であった。

神戸藩領の汲川原《くみがわら》は、鈴鹿川と安楽《あんらく》川の合流点にあたり、むかしから、毎年のように水害になやまされていた。

享和《きょうわ》二年の夏には、堤防が決壊し、家屋流失百五十戸、死傷行方不明三百余人の大きな被害を出した。

そこで、汲川原の庄屋は、藩主に、護岸工事の許可を乞うた。しかし、対岸の神戸城下への影響をおもんぱかってか、許可が下りず、かえって、強い禁圧の態度を示された。

やむなく、村民は、非合法裡に、工事を敢行することにした。工事完成のあかつきには、それに従事した者は、咎《とが》を蒙ることは目に見えていたので、庄屋の裁断で、女ばかりが築堤にかかった。

六箇年の歳月を費やして、ついに堤防が完成した。

藩庁では、その完成を待っていて、工事に従った女子二百余人に対して、斬首の厳命を下した。

立派に成った堤防上に、ずらりと老若の女子が居竝んで、いよいよ、打首が行われようとした寸前、処刑中止の使者が、馬をとばして到着した。

藩庁では、処刑ははじめから行うつもりはなく、藩の威信を示したのであった。

狂四郎は、女子どもの手によってつくられ、その後一度も決壊したことのない堤防の上に立って、やおら、向きなおった。

饅頭笠で顔をかくした雲水が三人、十歩の後方に、立っていた。

狂四郎は、突いている杖を、仕込みと看てとり乍ら、

「お主らが、この眠狂四郎を襲うには、此処女人堤防は、いかにもふさわしい場所だ」

と、云った。

どの敵から派遣されて来た討手か知らぬし、知ろうとも思わない狂四郎であった。

「この堤防は、享和年間に成った、ときいた。文化、文政を経て、どうやら、見渡したところ、そろそろ崩れそうなけはいが感じられる。女人二百余人が、一命をすてる覚悟で、築いた堤防ゆえ、決壊させたくはない。お主ら三人に、ひとつ、人柱になってもら

い、崩れるのをふせいで頂こう」

薄ら笑いつつ、そう宣告した。

贋雲水たちは、無言で、一斉に、仕込杖から、白刃を抜きはなった。

街道上から、この光景を眺めた参詣人たちが、どっと騒ぎたてた。

――おれが、参宮道に入ったのを知ると、行先を突きとめるまでもなく、斬れ、と使令したのは、千華もまた参宮道に入ると確信した上でのことに相違ない。

その決断をみせたのは、佐賀闇斎か、下条主膳か、それとも島津家の隠密の頭領であろうか。

狂四郎は、しずかに、無想正宗を、鞘からすべり出させた。

二

叫ぶ者、固唾をのむ者、私語《ささやき》かわす者――それぞれが、街道上に、足を釘づけされて、堤防で行われようとする決闘を、見まもっている。

その中に、沈黙を守って、じっと、狂四郎の姿を凝視する男女二人連れがいた。

七十を越えた、いかにも老いさらばえた下級の藩士ていと、お高祖頭巾《こそずきん》で目ばかりに顔を包んだ、その孫娘らしい姿と――。

吉五郎と千華にまぎれもなかった。

二人は、海路をぶじに、桑名へ着いて、宮までひきかえし、狂四郎と落ち合おうとしたのであったが、その日、熱田神宮では、富籤興行が催されていて、拝殿前は立錐《りっすい》の余地もない蝟集ぶりであったので、あきらめて、まっすぐ、志摩をめざすことにしたのであった。

途中で、必ず狂四郎とめぐり逢うに相違ない、と信じていたし、たしかにその通りであったが、三人の刺客に迫られている光景を目撃して、ここまでの道中、さまざまの危難を脱して来たであろうことが、容易に想像できた。

囮となって、敵の目をおのれ一身に集めた狂四郎の不敵さが、いまさら乍ら、吉五郎と千華の胸にこたえた。

地摺り下段にとった狂四郎に対して、雲水に化けた刺客たちは、三者一体となって、襲うべく、微塵《みじん》の差もない、全く同じ構え——やや上段に近い青眼につけている。

対峙は、つづく。

四半刻の間に、堤防上で動いたものといえば、殺気におびえてあわただしく飛び立った幾羽かの旅鳥だけであった。

街道から見物する人々は、明るい陽ざしの中で、微動だにせぬ四つの人影が、そのまま、永遠に石像と化すような錯覚に陥りそうであった。

しかし、その固着状態に苛立《いらだ》って、叫んだり、歩き出したりする者は、一人もいなかった。

と――ようやく。

刺客たちが、同時に、同じ動きを示した。

――やるぞ！

人々は、自分自身も、不動の束縛から解放されたように、表情を動かし、目を光らせた。

刺客たちは、やや猫背になり、切先を寸のびさせた。

剣法を知らぬ者には判らぬことであったが、それは、必殺の突きを放つ――ただ一手の予告であった。

失敗すれば、おのれがまちがいなく斬られる、と知って、敢えてえらんだ一手であった。のみならず、味方三人のうち、一人だけが、狂四郎の臓腑《ぞうふ》を刺し貫くことを期し、あとの二人は捨て石となる、文字通り必死の戦法であった。

刺客たちは、その構えで、すこしずつ、間隔をひらいた。

狂四郎は、依然として、地摺り下段のまま、動かぬ。

見まもる吉五郎は、息苦しくなり、ぐっと生唾をのみ下した。

千華の方は、われ知らずに、胸で十字を切った。

汐合がきわまったのを、吉五郎も千華も、そして、数百人の見物人も、感じた。

刺客たちの姿勢が、さらにひくくなった。

その時、はじめて、狂四郎は、無想正宗を、地摺りから、ゆるやかに、宙を移しはじめた。

いつになく、描く円月の速度は、早かった。

その切先が、天を指した刹那、陽光を撥《は》ねて、きらっと振動した。

同時に――。

三人の刺客は、狂四郎めがけて、一直線の突きを放った。

見物の群れは、そこまでの動きしか、目の裡にのこし得なかった。

狂四郎が、三刀の突きを、どうかわし、斬りかえしたか、誰も見とどけることは不可能であった。

双方、全くの無言裡に迅業を使い、そしてまた、ただの一合も、刃と刃を嚙《か》む音を立てなかった。

三人が突き、狂四郎がぱっと白刃を閃かせた――と見た、次の瞬間には、血煙りがあがり、三つの人影はくさむらに沈み、狂四郎の姿だけが、そこに立ち残った。

千華が、片手を帯の吉弥《きちや》結びの蔭へまわしたのは、その折であった。

それにかくしていたぶうめらんを、つかみとりざま、千華は、堤防の斜面の一点めがけて、放った。

その飛道具が、くさむらに吸い込まれるとともに、そこから、銃声が起った。

狂四郎が、こちらを視た。

「やんなすった！」

吉五郎は、溜《た》めていた熱い息を吐いた。


狂四郎は、ただ一人で、足早に、神戸を通り抜けて、白子（寺家《じけ》村）に入ると、むかしから、波濤《はとう》の音が、鼓のようにきこえる、と云い伝えられている鼓ヶ浦へ出た。

右方に、伊勢巡礼の札所十六番目の白子観音寺の堂宇が、空にそびえていた。

狂四郎は、視線をまわして、山門下に、吉五郎の姿があるのをみとめた。

狂四郎が、境内に入ってみると、千華は、一年を通じて花が咲くという白子七不思議のひとつ不断桜の竹囲いわきに、佇《たたず》んでいた。

近づいた狂四郎は、なつかしさをこめた眼眸を、冷たく受けとめて、

「そなたが、ぶうめらんを使ったのは、まずかった」

と、云った。

千華が、その飛道具を使わなければ、あるいは、狂四郎は、忍び寄った伏敵に、撃たれていたかも知れなかった。

その礼を云う代りに、余計な手出し、と責めたのである。

千華は、顔を伏せた。

「われわれの周囲には、絶え間なく、敵の目が光っている、と考えてよい。そなたが、ぶうめらんを使うのを見とどけた敵が、いるに相違ない」

「申しわけありませぬ」

「吉五郎――」

「へい」

「別の変装を、思案してもらおう」

「へい、承知いたしました」

「ただちに、だ」

「それア……？」

吉五郎は、ちょっと、当惑した。

狂四郎は、多くの言葉は口にせず、二人から、すぐはなれた。

三

同じ日の夕刻。

公儀お目付下条主膳の姿が、四日市の脇本陣に現われていた。

部屋に入って、袴《はかま》もとらぬうちに、廊下から、名を告げる配下の隠密の声がした。

「入れ」

主膳は、平伏した腹心に、

「眠狂四郎が、参宮道に入った、という報告は、桑名で、きいた」

と、云い、

「土肥《とい》、風早《かざはや》、多治見《たじみ》の三名を、追跡させたが、いかがした？」

と、訊ねた。

「三名とも、相果てました」

「強いの、眠狂四郎という奴」

主膳は、拳でおのが肩を叩き乍ら、云った。

「この上は、二十名以上をもって、一挙に襲撃させては、如何かと存じます」

「いたずらに、手飼いの頭数を減らすだけだな」

「眠狂四郎とても、人間でありますからには、絶対に不死身とは申せませぬ」

「あせるな、後藤《ごとう》」

「は――」

「狂四郎を、目的地まで往かせるのも、よかろう」

「千華と申すオランダ娘が、眠狂四郎と相前後して、参宮道を進んでいることは、疑う余地はありませぬ」

腹心の後藤は、狂四郎に三名が討たれた際、もう一人、身をひそめて、鉄砲で狙った榊原《さかきばら》三十郎が、奇妙な飛道具で、首を刎《は》ねられたことを、報告した。

「鎌倉の切通しで、オランダ娘に、その飛道具で、一人、殺《や》られて居りますゆえ、このたびも、彼女の仕業に相違ありませぬ」

「ふむ」

「その場にいた参詣人どもにあたりましたところ、娘は、どうやら武家娘ていになって居る様子でありますれば、津まで至らぬうちに、捕えられるかと存じます」

「たわけ！」

「は――？」

「眠狂四郎が、すぐに、装《なり》を変えさせたに相違ない。いま頃は、順礼姿にでもなって居ろう」

「…………」

主膳は、腹心の顔がゆがむのを、冷然と見やり乍ら、

「娘も、目的地まで、往かせてみよう」

と、云った。

「は――」

「行先は、伊勢か、志摩か、紀伊か。それとも、わざと、方角ちがいの土地へ、われわ

れをひき寄せようと、いたして居るのか。いや、そうではあるまい。彼奴、囮となって、道中して参ったのだからな。……娘が、飛道具を使ってくれたのは、こちらにとって、物怪《もつけ》の幸いであった。狂四郎め、さぞや、あわてたであろう。やはり、目的地へ向って、進んで居るに相違ない」

「誓って、変装した娘を、津のあたりで、発見いたします」

「それよりも、後藤――、弥之助《やのすけ》が、わしを裏切って居るぞ。あれは、やはり、薩摩の密偵であったな」

「その儀は、ご承知の上で、お使いになっていた、と存じますが……」

「半信半疑、というところであったが、このたびで、明白となった。消さねばなるまい」

「かしこまりました」

「風のようにすばやい奴ゆえ、手こずるぞ」

「手前に、おまかせ下さいますよう――」

「もう一人、消さねばならぬ男が居る」

「……？」

「佐賀闇斎だ」

「帰化いたした琉球《りゆうきゆう》人普天間親雲上《ふてまばいきん》でありますか？」

「あれは、琉球人ではない。暹羅からやって来た、れっきとした日本人だ。暹羅では日本太夫、と名乗って居った、山田長政の苗裔と称する男だ。……わしは、とっくに、その素姓をあばいていたが、わざと、そ知らぬふりをして、その動静を眺めていた。沼津千阿弥が切腹した直後から、穴から匍い出て来居った。……目下、眠狂四郎のあとを追って来て居る。今宵あたり、この四日市に到着して居るかも知れぬ」

「それは！」

「これも、一筋縄ではいかぬ曲者だ。ぞろぞろと手下を率いて、道中するような、間抜けたまねはして居らぬが、目に見えぬ警備の網を、身のまわりに張りめぐらしているに相違ない。また、東海道を上って来る途中、いくどか、眠狂四郎を生捕ろうとして居る。……この男も、わしにとって、大いに邪魔になって来た」

「………」

「闇斎は、阿蘭陀屋嘉兵衛と、手を組んで居る。……阿蘭陀屋嘉兵衛は、わしに内密で、わしの上司に、ごまを擂《す》って居る」

「若年寄様に、でございますか？」

「そうだ。相模守殿は、この下条主膳に、全幅の信頼を置いている、とみせかけ乍ら、実は、わしを出し抜こうとしているふしが、うかがわれる。あるいは、闇斎は、ひそかに、阿蘭陀屋を介して、若年寄に、密約をとりつけたかも知れぬ」

主膳の語気には、断定に近いひびきがあった。

下条主膳の直感は、中《あた》っていた。

佐賀闇斎は、同じ四日市のごく目立たない旅籠に、草鞋をぬいでいた。

主膳と同様、部屋に入ると程なく、闇斎は、行商人ていの男を、前に坐らせていた。

眠狂四郎が、参宮道に入った、という報告をきいた闇斎は、にやりとして、

「どうやら、行先の見当がついたわい」

と、云った。

闇斎は、下条主膳よりも、太閤遺産の埋蔵場所へ近づく手蔓《てづる》をつかんでいる模様であった。

「お館――」

男は、闇斎を、古風な呼びかたをして、

「四日市あたりから、くれぐれも、身辺の警戒を怠らぬように、おたのみ申します」

と、忠告した。

「わしの生命を狙う者が、いるというのか？」

「お目付下条主膳が、脇本陣に泊って居ります」

「ほう、あの人物がのう、いよいよ、出馬して参ったか。これは、要心せずばなるまい。

……まともに、勝負できぬ対手《あいて》じゃでのう」

闇斎もまた、主膳の配下とおぼしい隠密から、身辺をかぎまわられたことを、さとっていたのである。

「ところで、眠狂四郎だが、オランダ娘と、桑名あたりで落ち合った形跡はないか？」

「そこまでは、つきとめて居りませんが……、眠狂四郎が、下条主膳の放った隠密らしい者どもを、神戸の堤防で、斬った、という報《しら》せは、入って居ります」

「主膳が、それを命じた、ということは、行先をつきとめた、というわけかな？」

闇斎は、ちょっと小首をかしげたが、

「そうか。オランダ娘もまた参宮道に入った、と知ったからか。そうだとすると、こっちは、下条主膳に、一手打つのがおくれたことに相成るのう。……加平次、明日中にも、オランダ娘を、さがし出せ。お目付側に生捕られては、これまでの苦労が、水の泡になる」

「早速に、手配りをいたします」

「いそがねばならなくなったぞ。眠狂四郎の行先は、すぐ目近《まぢか》に近づいて居るわい。

……まさに、天王山じゃ」

闇斎は、そう云いすてて、俯伏《うつぶ》せに寝そべった。

その瞬間、闇斎は、ふっと、別の表情になった。

こうして俯伏せると、いつも腰をもんでくれる小銀が、もはや、永遠に、そばから消えたことを、思い出したからである。

獄門橋

一

眠狂四郎は、津の城下に入った。

藤堂高虎《とうどうたかとら》によってつくられたこの市《まち》は、当時商家一千五百余軒、長さ七十二町。綟子《もじ》肩衣《かたぎぬ》、さらし木綿、鋳物、鐘、鍋、釜、文函《ふばこ》、片口、酒、煎茶など、名物はかぞえきれなかった。

湊口《みなとぐち》は遠浅であったが、干満の差が大きく、満潮に乗れば、大船の出入自在であったので、ここから、桑名をはじめ、多くの航路を蜘蛛《くも》の巣のように開いていた。伊勢は津で持つ、津は伊勢で持つとうたわれている所以であった。

殷賑の湊である上に、参宮道の中点に位置しているため、当然、街道の左右は、旅籠と茶屋が、無数に檐をつらねていた。

伊勢詣での男たちの愉しみが、道中女を買うことであることは、さきに述べた。その証拠は、参宮道に、茶屋と名づけられた地名が、十指に近いのでも、明らかであった。

三軒茶屋、白子茶屋、塔世《とうせ》茶屋、六軒茶屋、土羽《とば》茶屋、新茶屋など——。

いわば、茶屋は、現代のモーテルにあたる。

街道上でひろった門付や巡礼を連れ込んだり、あるいは、茶屋の女中に命じて、町家の後家や浪人者の妻女などを呼んでもらったりするしくみは、むかしもいまも、変りはなかった。

そして、女郎屋は小格子から黄色な声をかけて来たし、旅籠は留女が袖をつかんでひっぱり、津湊は、市中すべてが、売春の光景を呈していた。

一人、ふところ手で、通り過ぎて行く狂四郎に対してだけは、女どもは、一瞥しただけで、その異相と痩身が湛える死神の雰囲気に、はっと息をひそめて、身をすくませた。

三十間の橋が架けられた岩田川へ来た折であった。

橋袂の腰掛茶店から、出て来た六十六部が、狂四郎のそばへ、近づいた。

狂四郎は、べつに、一瞥もくれようとせず、橋板を踏んだ。

肩をならべた六十六部は、

「囮道中は、まだ、しばらく、つづくわけでござるか、眠狂四郎殿？」

と、訊ねた。

口はほとんどひらかず、すれちがう通行人の耳にはとどかぬ忍び声であった。

「武部老人から、遣わされて来たのか、お主は？」

狂四郎は、云いあてた。

「竜堂《りゅうどう》寺《じ》鉄《てつ》馬《ま》と申す」

「役目は、わたしを殺すことか？」

「いや、護衛でござる」

「武部老人は、いまだ曽《かつ》て、わたしに助人《すけつと》をつけたことはない。まして、敵にまわった今、考えられぬことだ」

「お目付下条主膳が、配下数十名をひきつれて、この参宮街道を来て居り申す。その他にも、貴殿は、ご自身を、さまざまの敵に、尾け狙わせておいでござる」

「こちらが、のぞんで、そうしているのだ。こんたんありげな助勢は、ことわる」

「貴殿の身辺護衛は、身共の勝手、ということにして頂きとうござる」

六十六部は、そう云うと、足をはやめて、狂四郎より数歩さきに出た。

橋のちょうど中央に、夫婦らしい、むさくるしい老いた男女の乞食が、坐っていた。

乞食は、参宮道の名物のひとつであった。

津の城下へ入るあたりから、数が増え、松坂、山田までの沿道いたるところで、手を合わせ、頭を下げている。

参宮道沿いの民家の構えの特長は、雨だれが、のれんのように設けられていることだが、その雨だれを支える腕木を、乞食もたれ、と呼んだ。いかに乞食が多かったか、それでわかる。

狂四郎は、その前にさしかかって、咳払いをきき、ちらと、乞食夫婦へ目をくれて、

——うまく化けた。

と、感服した。

吉五郎と千華であった。

どう見ても、七十を越えた老爺老婆《ろうや》であった。膝に置いた千華の両手など、どう細工したか、皺だらけであった。

狂四郎は、そ知らぬふりで、そのまま、通り過ぎて行った。

二

岩田橋を渡ると、岩田見付といい、番所があった。

番所を抜けた時、狂四郎の行手から、六十六部——竜堂寺鉄馬の姿は、かき消えていた。

街道は、伊予《いよ》町、立合《たちあい》町、八幡《やわた》町、藤枝南《ふじえだみなみ》、垂水《たるみ》、小森上野とつづき、そこからゆるやかな坂道になった。

その台地を桜茶屋といい、また、台地にあるので、高茶屋とも称んでいた。

桜茶屋から下る道は、左右が人の背丈ほどの絶壁の切通しになった。

中程まで下った時、狂四郎の四肢が、ひきしまった。

背後から、一頭の牛が、凄まじい勢いで、疾駆して来たのである。

——絶壁上へ跳躍すれば、そこに鉄砲か矢の伏勢がある、ということか。

狂四郎は、とっさに、そう判断した。

道幅が狭くなって居り、絶壁へ身をこすりつけて、牛を避けるのは、むつかしかった。

やむなく——。

脳裡にわいた戦法をそのまま実行すべく、猛牛が、眼前へ来た瞬間、狂四郎は、五体を沈めざま、無想正宗を抜きつけに一閃させた。

前脚二本を両断された牛は、狂四郎の上を飛んで、巨体を路面へたたきつけられた。

身を起した狂四郎は、下肢の半分を喪い乍ら、なおはね起きようと、みじめにもがく家畜が、やがて、あきらめて、しずかになるさまを、見まもった。

牛の目には、静かなあきらめの色があった。

伏勢が絶壁の上に、現われる気配はなかった。

——ただ、牛をけしかけて、襲わせてみただけのことか？

狂四郎が、疑惑をのこして、歩き出そうとすると、坂の上から、叫び声をあげて、農夫が一人、駆け降りて来た。

狂四郎を視て、立ちすくんだが、すぐに、

「くろ！」

と、呼んで、倒れた牛のそばへ、走り寄った。

狂四郎は、合掌する農夫を眺めて、

「お前の持牛か？」

と、訊ねた。

「へい。田植えの手伝いをたのまれて、志摩から曳いて来たんじゃが、……これも、さだめじゃろ」

意外にあきらめのはやい顔つきであった。

「どんな男に、牛の暴走をたのまれた？」

「ちがうぞな。わしは、むりやりに、取りあげられただけじゃ。……そりゃ、代金をはずんでもろうたけど。……お前様を襲うことなど、わしゃ知らなんだ。……なにに使うんじゃろう、とついて来てみたら、焼酎をのませて、荒れ狂わせて……、すまんことでした。かんにんして下されのう」

「べつに、お前が、わたしにあやまることはない」

「おさむらい様、くろをもろうて行っても、ええかな？」

「うむ」

狂四郎が、うなずくと、農夫は、牛へ跼《かが》みかかって、みひらいた目を撫でてやり乍ら、小声で、なにかぶつぶつと、となえた。

「…………？」

狂四郎は、その独語を、ききとがめた。

耳にしたのが、余人ならぬ、眠狂四郎であった。

その独語の中に、「あんめんいいんす」という文句が交ったのに、狂四郎は、はっとなったのである。

あんめんじんす――すなわち、切支丹信者の唱言《おらしよ》のひとつ、ああめんが転訛《てんか》したものである。

――この百姓は、隠れ切支丹か。

露見すれば磔刑《たつけい》に処せられると知りつつ、遠い先祖からの信仰を享《う》け継いでいるうちに、その祈り文句も、次第に転訛して、一種奇妙な呪文のようになってしまっているが、しかし、元の唱言は残されている。

あんめいんとか、でうす様とか、丸や様とか、あきらかに、切支丹の唱言として、伝承されているのだ。

狂四郎は、知っていた。

洗礼、家祓《いえはらえ》、仏経を消す方法、種蒔《たねま》き、病気を治すため、などに、それぞれ、隠れ切支丹には、異なる唱言があることを――。

洗礼の場合は、水役という者が、細竹で十文字《クルス》を造り、これを水に浸《つ》けて、洗礼者の額にあて、

「浮きぐるす、浮きぐるす、水に浮いたる浮きぐるす、あんめんじんす、丸や様」

と、唱えるのであった。

「おい――」

狂四郎は、農夫を呼んだ。

「へえ?」

「志摩だ、といったな、お前の村は?」

「へい、そうでごぜえます」

「志摩のどのあたりだ?」

「志摩の突っ端の、賢島《かしこじま》というところで――へい」

狂四郎の顔に、微笑がうかんだ。

江戸城大奥の万年厠《かわや》から盗み出した小函の中には、鉄製の蟬《せみ》とともに、一枚の詩箋が入っていたが、それには、

『輪廻《りんね》生死、空蟬《うつせみ》に魂を入れたくば、志摩国賢島なる磯館《いそやかた》の女神像に祈るべし』

と、記してあったのである。

この秘文は、生きていた豊臣秀頼によってしたためられ、長崎奉行村山東庵《とうあん》の次男長

庵の手に托《たく》された。

村山東庵父子は、切支丹信徒であった。長庵は、父とともに、捕えられて、処刑されたが、捕縛寸前に、江戸城大奥で、お手つき中﨟《ちゅうろう》となっている義妹梅路に、秘文をあずけた。

——太閤遺産は、隠れ切支丹によって守られている、というわけか。

「賢島には、磯館という旧家がある、ときいたことがあるが……」

狂四郎は、農夫に、さぐりを入れてみた。

「ごぜえます」

農夫は、返辞をためらわなかった。

しかし、その目つきには、暗い翳《かげ》を刷いている浪人者に対する警戒の色があった。

「それは、落人館か？」

「さあ、わしらは、よく存じましねえ。古い、古いお屋敷というだけで、そのほかのことは……。ごめん下せえ。わしは、くろを乗せる荷車を取って来ねばならねえので……」

農夫は、いそぎ足に、そこをはなれて行った。

三

津から四里を歩いて、松坂に至る。

松坂は、天正《てんしよう》十二年、蒲生氏郷《がもううじさと》によって作られた。その頃は、四五百《よい》の森と呼ばれていたが、氏郷が、近くの松ヶ島というところから、城を移したので、松坂という地名ができた。

松坂の城下を繁栄させたのは、松坂から、京大坂、江戸へ出て行った商人である。

『日本六十余州長者鑑《かがみ》』に、三井八郎兵衛《みついはちろうべえ》をはじめ、殿村三平《とのむらさんぺい》、小津与右衛門《おづよえもん》、長谷川治郎兵衛《はせがわじろうべえ》など、松坂商人が名をつらねている。

西鶴《さいかく》の『日本永代蔵』では、越後家（三井家）は、

「大商人の手本なるべし」

と、評されている。

そうした大商人を出した松坂の城下は、津とちがって、静かな、おちついた雰囲気を持っていた。

六軒茶屋などの茶屋町も、津のそれとちがって、客の呼び込み、送り出しに、みやびやか、といってもいい風情があった。

狂四郎が、松坂大橋にさしかかると、そこに、いつの間にか、竜堂寺鉄馬の六十六部姿があった。

「眠殿、あの農夫、飼い牛の屍体を、村へ持ちかえって、どうするか、ご存じか？」

肩をならべて歩き出すと、鉄馬は、問うた。

「葬るのではないのか？」

「村一同で、ひそかに、焼いたり、煮たりして、食うのでござる」

「お主！」

狂四郎は、前方へ眼眸を置いたまま、云った。

「牛を取りあげて、わたしに、けしかけたのは、お主の仕業だったのか」

「こころみに――」

「なんのこころみだ？」

「貴殿が、よもや、牛ごときに、蹴殺《けころ》されるはずはないゆえ、こころみに、奔馳《ほんち》せしめたのでござる。あの農夫が、牛の屍体を、どうするか？……予測たがわず、村まで、持ちかえり申した。食うことは、まちがいござらぬ」

「………」

「眠殿は、こういう話をご存じでござろうか。文化年間に、天草には、いまだ、隠れ切支丹が残存する、という噂《うわさ》が立ち、公事《くじ》方奉行の松平兵庫頭《ひょうごのかみ》の下知のもとで、ひそかに探索したところ、大江《おおえ》、崎津《さきつ》、今富《いまとみ》、高浜《たかはま》の諸村で、牛を殺して、その肉を食っている事実が明らかになり申した。すなわち、四村の総人数一万七百余人のうち、その半数が、宗門心得ちがいの者でござった」

「お主は、あの農夫が、どうして、隠れ切支丹と、看破った？」

「田をたがやし乍ら、ぶつくさと唱えていた——その文句を、ききとがめ申した」

鉄馬は、こたえた。

「隠れ切支丹と看て取って、その牛を取りあげて、わたしを襲わせた。そのこころみの成功が、お主に、どういう思案を生ませた？」

「いや、いまは、それだけのことで、べつに、なんの思案も生んでは居り申さぬ」

「いまさら、しらばくれても、はじまるまい。……お主は、武部老人から、くわしく、きかされているに相違ないのだ」

「眠殿、貴殿は、このたびのことでは、あくまで、武部殿をも、敵にまわされる肚でござろうか。まず、その儀を、きかせて頂きたい」

「好んで、敵にまわしたわけではない。しかし、目的を異にすれば、敵たらざるを得ぬ」

「強気なことでござる」

「お主——」

狂四郎は、口辺に冷たい薄ら笑いを刷いて、云った。

「お主は、老人から、眠狂四郎が太閤遺産をさがしあてたならば、暗殺せよ、と命じられているのであろう？」

「滅相もない。ただ、護衛せよ、と命じられただけでござる」

「暗殺者が、正直に口を割るわけはないが、ぬけぬけと近づいて来たのは、いい度胸だと、ほめておこう」

「眠殿──、囮道中も、ここらあたりから、一歩一歩が死地になり申す。身共の護衛は、絶対に必要でござる」

「暗殺者を、助勢させて、旅するのも、わるくはない」

「では、身共は、いったん、姿を消し申す」

竜堂寺鉄馬は、津城下でそうしたように、足をはやめて、みるみる先へ往った。

四

同じ日。

狂四郎より小半刻おくれて、旅の薬売りらしい装をした男が、菅笠で顔をかくして、とっとと、松坂城下に入って来た。

大橋を渡って、中町、日野町、平生《ひらお》町、愛宕《あたご》町と、足早に通り抜け、城下への出入りを監視する黒門をくぐった。

黒門を出てから、男は、後をふりかえった。菅笠の下の双眸は、鋭く光っていた。

捨てかまりの弥之助に、まぎれもなかった。

自分を尾けて来ている者のないことを、たしかめてから、再び、弥之助は、急ぎ足になった。

青雲橋、金剛橋と、ふたつの橋を渡ると、街道は、東南に向きかわって、四つ叉《また》へ出る。

四方ひろびろとした野で、四つ叉の辻には、常夜燈が一基、建っていた。

ここは、むかし、罪人の首を晒《さら》した場所であったので、村人が供養のために、寄進した常夜燈であった。

街道を、小川が横切って居り、これに架けられたのを、獄門橋といった。

弥之助の足が、その獄門橋にかかった——その刹那。

常夜燈の蔭から、銃声がとどろいた。

弥之助は、橋上を、くるっと一回転した。

傷ついたとは見えぬ敏捷《びんしょう》な動きであった。

常夜燈の蔭から躍り出たのは、下条主膳の腹心後藤某であった。

「弥之助！　ここらあたりで、年貢を納めろ——」

きめつけざま、第二弾を撃とうと、狙いつけた。

弥之助は、おそれ気もなく、橋上に坐って、頭を立てた。

「後藤さん、てまえを、有無を云わせず、殺してしまうのは、軽率じゃありませんかね」

「遁れる隙をうかがうのか、この期に及んで——」

「なに、立ち上れぬほどの深傷を負いましたよ。悪あがきはいたしません」

「お目付を裏切ったことが、明白になった以上、観念しろ」

「せっかく、ここまで、やって来て、くたばるのは、無念ですが、しかたがねえ」

「遺言代りに、何が云いたい？」

「てまえは、眠狂四郎の行先を、ちゃんと、突きとめて居ります」

「吐くから、殺さないで欲しい、と乞うのか？」

「この深傷じゃ、もう……」

不意に、弥之助は、激しく咳込んだ。

と——、片掌を口にあてたが、みるみる唇を朱色に塗って、指のあいだから、たらたらと、したたらせた。

後藤が、思わず、

「おいっ！」

と、近寄ろうとした。

瞬間——。

胸を押えていた方の片手が、はねあがって、白い閃光をとばした。

後藤の不覚であった。

手裏剣を、ふかぶかと胸に刺されて、後藤はよろめいて、常夜燈に凭りかかった。

弥之助は、ゆっくりと起《た》つと、冷やかに、

「こっちが、捨てかまりであることを、忘れたようだな、後藤さん」

と、云った。

後藤は喘ぎつつ、銃口を挙げようとしたが、もはや、その力はなかった。

「それじゃ、後藤さん、お先にごめん――」

そう云いすてておいて、弥之助は、橋を渡って、遠ざかって行った。

その跡には、点々と血汐が、地面を染めていた。

伊勢音頭

一

眠狂四郎は、宮川を渡ると、外宮《げぐう》神前の町――山田まで、三十町を、まっすぐに、歩いた。

参詣人の数は、宮川の渡し口からいよいよ増し、渡し船は、昼夜をわかたず往復するにぎやかさであった。

清盛堤と称ばれる宮川の堤にも、大世古《おおぜこ》、尼辻《あまつじ》、月夜見宮《つきよみのみや》を経て山田に入る街道上にも、数歩の隙間もない行列がつづいていた。

ここまで来ると、狂四郎を狙う刺客といえども、一応、殺意をすてざるを得まい。

狂四郎自身も、どれが尾行者か、待ち伏せの敵か、見分けのつかぬ雑踏《ざっとう》の中で、べつに、神経を配ろうとしなかった。

山田に入ると、狂四郎は、立場茶屋で休憩しようともせず、外宮へ向った。

伊勢神宮には、内宮と外宮があり、内宮にはいうまでもなく天照大神が祀られ、外宮には豊受大神《とようけのおおかみ》という、もと伊勢の地神が祀られてある。

参詣の順序は、外宮から内宮へまわることになる。

神仏に対して一片の信仰心も抱かぬ、疎外された異端者が、なんの目的で参拝するのか?

尾け狙う者たちは、その疑惑を、わかせているに相違なかった。

狂四郎の参拝ぶりは、きわめて神妙であった。

外宮の参拝をすませると、順序通りに一の鳥居から、岡本の里の内宮往来の直道を、歩いて行った。

狂四郎が、ちょっと、足を停めたのは、宇治橋を渡りかけて、五十鈴《いすず》川の清らかな流れを見下ろした時だけであった。

内宮一の鳥居をくぐると、参詣人のすべてがそうするのにならって、狂四郎も、五十鈴川の流れる手水《ちょうず》場で、手をきよめた。

その時、狂四郎と三四人へだてて、流れへ踞みかかっている六十六部がいた。武部仙十郎から遣わされた隠密・竜堂寺鉄馬であった。

狂四郎は、そ知らぬふりで、祓所《はらいどころ》の石壇前を通り過ぎ、二の鳥居をくぐり、冠木《かぶき》の鳥居、第四御門を過ぎた。

第三の鳥居をくぐって、玉串《たまぐし》御門に至ると、狂四郎は、そのまま、すうっと、滑るように奥へ——瑞垣《みずがき》門の内へ入ってしまった。

もとより、玉串御門から内へは、一般参拝者は、入るのを禁じられていた。

狂四郎は、敢えて、その禁を犯した。

「しまった！」

尾けて来た竜堂寺鉄馬は、舌打ちした。

狂四郎が、よもや、内宮正殿のある瑞垣御門の中へ、姿を消すとは、予想していなかったことである。

流石に、竜堂寺鉄馬は、おのれの六十六部姿に気づいて、狂四郎のあとを追うのをためらった。

その時、商人ていの男を先頭にして、三人の武士が、急ぎ足に、門前へ来た。

鉄馬は、踏み込もうとする四人の前を、すばやくさえぎった。

「お主ら、眠狂四郎を追うなら、無駄だな」

「なに!?」

「ここは、武家屋敷とはちがう。お主ら、正殿のまわりがどうなっているか、勝手を知るまい。……東宝殿にかくれたか、西宝殿にひそんだか、それとも、垣を越えて、末社へもぐったか。末社は八十ある。ひとたび、末社へもぐったならば、軍勢を以て包囲しても、さがし出すことは、むつかしい。……いや、こう申しているあいだに、あの男は、正殿を奔り抜けて、裏御門をくぐって居るかも知れぬ」

鉄馬に述べたてられた四人の刺客は、身をひるがえした。

狂四郎は、裏御門へ抜けたに相違ない、と直感したものであったろう。

二

狂四郎は、不敵にも、正殿の薄暗い板敷きに佇立していた。

『日本書紀』によれば、この伊勢神宮は、垂仁《すいにん》天皇の二十六年、天照大神の意《こころ》を承《う》けた皇女倭姫《やまとひめ》が、神代よりつたわる三種の神器（八咫鏡《やたのかがみ》、天叢雲剣《あめのむらくものつるぎ》、八坂瓊曲玉《やさかにのまがたま》）をおさめる宮所をもとめて、諸方遍歴をかさねた挙句、この伊勢に辿《たど》りついて、宇治郷五十鈴川の辺に、建てた、とある。

――もとより――。

この口伝が、史実とは信じがたい。

『日本書紀』にしても、『古事記』にしても、倭国家の権力が確立した奈良時代（八世紀）に編集されたものである。時の権力を神聖なものとするために、それ以前の歴史を巧みに脚色し、過去の系譜を、英雄的な物語でうめる例は、古今東西の国家が示している。

崇神《すじん》・垂仁時代は、倭の創生時代であって、伊勢まで勢力をのばしていたはずはないのである。

伊勢神宮が、日本の最高神になったのは、壬申《じんしん》の乱以後である。

壬申の乱は、皇位継承をめぐる陰惨な骨肉の争いであった。

乱は、貴族全体をまき込む内乱となり、大海人皇子《おおあまのおうじ》（天武天皇）の勝利となって、結末をつげた。

その時、大海人皇子の手足となって働いたのが、伊勢・尾張《おわり》・美濃《みの》の兵力であった。

やがて、天武帝をたたえて、

「大君は神にしませば赤駒の、はらばふ田井を京《みやこ》となしつ」

と、天皇を現人神《あらひとがみ》としての絶対的な地位にまつりあげて、伊勢神宮を最高神にしたのであった。

狂四郎としては、天照大神が神武《じんむ》天皇皇統連綿の鼻祖として、つくりあげられたか否か、全く興味のないことであった。

さりとて――。

正殿に忍び入って、その静謐《せいひつ》の中に身を置いてみても、西行法師《さいぎょうほうし》のように、「何事のおはしますかはしらねどもかたじけなさに涙こぼるる」気分になれそうもなかった。

ただ――。

闇に包まれた祭壇を凝視するうちに、狂四郎の脳裡に、ひとつの直感がひらめいていた。

——太閤遺産は、どこかの山中の土の中に埋蔵されているのではなく、このような、人が踏み込むことを許さぬ神聖犯すべからざる場所がえらばれて、かくされているのではあるまいか？

それであった。

三

同じ時刻——。

佐賀闇斎は、古市《ふるいち》の廓にいた。

古市は、江戸の吉原、京の島原と比肩するほど、繁栄をきわめた廓であった。

古市の三大妓楼《ぎろう》は、杉本屋、備前屋、油屋であったが、その一軒だけで、芸妓、女郎を合わせて六十人以上を抱えていた。

古市には、芝居小屋が二場所もあり、大坂・江戸の千両役者が、一年中入れ替り立ち替り、興行を打っていた。

その芝居を、備前屋・杉本屋・油屋の三大妓楼では、外題がかわる毎に、女郎衆に惣見物させるので、有名であった。

惣見物の日には、舞台の手前に、その店の定紋入りの紅提灯《べにぢょうちん》をならべてつるし、美しく着飾った女郎衆がずらりと居竝ぶ景色は、芝居よりも、それを見物したい客を集めた。

闇斎の登楼したのは、油屋であった。

油屋は、『伊勢音頭恋寝刃《こいのねたば》』で、日本全土に知られている。

闇斎は、座敷に通ると、笑い乍ら、

「この油屋で一番売れている茶汲みを、たのもうかな。そうじゃ。おかや、という女が、抜群ときいたな。その女をたのむ。但し、ちょいと顔を出して、すぐ別の座敷へ行かれては、わしも、妬刃《ねたば》をふるうかも知れぬぞ」

と、仲居に云った。

『伊勢音頭恋寝刃』として脚色された油屋騒動は、次のようなものであった。

寛政《かんせい》八年五月四日、九つ半（午後一時）頃、一人の若い医師が、登楼した。

宇治浦田《うじうらた》町の神官藤波《ふじなみ》三位元の家に食客になっている孫福斎《まごふくひとし》という男であった。

十六歳の茶汲みおこんが、接待に出た。油屋随一の美女であった。

斎とおこんは、深い馴染《なじみ》であった。おこんが、痘病《とうびよう》に罹《かか》った時、斎の治療で癒ったのをきっかけにして、好き合う仲になっていた。

斎は、おこんを女房にする肚をきめていた。

油屋あたりの女郎衆は、美しく、気品もあり、芸事はじめ、家事一切を仕込んであった。

古市の女郎には、女衒《ぜげん》の手で、遠くから売られて来る娘は、いなかった。伊勢・志摩の農村や漁村から、旱魃《かんばつ》・不漁の年に、その父親が、手をひいて、小さな娘を売りに来たのである。

楼主が親替りになって、育ててやったので、売る方では、出世奉公といった。苦界に身を沈めさせる、という悲惨な気持は、全くなかった。

俗に年子という、十年間の年期で、売られる娘は、十歳前後であった。

その十年間に、行儀作法、芸事など仕込まれた。そして、客を取る前に、松坂あたりの相当な分限者に、養女として貰《もら》われる例も、珍しくなかった。勿論、請け出されて、大商人の妾になるのも、出世奉公といえた。

孫福斎が、おこんを女房にしようと思いきめていたとしても、べつにあやしむに足りなかった。

おこんが、斎の座敷にいたのは、四半刻ばかりで、すぐ別の座敷に呼ばれて行った。

そこには、阿波《あわ》の若い商人三人がいた。陽気で、金ばなれがよく、おこんのほかに、おきし、おしかという女を、それぞれ敵娼にして、はなさなくなった。

にぎやかな伊勢音頭をきかされ乍ら、一人手酌で飲んでいた斎は、いくら催促しても、仲居がおこんを呼んで来てくれぬのに、しだいに腹を立てた。斎は、酒癖がよくなかった。

憤《おこ》って、呶鳴りはじめた斎を、仲居が、なだめすかして、ひとまず、帰そうと、預かっていた脇差を渡したのが、いけなかった。

斎は、いきなりその仲居へ一太刀あびせ、悲鳴をきいてとび込んで来た下男と仲居をも斬り、さらに、奥の間に踏み込んで、油屋のあるじの母親をも、斬り殺した。

その騒動で、阿波商人三人と、おきし、おしか、おこんも、座敷から走り出て来た。斎は、阿波商人の一人を即死させ、一人に重傷を負わせ、おきしも絶命させ、おしかの顔をふた目と見られぬものにした。

かんじんのおこんは、他の召使いたちと逃げて、いのちびろいをした。斎は、鳥羽《とば》へ遁走し、十日後に舞い戻って、居候していた藤波家の板間で、切腹して果てた。

その最期は、見事であった、という。

四

闇斎に指名されて敵娼として、座敷に入って来たおかやという女は、二十歳あまりの、眸子の美しい、色白の面高《おもだか》な茶汲みであった。

「ほう、これは、噂通り際立った美しさだな。うむ！」

かたわらに坐ると、闇斎は、その手を把って、撫で乍ら、

「ひとつ、わしが、そなたの生れたところを、当ててみせようかな」

と、云った。

「はい」

「伊勢ではあるまい。もっと南であろう？」

「はい」

おかやは、にこりと、うなずいた。

「志摩も、熊野灘《くまのなだ》に面した——左様、大王崎あたりかな」

「大王崎に、近うござります」

「ほほう、あたったか。阿呉郡《あごぐん》の、なんという村かな？」

「鵜方《うかた》という村でござりまする」

「御座《ござ》湊の中にある村じゃな？」

「旦那様は、ようご存じでござりまするな？」

「知って居るとも。わしは、むかしは、廻船問屋をやって居って、熊野灘で大時化をくらって、御座湊へ逃げ込んだこともある」

闇斎は、いかにも好々爺《こうこうや》らしくよそおい乍ら、

「ところで、あの崎志摩《さきしま》から、浜崎《はまさき》、磯部《いそべ》にかけての阿呉郡一帯には、落人村がちらばっていると、きいたが……、そなたの美しい容子をながめると、どうしても、これは、

先祖代々の水呑《の》み百姓や漁民ではないようじゃな。由緒ある家柄のように思えるが、どうかな？」

と、訊ねた。

「いいえ、わたくしの家は、ただの百姓でござりまする」

「かくすな、かくすな。……その貌の気品は、名もない農家からつくられるものではないぞ」

「忝のう存じます」

「どうじゃな、さかのぼれば清和源氏か嵯峨《さが》源氏か、それとも村上源氏かな。いや、そこまで、さかのぼらずとも、関ヶ原役あるいは大坂役で滅んだ大名の末裔とか……。当節、その素姓をあきらかにしても、べつだん、公儀のお咎めを蒙ることもあるまい。……これ、白状しなさい」

「旦那様は、こんな茶汲みを、おだてなさるのが、ほんにお上手でござります」

「なんの、おだてて居るのではないぞ。この年になって、廓でもてようなどという料簡はみじんもないわさ。……わしはの、大時化をくらって、御座湊に逃げ込んだ時、きいたことがあるのじゃ。落人村の家は、それぞれ由緒ある家柄ばかりだとな」

「………」

「そうだ、思い出したぞ。元和年間に、長崎奉行をつとめていた村山東庵という傑物が、切支丹の疑いをかけられて、江戸の品川湾の丘で、火あぶりの刑に遭うたが、その一族が、阿呉郡に、かくれひそんだ、ということをきいた。そなたも、故老から、きかされたことはないかな?」

「いいえ、きいたことはござりませぬ」

「ふふふ……、もしかすると、そなたは、村山東庵の末裔かも知れぬぞ。東庵は、絶世の美男子であったそうじゃからな」

「とんでもござりませぬ。わたくしなど、粟《あわ》と稗《ひえ》だけで育った、三反百姓のむすめでござりまする。そんな立派な家柄なら、女郎になど売られはいたしませぬぞえ」

この時代の農民は、きわめて、悲惨なくらしをしていた。

たとえば——。

田地五反歩ほど持った百姓ならば、一年中寒暑にめげず働きづめに働いて、さいわい水害旱害をまぬがれれば、米七石、麦七石がとれた。

その米の半分を年貢に納め、残りの三石を売って、次の一年間の雑費にあてた。当時の値段で、一石一両——つまり、三両になった。

その三両から、衣類、農具、世帯道具をこしらえ、法事、弔い、嫁取り、聟《むこ》入りの祝儀などを出す。三度の主食は、麦であるが、麦は早く腹が空《す》くから、一日に一人一升を喰《た》べなくてはならぬ。

家族七人いれば、七石の麦では不足する。また、三両のまかないでは、とうていやってゆけぬから、麦も半分は、売ることになる。したがって、粟や稗や芋を主食にする家が多かった。

もし、飢饉《ききん》に遭うか、病気にでもなると、臨時の物入りで、たちまち、飢えてしまう。銭百文の支出は、百姓にとって、骨髄のあぶらをしぼりとられるほどの苦しさであった。

それが、家康によって、「生かさず殺さず」にされた農民のくらしぶりであった。

「では、そなたの家は、ただの百姓としよう。……どうじゃな、そなたの国に、村山東庵の末裔らしい構えを、いまだとどめて居る家があるかな？」

闇斎は、問うた。

「はあ……？」

おかやは、あいまいな表情になった。

と——。

闇斎の眼光が、急に鋭いものになって、おかやの顔を刺した。

「つまり、志摩に住む隠れ切支丹の長《おさ》の屋敷だ」

「…………」

おかやの表情が、一変した。

闇斎は、にやりとして、

「そなたも、隠れ切支丹であろうな」

「そ、そんな……」

「かくさずともよい。実はな――」

闇斎は、おかやの耳に口を寄せて、

「わしも、隠れ切支丹なのじゃ」

「……？」

おかやは、警戒の色を滲ませて、闇斎を瞶《みつ》めかえした。

「わしは、天草の庄屋の一人じゃ。……当世に於ては、日本には、隠れ切支丹の住む土地は、五箇処しかない。天草と生月島《いきつきしま》と五島《ごとう》と志摩と、それから能登《のと》と――」

「……」

「わしは、この五箇処の隠れ切支丹衆を、糸でつなぐ役目をひき受けた。どうしても、志摩の隠れ切支丹の長と、会わねばならぬ。……なんという家か、そなたに、教えてもらわねばならぬ」

「わたくしは、隠れ切支丹ではございませぬ」

「そなた自身は、そう思っているであろう。しかし、そなたは、幼い頃、村の宿老から、水で額に十文字を書いてもらう、お洗いをほどこしてもらった記憶があろう？」

「…………」

「あるな?」

「は、はい」

「そのお授け役の家のことを、わしは、きいている」

「…………」

「そなたが教えてくれれば、わしは、今日にも、身請して、村へ連れかえってやろう。約束しよう」

長い沈黙があった。

ようやく、おかやが決心して、口をひらこうとした——その時。

闇斎が、なにを察知したか、懐中から、さっと、短銃をひき抜いて、立ち上った。

障子を開けはなちざま、十坪あまりの中庭の縁側近くの蹲踞めがけて、引金を引いた。

男が一人、よろめき出て、地面へのめり伏した。

と——同時に。

樹木や井筒伽藍石《がらんせき》や織部燈籠の蔭から、一斉に、覆面をした男たちが、出現した。

それに応えて、闇斎が立つ座敷の左右の部屋からも、酔客とみせかけた男どもが、縁側へ奔り出た。

お目付下条主膳の配下と、佐賀闇斎の手の者との対決が、いま、はじめて、なされようとした。

鳥羽秘聞

一

その宵――。

古市の三大妓楼のひとつ、油屋の屋内外でくりひろげられた血みどろの集団決闘は、惨烈をきわめ、寛政八年の孫福斎の刃傷《にんじょう》事件とは、とうてい比べもならなかった。

しかし――。

孫福斎の刃傷事件が、『伊勢音頭恋寝刃』という芝居になって、日本中に知られたのにひきかえ、このたびの異変は、世間の噂になることなく、闇の中に葬られた。

古市界隈《かいわい》で、ひそかに、

「油屋でまた、なにか、大変な騒動があったらしい」

と、ささやかれたが、誰も、真相をさぐる由もなかった。

油屋の使用人たちも、その宵登楼していた客連中も、かたく口をつぐんで、目撃したことを、一語もしゃべらなかったからである。

かたく口どめされたことは、疑うべくもなかった。

かりに、目撃者たちが、その厳命を破ろうとしても、争闘の光景を、口にするのが、もどかしく、聞き手を納得させることはできなかったであろう。

速影がかすめ、白煙筒が炸裂し、手裏剣が飛び、銃声がとどろいたが、絶鳴は全くあがらず、争闘が終った時、死体も負傷者も、かき消えていたのである。なお、店の使用人も登楼客も、一人も傷つかなかった。

なにがなんだか、わからないうちに、静寂がもどり、目撃者一同は、伊勢音頭の踊りの間に、集合させられた。

一人の武士が、配下数名をしたがえて、入って来て、舞台に上った。

眦が切れ、鼻梁《びりょう》の高い、堂々たる美丈夫であった。

「身共は、公儀目付・下条主膳である」

そう名のって、

「今宵、当楼で起った異変については、一切口外無用。たとえ親兄弟に対しても、告げてはならぬ。もし、しゃべったことが判ったならば、その者の生命はない。公儀目付の身共が申し渡すのである。よいな！」

その厳命をのこして、さっと去って行った。

一同は、狐狸《こり》にでも化かされたような思いであった。修羅場裡に、幾人かが斃れたに相違なかった。しかし、死傷者は、ことごとくはこび去られ、争闘の形跡が、柱や襖や、石燈籠や地面に、残されていただけである。

油屋の主人は、大安（旅籠）から、そこの番頭に案内させて、登楼してきた佐賀闇斎という老人が、襲撃されたのだ、とほぼ推測できた。しかし、殺されたか、遁走したか、いずれとも判らなかった。その姿は、かき消えてしまっていた。

敵娼になった茶汲みのおかやを、そっと呼んで、訊ねてみたが、彼女自身も、どうなったか見とどけてはいなかった。

公儀お目付、といえば、鬼よりも恐ろしい存在であった。

「忘れるに越したことはない」

主人は、使用人たちに吩《い》いきかせたことだった。

二

その夜、眠狂四郎は、何処で睡ったか、淡々《あわあわ》と明けそめた時刻には、伊勢と志摩との国境を越えていた。

美しく植えられて、大きく育った檜の密林を横切っている街道であった。

密林が切れた地点から、志摩国になった。

ゆるやかな斜面に、合歓木《ねむのき》がひろがっていた。これも、栽植されたものであろう。

またしても——。

合歓木の蔭から、すっと出現して、狂四郎の行手をさえぎったのは、竜堂寺鉄馬であった。

「眠殿は、昨夜、古市の女郎屋油屋で起った騒動を、ご存じござるまい」

「…………」

「お目付下条主膳の配下が、登楼中の佐賀闇斎を、夜襲いたした。ところが、闇斎の方も、ぬかりはなく、手の者を身辺に伏せておいて、邀《むか》え撃ち申した」

「闇斎は、殺されたか？」

「どうやら、悪運つよく生きのびた模様。ただ、互いに、手練者の部下を、多く喪ったのは、こちらの好都合と申すもの」

それをきくと、狂四郎は、うすら笑った。

「お主が、闇斎が油屋にいることを、下条主膳に、密報して、双方を食《は》み合せる工作をしたのではないのか」

「ははは……。それは、まあどうでもよろしいことでござる。ところで、このさき、数町の地域に、臨時の関所が設けられて居り申す。通行止めでござる」

「……？」

「鳥羽城主稲垣摂津守《いながきせっつのかみ》の御国御前《みくに》が、小浜《おはま》の湊を見下ろす岬の台地で、野点《のだて》を催される由——」

「間道をさがしてある、とでもいうのか？」

「なんの、貴殿には、そのまま、関所を通って頂きたい」

「どういうのだ？」

「眠狂四郎と名のれば、通してくれるように、通告しておき申した」

「お主、また、何か企むところがあるようだな」

「そのお疑いはご尤も——。べつに、身に危険をおよぼすような仕掛けがなされている次第ではござらぬゆえ、ご安心のほどを……」

竜堂寺鉄馬は、そう云いのこして、すぐ姿をかくした。

——面妖《おか》しな男だ。

武部仙十郎から遣わされて来た刺客に相違ない。と看て取りつつも、狂四郎は、この男に対して、すこしも嫌悪をおぼえなかった。いや、好意らしい気持もわいていた。

いずれにしても、つきまとって来る多勢の敵の中では、斬りたくない男であった。

三町あまり辿って、朝霧の中に、うっすらと海原が彼方にひろがる地点に出ると、そこに、はたして、臨時の関所が、白い丸太の冠木門を浮きあげていた。

狂四郎は、ふところ手のまま、ゆっくりと近づいた。

番士が、大声をあげた。

「正午まで、街道は、通行止めでござるゆえ、ひきかえして、待たれい」

狂四郎は、無表情で、

「眠狂四郎と名のれば、通してくれる、と教えてくれた男がいたので、足を停めずに参った」

と、云った。

すると、番士は、あらかじめ、その旨を申しつけられていたとみえて、

「ご貴殿が、眠狂四郎殿!?」

と、あらためて、異相を視なおした。

べつの容姿を想像していたものであったろう。

番士は、あわただしく、彼方へ――幔幕をめぐらした野点場へ、奔って行ったが、すぐにひきかえして来た。

「ご案内つかまつる」

幔幕の中は、芝の平地になって居り、緋毛氈《ひもうせん》が敷き延べてあった。

屏風をまわした内に、長柄傘が立ててあった。

狂四郎は、屏風わきに、座を示されて、

「わたしは、ただの通行人ゆえ、ここにとどめ置かれるおぼえはないが……」

と、云った。

「ご指示でござる」

「稲垣候の御国御前の、か?」

「左様でござる」

大名は、正妻を江戸屋敷に置き、准妻を国許《くにもと》に置いた。准妻は、御国御前と称ばれ、いわゆるお手つきの側妾《そくしょう》とはちがって、正妻と対等の位とみなされていた。

尤も、小さな大名は、そうした格式を持った准妻を、国許には置いていなかった。

稲垣家は、三万石の小大名である。譜代ではあるが、さしたる家門ではない。

その先祖は、伊勢国の住人であった。文明年間、三州牛窪《うしくぼ》に移ったが、赫々《かっかく》たる武功を史上にのこした者は一人もいなかった。平右衛門長茂《へいうえもんながしげ》の代になって、それまで牧野《まきの》右馬亮康成《まのすけやすなり》の老臣であったのを辞めて、徳川家の家人となった。下総《しもうさ》国に、三千石をもらっていたが、長茂が逝く時は、上州伊勢崎で一万石を領していた。

その嫡子摂津守重綱が、元和年間に大坂の城番になったことが、記録にとどめられているぐらいで、きわめて目立たない小大名であった。鳥羽城主になったのは、享保年間である。

——御国御前を置くほどの大名ではないが……?

疑念を抱き乍ら、狂四郎は、待ってみることにした。

行列が、そこへ到着したのは、それから約半刻後——朝陽が眩《まぶ》しく、海原を照らして、岬の景色を鮮やかなものにした頃あいであった。

かつぎ込まれた打揚腰黒《うちあげこしぐろ》の乗物が、狂四郎の面前で据えられた。

立ち現われたのは、裾より褄《つま》にかけて山水の模様を描いてあるが、ごく地味な地黒の衣裳に、透綾《すきあや》の被布をまとった女性で、顔は頭巾で包んで、目ばかりあらわしていた。

その年歯のほどは、しずしずと歩む肢態から、推測するだけであった。

——三十に近かろう。

狂四郎は、そう看てとった。

三

やがて、腰元が、狂四郎を、屛風の内に誘った。

野点の道具は、そろっていたが、ごく簡素なしつらいで、松坂あたりの商人の方が、もっと派手な野点をやるに相違ない、と思われた。

客は、他に一人もいなかった。

馳走といえば、東にひらけた海景色だけであった。

この小浜は、鳥羽湾の北西部にあたり、半島状の頸部にあたっていた。前方に、答志《とうし》島が、浮島その他の小島をはべらせて、岬との間の水道に、激しい潮流の白い波頭を、無数にちらばせていた。

初夏の風が、潮騒《しおさい》を運んで来ている。

狂四郎は、端然と正坐《せいざ》した御国御前に、かるく頭を下げてから、

「この素浪人を、風流の席に招かれたのは、なにかの存念があってのことと存ずる。うかがいたい」

と、訊ねた。

「一服、進ぜましょう」

御国御前は、返辞にならぬ返辞をした。

「作法を心得ぬ者と、お思い頂こう」

しかし、御国御前は、かまわず、点前《てまえ》をした。

膝の前に、黒茶碗《ちやわん》をすすめられて、狂四郎は、やむなく、手に把った。

黙ってそれを返すと、御国御前は、もう一服いかが、とすすめた。狂四郎は、ことわった。

御国御前は、海へ向けて眼眸を置き、

「さる御仁の報せにより、其許《そこもと》が、この志摩国に、なにか重大な目的をもって、入って参られた由、きき及びました」

と、云った。

狂四郎は、無言で、瞶《みつ》めかえしている。

「其許は、無数の人命を断ち、多くの女人を犯した不敵者とか……、当家としては、そのような者を、みだりに入国させるわけには参りませぬ。とは申すものの、御老中水野越州様のお使者が、黙許されるように、と申されるゆえ、ひとつだけ条件をつけて、許しまする」

「………」

「その条件と申すのは――」

御国御前は、そこでいったん言葉を切って、はじめて、狂四郎へ視線を移した。

「其許の無頼の行状を、ただいま、この場にて、役立てて欲しゅう存じます」

「どういうことをやれ、と云われる？」

「わたくしを、なぶりものにして下さるまいか？」

御国御前は、途方もないことを、狂四郎に求めた。

「なぶりものに？」

「左様です。この肌を存分にもてあそんで、わたくしを狂おしいばかりに身もだえさせて欲しい」

「公然と姦夫《かんぷ》姦婦になることを、所望される理由を、うかがおう」

いつか、どこかで、これとそっくりの驕慢《きょうまん》な身分のある女性から、全く同じ求めかたをされたような経験が、曽てあった――そんな意識をわかせ乍ら、狂四郎は、頭巾の蔭の切長な美しい双眸へ、視線を合わせた。

「当家の御前には、ほどなく、ここへおみえになります」

「………」

「わたくしが其許になぶられるさまを、御前にお見せいたしたく存じます」

「稲垣家のご当代は、老いぼれて、もはや、男子として不能になっている、といわれる？」

「ちがいまする。御前は、いまだ十六歳でありますれば……」

「たわけた話だ。元服したばかりの若者に、淫靡な景色をのぞき視させて、いったい、どうしようというのか？」

「御前は、野鳥の餌づけや、卵をかえさせることにばかり夢中になられて、城主としてのご自覚に乏しく、ご正室をお迎えになることをおすすめしても、すこしも耳をかしては下さいませぬ。……それで、わたくしが、思いきって――」

「失礼乍ら、貴女は、すでに三十路《みそじ》にかかっておいでのようだ。十六歳の城主の御国御前としては、いささか、年を取りすぎておいでらしい」

「これは、元和の頃よりの稲垣家の慣習になって居ります。元服なされたご嫡子重綱様に、十歳年上の女子を、御国御前として伽をするよう、始祖の長茂様がおきめになり、それが、代々の慣習になりました。……わたくしは、一昨年までは、伊勢神宮の巫女をつとめて居り、そのために婚期を逸して居りましたが、望まれて当家の御国御前となりました。なれど、御前には、いまも申した通り、女子に対する情感をみじんも動かそうとされませぬ。……御前を男子にしてさしあげるのは、わたくしのつとめでありますれば、かような非常の手段《てだて》も、やむを得ませぬ」

おのれの肌を、無頼の浪人者にもてあそばせて、それを若い当主にのぞき視させて春情を催させる――この計画は、大真面目《まじめ》であればあるだけ、滑稽感をともなっている。

――罠かも知れぬ。

その疑惑もあった。

四

狂四郎は、しばらく沈黙を置いてから、

「貴女は、もはや、未通女ではなかろう。いや、すでに、充分、男の味をおぼえて居るに相違ない」

と、云った。

御国御前は、俯向《うつむ》いて、禰宜の一人と、数年間、関係があった旨を、自白した。

「成程、そうでなければ、このような企てを思いつきはすまい。……貴女は、どうやら、この一両年、男に飢えていた。城主に春情を催させる、という大義名分をもって、ひとつ思いきり、身もだえしてみたい、と思いついた。これは、貴女が淫婦であることの証《あかし》だ」

「いいえ、そんな……」

「ちがうとは、云わせぬ。男の味をおぼえた女が、身もだえしたくなるのはあたりまえのことだ。淫乱にならぬ例外はない。実際に行う、行わぬは別としてだ。……名分が立てば、実父であれ、兄弟であれ、肌身を許すのが、女という生きものだ」

狂四郎が、そう云いきった時、人声と跫音が近づいて来た。

「わしに、どうせよと申すのだ？」

少年の声音が、きこえた。

腰元のひそやかなささやきがして、

「なに、わしに、この屛風の中を、のぞけ、と申すのか？　何故《なぜ》だ？　どうして、のぞかねばならぬのだ？」

しきりにいぶかる声音が、高かった。

と——。

御国御前が、すばやく、狂四郎のそばへにじり寄って、

「おねがい申します！」

と、すがりついて来た。

狂四郎は、女の膝から、衣装の前を左右に分けた。

白綸子の腰巻が、狂四郎の手をかりるまでもなく、下肢から、滑り落ちた。

女の顔は、狂四郎の腕の中で仰向き、目蓋を閉じた。

朝陽の中に、下腹を匐う黒い茂みが浮きあがった。

一瞬――。

狂四郎は、女の肢体をそこに横たえさせると、非常な素早さで、動いた。

「あっ！」

悲鳴をあげて、遁げようとする少年を、つかまえた狂四郎は、ひきずるようにして、女のそばへもどった。

「ご城主――、お手前様に男になってもらおうと、この御国御前が、羞恥をすてて、このざまをさらしている。契られるがよろしかろう」

「な、なにをする！　は、はなせ！」

少年は、必死にもがいた。

「お手前様の女房ではないか。抱くのに、なんの不都合があろう。……男であるからには――」

そこまで、云いかけて、狂四郎は、はっとなった。

自身の言葉によって、ある直感が、脳裡にひらめいたのである。

狂四郎は、矢庭に、その場へ、若い鳥羽城主をねじ伏せると、袴の裾から、股間へ、片手をさぐり入れた。

次の瞬間、狂四郎は、すっと、はなれた。

「そうであったか。これでは、女を抱けぬ道理だ」


半刻後――。

狂四郎は、鳥羽城下を通り抜けて、南へ向う山道をひろっていた。

合歓木の蔭から、竜堂寺鉄馬の声が、問うた。

「眠殿、如何でござったか?」

「お主、鳥羽城主が半陰陽《ふたなり》であることを知っていて、小細工をしたのか?」

「ではなかろうかと、という噂があるので、眠殿に、たしかめて頂いたのでござる」

その返辞に、狂四郎は、苦笑した。

「公儀の権威も失われたものだ。城主が双成《ふたな》りであることを、たしかめることさえも、できなくなっているとは――」

「それを知ったおかげで、この志摩国に於ける貴殿の行動は、きわめて自由なものになり申したな」

「おい!」

狂四郎は、合歓木の蔭へ、鋭い視線を送った。

「わたしにつきまとうのは、ここまでにしてもらおう。これ以上、つきまとうと、お主の生命を、もらわねばならなくなる。……二度とは云わぬ。つきまとうな！」

磯館

一

眠狂四郎は、眩しい陽盛りの中を、鳥羽から、まっすぐに、南へ下った。

磯部村上之郷という里に降りて、村の中央の三叉辻に出た。

左折すれば、阿呉郡に入り、目ざす御座湾内の賢島は、指呼の間にあった。右折すれば、逢坂峠《おうさか》を越えて、宇治内宮に至る。直進すれば、五箇所湾へ出る。

狂四郎は、鍬《くわ》をかついだ農夫が一人、近づいて来たのを、呼びとめた。

「ここから、阿呉浦まで、どのくらいある？」

「へえ……、三里少々でございまする」

「地下の者のくせに、どうして距離を知らぬ？」

「……へい」

「阿呉湾までは、二里足らずだ」

薄ら笑った狂四郎めがけて、農夫は、鍬の柄から、白刃を抜きざま、斬りつけて来た。

抜く手もみせず、その胴を薙いでおいて、狂四郎は、辻を右折した。

目的地とは反対方角の逢坂峠へ向って、痩身をはこんで行く。

尾行して来る敵がたに、こちらの目的地は、逢坂山と合点させるためであった。

理由があった。

逢坂山には、頂上近くに、水穴・風穴と呼ばれる二つの洞があった。

水穴は、滝祭窩《ろうさいか》と名づけられ、奇石重畳して、洞門は、猛獣がくゎっと口を開いたさまに似ていた。奥から、清流が淙々《そうそう》と奔出して来ていた。暗黒の奥に、瀑布《ばくふ》があるのであった。

風穴は、水穴と反対側の谷にあり、岩石の状《さま》は水穴とほぼ同じで、北面に向って口をひらいていた。入ると、洞中に、いくつかの支洞があり、あるいは狭く、あるいは広く、延長三百余尺といわれていた。鍾乳洞《しょうにゅうどう》にまぎれもなかった。

地下人たちは、水穴・風穴に、さまざまな迷妄の伝説をつくって居り、おそれて、洞内に入る者はなかった。

いかにも、太閤遺産――百万両の金銀を、隠匿するにふさわしい場所であった。

狂四郎は、尾けて来る敵がたに、

「そうか！　豊臣家軍用金は、大坂城から、この志摩の逢坂山の水穴・風穴に、はこばれたのだな」

そう思い込ませようとしたのである。

はたして――。

恵利原《えりはら》という部落を過ぎた頃、狂四郎は、敵の気配が後方にあるのを、察知した。

こちらは、尾行を断つ態度を示さねばならなかった。

峠の頂上まで一町の地点で、狂四郎は、さっと、密林の中に、身をひそめた。

あとを追って来たのは、修験者に化けた十数名であった。

狂四郎が姿を消した、と知るや、たちまち、正体をむき出して、そこへ殺到して来た。

錫杖《しやくじよう》に仕込んだ白刃を抜きはなつ者、法螺《ほら》にひそめた手裏剣をつかみしめる者、おろした笈《おい》から、短銃を把り出す者――それぞれの得物に、ものいわせようと、密林へ踏み込んだ。

すでに、陽は、西の山の端に落ちかかった頃合であった。

躍起の捜索にもかかわらず、狂四郎の姿は、見当らなかった。

空が残照に燃えはじめて、追跡者は、いよいよ、あせった。

狂四郎が、あらかじめ、この山中で、身をひそめる場所を、調べておいたことは、明白であった。

「ここらあたりから、水穴か風穴に至る抜け穴があるのではないか？」

一人が、そう云い、他の者たちも、

——あるいは？

と、うなずいた。

ついに、山は宵闇に包まれた。

一同は、捜索をうちきって、水穴・風穴に向って、急ごうとした。

道に出て、先頭の者が、ものの十歩も進まぬところで、闇に滲む黒影を見わけて、

「いたぞ！」と叫ぼうとしたが、叫ぶいとまもなく、唐竹割りに、斬り下げられた。

常ならば、そのまま、敵が襲いかかって来るのを待ってから、身を翻転させつつ、一人また一人と斃してゆく狂四郎であったが、今宵ばかりは、初太刀を放った刹那から、疾風を起して、息つく間もない凄まじい攻撃にうって出た。

暗夜とはいえ、刺客たちは、闇に利く目をそなえていたのである。こちらが動きを、一瞬でも停止すれば、手裏剣と短銃の狙い撃ちをあびることになる。

迅業から迅業に継続させて、あっという間に、闘いを終らせる——速決の一閃必殺戦法だけが、おのれを救う道であった。

もし、敵がたが、多勢と得物の利を、最大限に発揮すべく、路面上に一列になり、その間隔を充分にとるだけの、とっさの余裕ある思慮を働かせていたならば、狂四郎といえども、無傷のまま、無想正宗を一閃毎に衂《ちぬ》らせることはできなかったであろう。

不意を衝《つ》かれた余裕のなさで、唯《ただ》一人を討ちとる常法通りに、包囲の陣を布《し》こうとし

たところに、敵がたの誤算があった。

二

奔る音、躍る音、そして、骨と肉が断たれる音が、つづけさまに、起った。

流石は、えらばれた刺客だけあって、生命を喪う瞬間、微かな呻きひとつ残さなかった。

一陣の旋風《つむじ》が吹きぬけるに似て、疾駆するのと斬るのを一如のものにして、敵陣を突破した狂四郎が、一瞬、動きを止めた——それを狙って、銃声がとどろいた。

身を沈めた狂四郎は、左腕上膊《じょうはく》を擦過した傷の痛みをおぼえつつ、次に飛来する弾丸か手裏剣に、備えた。

「眠狂四郎!」

闇の中から、咆哮《ほうこう》するような高声が、ひびいた。

「生き残ったのは、身共一人だ。尋常の一騎打ちせい!」

「…………」

「公儀御先手《おさきて》組・神宮《じんぐう》寺要《じかなめ》」

「下条主膳の配下に、御先手が入っているのか?」

旗本番方のうち、御先手といえば、将軍出陣の際、その先鋒《せんぽう》をつとめる役であった。

弓組と鉄砲組があり、平時は用がないので、その組頭が火付盗賊改めを兼ねた。加役という言葉は、それから、起っている。

火付盗賊改めを兼ねるので、暴動異変が起った場合、まず、最初に警備を命じられるのが、定例であった。

いわば、帝国陸軍の憲兵のような存在であり、武士はもとより町人も職人も、御先手組火付盗賊改めを、鬼のようにおそれた。

「若年寄小笠原相模守様の密命により、お目付支配の隠密と相成った。……眠狂四郎、勝負っ！」

「一人だけ生き残ったのであれば、江戸へ帰って、若年寄に報告する任務を果したらどうだ？」

「おめおめと、敗北を報告する役目など、死んでもことわる」

「報告するのは、わたしに敗北したことではない。下条主膳が、若年寄をも裏切ろうとしている、ということだ」

「その手には乗らぬぞ」

「それでは、こう云いかえて報告するがよかろう。若年寄が、佐賀闇斎を味方につけたことを、下条主膳はすでに看破いたして居ります、と」

返辞の代りに、第二弾がとどろいた。

狂四郎は、しかし、すでに、その地点に伏せてはいなかった。

「眠狂四郎！　勝負せい！　勝負っ！」

神宮寺要は、躍起になって、叫んだ。

その時、近くの場所から、

「神宮寺、あきらめろ！　彼奴は、もう、遠くへ遁げたに相違ない」

と、なだめる声がひびいた。

生き残ったのは、神宮寺要一人だけではなかった。

とたん、

「神宮寺要、この眠狂四郎をだまそうとしても、そうは問屋がおろさぬ」

まっ向から、その言葉があびせられた。

「おのれっ！」

「くそっ！」

二人の刺客は、猛然と、闇の中にひそむのはここか、と見当をつけざま、短銃の引金を引き、手裏剣を放った。

次の刹那、神宮寺要は袈裟がけに斬り下げられ、もう一人は胴を薙ぎ払われて、地面へ崩れ落ちた。

夜が明けそめた頃合、狂四郎は、上之郷、鵜方の村を通り抜けて、御座湾の浜辺に立っていた。

御座湾は、崎志摩と呼ばれる半島に抱き込まれたようなかたちになり、熊野灘の荒浪《あらなみ》を避けて、湖水のような静かな形勝を浮きあげていた。

湾内には、いくつかの小さな島が、点在していたが、賢島はそのひとつに相違なかった。

狂四郎が立った浜辺は、御座湾でも、最も奥の入江であった。

小さな岬や島嶼《とうしょ》や岩礁が、海面をさえぎり、御座湾でもさらに、視界がせばまった場所のようであった。

左右は、鬱蒼たる石崖が屛風状に渚《なぎさ》から切り立ち、白砂を撫でる小波《さざなみ》は、音もたてぬひそやかさであった。

漁師の小屋のある浜辺を、わざと避けたので、人気のない此処に佇立しただけでは、海を渡るすべはなかった。

しかし、この男の生来の直感力は、秀《すぐ》れていた、といえる。

小さな岬をまわって、こちらへ、漕《こ》ぎ進められて来る小舟が、見出された。

「吉五郎だな」

狂四郎は、呟いた。

漕ぎ手がそれで、舳先にうずくまる人影は、千華に相違なかった。

三

小舟は、渚に着いた。

「どうぞ、お乗んなすって——」

吉五郎は、あらかじめ、この浜辺で落ち合う約束でもしていたように、狂四郎を促した。

入江から出た時、狂四郎は、はじめて、口をひらいた。

千華が、黙って、ふかぶかと頭を下げた。感謝の意《こころ》を、その眸子に湛えていた。

狂四郎もまた、当然のことのように、無表情で、舟の人となった。

「どこから、舟で来たのだ？」

「へい。二見浦《ふたみがうら》から、ぐるっと、まわって参りました。昼間は、あぶないので、人目のつかぬ断崖下の岩蔭にかくれて居りましてね、夜だけ、漕いで参りましたが、……ちょうど、いいあんばいに、旦那と、ぶっつかったもので——、これも、このお娘御の一念が神に通じたのでござんしょうか」

「安堵《あんど》するのは、まだ早かろう。どの岬の突っ鼻から、敵が、遠眼鏡《とおめがね》で、われわれを眺めているかも知れぬ。……勝負は、これからだ」

「旦那と一緒なら、一蓮托生《いちれんたくしょう》、死んでも悔いはありませんや」

「いや、ここまで来て、犬死するのは、つまらぬ。頂くものは、頂くとしよう」

「それアもう……、ここまでの道中、旦那が、どんなにご苦労なすったか、想像しただけでも、よくぞ生きていなすった、と思いまさ」

「おい、吉五郎、あの釣舟に、賢島は、どれか、たずねてみろ」

「へい、合点で——」

漁師に指さされた島へ向って、吉五郎は、舳先を転じた。

「千華、あの島にある磯館という家は、どうやら、隠れ切支丹の長《おさ》らしい」

狂四郎が、告げた。

「まことでありましょうか？」

「うむ。おそらく、まちがいはあるまい」

「村山東庵父子も、熱烈な切支丹信者であった、とき及びます。東庵父子が、豊臣秀頼公からおあずかりした軍用金を、きっと、その館にかくしたに相違ありませぬ」

「そう断定もできまいが、秘文にあった磯館の女神像とは、まちがいなく、聖母まりあであろう」

「ああ！」

千華は、胸で十字を切った。

その島の南端の台地に、古びた屋敷が、いくつかの屋根を重ねたように、どっしりとした構えを、浮きたたせていた。

台地から、えぐりとられたように、浜辺まで、絶壁となり、館は小規模な城郭ともみえた。

小舟は、その絶壁に沿うてまわった。

波にあらわれる石段が、切通しの坂になって、館内へ通じていた。

小舟を、そこに着ける吉五郎は、油断のない視線を、海面に配った。

「追手らしい舟影は、見当りません」

「蝿《はえ》は、いくらはらっても、食物がある限り、また、たかって来る」

狂四郎は、べつに、警戒もせず、石段をのぼって行った。

石段をのぼりきったところに、深い濠《ほり》がめぐらされ、拮橋《はねばし》があげられたままになっていた。

棟門は、古く、岩乗《がんじよう》で、堂々としていた。

吊《つ》ってある鎖が錆《さ》びついているのをみとめて、狂四郎は、絶えておろされたことがないのを知った。

「これア、相当な要心堅固ぶりでござんすねえ」

吉五郎も、小首をかしげた。

「どうやって、この桔橋を、おろさせるかだな」

「裏手へまわってみましょうか？」

「いや、無理に押し入ったり、忍び込んだりする屋敷ではない。むこうに門扉をひらかせなければ、用件ははたせまい」

狂四郎は、ちょっと思案していたが、千華をふりかえった。

「そなたに、元の貌にもどってもらおうか」

吉五郎と千華は、乞食姿からは還っていたが、どう眺めても、土のにおいのしみついた五十年配の百姓夫婦に化けていた。

「あっしが、きれいにしてさしあげます」

吉五郎は、千華をともなって、石段を降りて行った。

狂四郎は、二人が戻って来るあいだ、黙然として、そこに立っていた。案内を乞おうともしなかった。

門内に、人の気配がうごくのを、察知しても、狂四郎の口はひらかなかった。

やがて、石段をのぼって来た千華は、白磁さながらの肌をとりもどし、名工の手に成ったような、優美な彫のふかい端整な美貌を、惜しみなく朝陽にさらしていた。

狂四郎は、門内から、いくつかの視線が、千華にそそがれるのを、感じ取り乍ら、はじめて、案内を乞うた。

「これなる異邦の女人が、御当家の御主人に、必死の願いをすべく、はるばる罷《まか》り越した、とお思い頂こう」

応ずる声は、なかった。

ものの四半刻も、待ったろうか。

急に、軋《きし》る音がひびいて、拮橋が、ゆっくりとおろされて来た。

四
──慶長以前の構えのようだった。

拮橋を渡って、棟門をくぐった狂四郎は、そう看た。

館は、まさしく、城砦《じようさい》のつくりであった。門から母屋の玄関まで、石垣が桝形《ますがた》をつくって、砂利道を迂回《うかい》させていたし、塗籠《ぬりごめ》の築地《ついじ》の内側は、倉をならべた多聞塀《たもんべい》になっていた。

二つの木戸が、さえぎり、木戸脇には、蔀櫓《しとみやぐら》ともみえる建物があった。

狂四郎たちを案内したのは、手織木綿の布子をつけた中年の男であったが、物腰に、武芸のたしなみがあるように感じられた。

通された母屋の書院は、板敷きで、花頭《かとう》窓の障子だけが、ま新しく、壁も天井も柱も、床の間も、すべてがくすんだ時代色をおびて、幾百年のむかしから、この島に、隠然として居を構え、時の政権の盛衰興亡とかかわりなく、家門を守りつづけた威厳が、来訪者の胸に迫った。

現われた主人は、しかし、古びた館にふさわしからぬ、三十前後の、若い眉目の持主であった。

「当家あるじ治左衛門にございます」

鄭重な、決して冷やかではない挨拶を受けて、狂四郎は、自分は公儀とはなんのかかわりのない、市井無頼の素浪人である旨をことわり、

「これは、安南より密入国して参った娘にて、千華と申す」

と、告げた。

「当家に、どのような御用がおありなので——?」

「まず、これを、ごらん頂こう」

狂四郎は、一枚の詩箋を、さし出した。

『輪廻生死、空蟬に魂を入れたくば、志摩国賢島なる磯館の女神像に祈るべし』

黙読した治左衛門は、怪訝《けげん》の面持で、狂四郎と千華を、視かえした。

狂四郎は、この詩箋を入手した経緯を、包まず、語った。

きき了えた治左衛門は、

「すると、当家の屋敷内に、太閤秀吉公の遺《のこ》された金銀が、隠匿されてある、と申され

ますので――？」

「か、どうかは、判らぬが、この詩箋の文句を信じるとすれば、御当家所蔵の女神像に祈らせて頂くことになる」

「女神像と申されても、そのような掛物など、所蔵いたして居りませぬが……」

「御当家に、聖母まりあ像が、秘蔵されているとしても、べつに、ふしぎではあるまい、と存ずる」

狂四郎は、ずばりと云ってのけた。

流石に、治左衛門は、さっと顔色を変えた。

狂四郎は、つづけた。

「ここへ参る途中、飼い牛を殺された農夫が、何やら祈りの言葉を、口にするのを、耳にいたした。それは、あきらかに、切支丹信徒の唱言であった。……農夫が、この賢島の住民ときけば、ご当家が切支丹宗門の長であると、およその見当がつくと申すもの」

「………」

「こちらは、公儀法度を犯して、密入国して来た娘を、ともなった者。お手前が隠れ切支丹であったことは、かえって、さいわいであった、として、願いを叶えられる希望を抱いて居る。……この娘を、女神像に祈らせて頂けまいか。おたのみ申す」

聖母像

一

長い沈黙が、書院を占めていた。

眠狂四郎は、腕を組んで、待っている。こうした場合、対手の返辞を待つ忍耐には、馴れている男であった。

対手がたが、ひたがくしにしている秘密を、単刀直入にあばいておいて、さて、どう出て来るか、冷然として待つ。これが、狂四郎の最も得意とするやり口であった。

この磯館が、隠れ切支丹の長であることを、ずばりとあばいた狂四郎の舌頭の鋭さと呼吸の巧みさは、あるじ治左衛門に、とっさにごまかす余地を与えなかった。

沈黙は、それが事実であることを、みとめる結果となった。

尤も――。

隠れ切支丹とはいえ、幕府初期に於て、言語に絶する迫害と拷問《ごうもん》と殺戮《さつりく》に耐えて、宣教師《ばてれん》の教えるがままに、天界《はらいそ》へ行けると信じて、殉教の道をえらんだような純粋な信徒など、もはや、いまでは、一人もいないに相違ない。

拷問や斬首や磔刑などに遭うて、その痛苦を逆に法悦にすりかえて、疑いもなく天国と煉獄《れんごく》の存在を感得していた二百年前の信仰心は、すでに地を払っている、と思われる。

当代の隠れ切支丹は、もはや、それを切支丹とは称べないほど、いちじるしい変貌をとげて、仏教や神道や地下迷信と混り合った、奇妙な行事的な色彩の濃いものになっていることは、想像に難くない。

げんに――。

文化年間に、天草各村から、「宗門心得違い」の容疑をかけられた者が、ぞくぞくと現われて、騒動になったが、五千余の容疑者のうち、自分が、切支丹信徒である自覚を持っている者は、ほとんど、いなかった、という。

牛を殺して、その肉を喰べるとか、魚を霊前に供えるとか、先祖伝来の異仏本尊の掛物に初穂を供えるとか、一年を通じて、朔日《ついたち》から七日目毎に、種を蒔かず、女は針を取らぬとか、死人を埋葬する時、東向きにするとか――そのような慣習を、百姓たちは、ただ先祖から伝えられたものとして、くりかえしているに過ぎなかった。

吟味を受けて――。

でうす様というのは、お天道様のことだと思って、毎朝、天を拝んでいた、とある百姓は、こたえたし、またある漁民は、博奕《ばくち》好きで、ある者から、「身はさんたまるや様にあずけます、あんめんじんす」と唱えれば、必ず勝つ、と教えられて、せっせと唱えたが、一向にききめがないので、十年このかた唱えもしない、とこたえている。

この志摩国の隠れ切支丹も、たぶん、天草のそれと、大同小異であろう。

ただ——。

この磯館のあるじ治左衛門は、細胞組織の頭であり、すべての行事をつかさどる伴天連《ばてれん》代理であるからには、はっきりと、切支丹信仰心を持っているに相違ない。

こちらが、千華を、素顔に還して、門前に立たせると、その貌から、さんたまりあ像を連想して、桔橋をおろしたのが、その証左である。

ようやく——。

苦渋の表情を解いた治左衛門が、口をひらこうとした——その折であった。

あわただしく、庭へ駆け込んで来た一人の若者が、

「お館様、見馴れぬ舟が、八艘《そう》も、島へ進んで参りますぞな」

と、告げた。

「遠目鏡《とおめがね》で、乗り手を、眺めるがよい」

「わたしに、眺めさせて頂こう。たぶん、わたしのあとを追って来た者と思われる」

狂四郎が、座を立った。

「騒動に相成りますか？」

「迷惑をおかけすることになるかも知れぬ」

狂四郎が案内されたのは、隠し櫓とでもいうべき、多聞塀端の高処《たかみ》であった。

美しく凪《な》いだ海面を、八艘の舟が、横列に竝《なら》んで、すべって来ていた。

遠目鏡を目にあてた狂四郎は、右端の舟の舳先に、佐賀闇斎の顔を、みとめた。

「あれは、やはり、貴方がたの追手なので――?」

「われわれと同様、太閤遺産を狙っている者の一人。暹羅からやって来た、山田長政の後裔と称する男だ」

「どうなされます?」

「一足さきにやって来たというだけで、われわれの方に、味方してくれ、とたのむのは、いささか虫がよすぎるようだ」

「これは、いいお言葉でございます。……ひとつだけ、うかがっておきますが、この安南のお娘御と、暹羅の山田長政の後裔殿とやらと、いずれに、名分があると、お考えでございましょう」

「娘の方に肩入れしているわたしが、こちらに分際があると云うのは、当然だが、贔屓《ひいき》目ではなく、我欲の旺盛さは、むこうがたにある、と思って頂こう」

「お娘御が、秀吉公の金銀を入手されたならば、どう相成りましょう?」

「南方の諸国にちらばって居る日本人町の面々が、軍団を編んで、母国へ押し寄せ、開国を迫る――その軍用金に、あてられるはずだ」
「判りました」

二

賢島めざして、漕ぎ寄せられる八艘の舟には、それぞれ、三人ずつ乗り組んでいた。

そして、いずれの手にも、鉄砲が握りしめられていた。その鉄砲は、三匁玉筒とか二匁五分玉筒のような古めかしい種子島銃ではなかった。阿蘭陀製の燧石銃――当時、欧羅巴で、ナポレオン型と称されている、最も新式の鉄砲であった。

この二十四梃の燧石銃の前には、いかに眠狂四郎といえども、沈黙して、降伏せざるを得まい、と闇斎は、満々たる自信で胸を張っていた。

「よし！　一度、おどしてみしょう」

闇斎は、島の樹木、建物がこまかく見分けられる距離に迫ると、片手を挙げて合図した。

二十四梃の銃口から、一斉に、火が噴き、轟音がその威力のほどを示した。

闇斎は、にやりとした。

隠れ切支丹の磯館に、よもや、反抗の武器が具備されているとは、思われなかった。

敵は、眠狂四郎只《ただ》一人と考えてよかった。

磯館の主人が、眠狂四郎に味方する理由はないのである。狂四郎が説得しようとしても、それは不可能であろう。

追手が来たのを見れば、狂四郎に、すみやかに退散して欲しい、とのぞむだけであろう。

二十四梃の燧石銃に、威嚇されて、ふるえあがらぬはずはないのだ。

闇斎は、舳先に、突っ立つと、

「眠狂四郎に、物申す！」

と、呼ばわった。

「よいか、眠狂四郎、敵《かな》わぬとさとった上は、いたずらに、島民を死傷させまいぞ。……舟で早々に退散いたすのであれば、看過《みすご》してくれる。……去れ、眠狂四郎！」

これは、狂四郎に、というよりも、磯館の主人に向って投げる忠告であった。

「判ったか、眠狂四郎！」

しかし、その忠告に対して、館内は、なんの反応も示さなかった。

ひそ、として、しずまりかえっているばかりである。

闇斎は、ふっと、その静寂を、薄気味わるいものに、おぼえた。

しかし、不吉な予感がわいたことが、進むのを中止する理由にはならなかった。

「油断すな！」

闇斎は、部下一同に、それだけ叫んだ。

八艘の舟は、島の南端へ向って、急速に迫った。

館の建つ台地から、浜辺まで、えぐりとられたように絶壁となっていることは、狂四郎たちが近づいた時に、すでに述べてある。

その絶壁の数箇処が、不意に崩れて、黒い穴を開けた。

「待て！　あれは――」

闇斎が、ぎくっとなって、眸子をこらした――その瞬間。

それらの穴から、鋭い発射音とともに、白く煌《きら》めく矢が、とび出した。

矢――それに、まちがいはなかった。しかし、ただの矢ではなかった。

棒火矢――日本独特の火砲であった。

棒火矢は、元和年間に、播州三木の住人・三木茂太夫が発明した、と伝えられている。尖端《せんたん》に科薬――主に焼夷薬《しょういやく》を包んだ矢型の弾丸を、発射するものであるが、発射されると、長さ三尺あまりの（ちょうど、現代のロケットに酷似した形の）棒火矢は、火の尾を曳いて飛び、目的物に中ると同時に、炸裂する仕掛けになっていた。

抱え撃ちと台撃ちの二種にわかれ、射程距離は普通二十町（二、一八二米《メートル》）といわれている。

寛文《かんぶん》、延宝《えんぽう》以後は、砲術各流ともに、この棒火矢が取り入れられて、重要な砲術の一科目になっていた。

しかし――。

闇斎とその部下たちは、母国に、このような見事な火器があることを、知らなかった。

「おっ！」

「あっ！」

愕然《がくぜん》となった渠らに、海中へ身を躍らせるいとまを与えず、棒火矢は、絶壁の穴から、つづけさまに発射されるや、紅蓮《ぐれん》の尾を曳いて、八艘の舟に、吸い込まれるように、中った。

狙いは正確であった。海中に落ちたのは、一発もなかった。

凄まじい炸裂音と、黒煙と火花と、悲鳴と怒号が、凪いだ海面を、生地獄と化した。

火だるまになって、つぎつぎと海中へとび込んだ者どもも、飛沫をあげてのたうつ時間は、短かった。

隠し櫓の上で、狂四郎が覗く遠目鏡の中でも、闇斎の姿は、火焔にまみれて、舟上から消えた。

――あの爺さんが、あのまま、海の藻屑《もくず》になるとは思われぬが……。

狂四郎は、治左衛門をふりかえると、

「この館は、天草あたりの隠れ切支丹とちがって、要心堅固ぶりは、あっぱれなものだ」

と、云った。

「魚を多量に水揚げするために、漁民どもに、火器の使いかたを教えている、と申し上げても、信じては下さいますまい」

治左衛門は、笑い乍ら、こたえた。

「この賢島を中心とする崎志摩一円の漁民の先祖は、大坂城から落ちのびた豊臣家の残党であった、と云われれば、信じてもよいが……」

「いまさら、先祖の素姓詮議などされますのは、甚だ迷惑と申すもの。……お、左様、ご返辞がおくれて居りました。当家に、聖母まりあ像などという異仏は、秘蔵されては居りませぬが、それに似たものが、文庫蔵の壁に、描《か》かれて居ります」

「ご案内願おう」

「かしこまりました。どうぞ――」

治左衛門は、先に立って、隠し櫓を降りた。

三

その文庫蔵は、母屋からはなれて、奥庭に面して建てられていたが、母屋とは屋根でつなぎ、通路の三和土《たたき》には、簀子《すのこ》が敷いてあり、足袋跣《たびはだし》で行けるようになっていた。

その造りから推測して、島民が、文庫蔵に集合することが、しばしばあるに相違なかった。

治左衛門は、大きな鍵で錠前をはずすと、一尺もの厚さを持った扉を、開いた。

内には、さらに金網戸が閉めてあり、これにも、鍵がかけられていた。

ついて来た使用人の一人が、手燭を、治左衛門に、渡した。

内部の一階には、左右の壁ぎわに、長持や櫃がならべられてあったが、中央はひろびろと空けられていた。

治左衛門は、階段を登って行く。

狂四郎が、そのあと登り、千華がつづいた。

二階は畳敷きであった。調度は何ひとつ置かれてはいなかった。

——百人は、坐れるな。

そう看てとりつつ、狂四郎の視線は、正面へそそがれた。

障子がたてきられて、しろじろと浮きあがっていた。

治左衛門が、そこへ進んで、障子を開いた。

障子のむこうは、壁であった。

壁には、極彩色の花鳥が、いちめんに描かれてあった。

ちょうど、中央に、古木らしい百日紅《さるすべり》が描かれ、いまを盛りに咲きほこっていた。

そして——。

その蔭に、赤児を抱いた一人の女人の佇む姿があった。

しかし、その顔は、百日紅の花にかくれていた。

衣裳は、平安期の袿《うちぎ》に似た、窠文《かもん》の白地をまとい、近づけば、肌が透けて見えるようであった。

「顔が、かくれているのが、にくい」

狂四郎は、呟いた。

歩み寄った狂四郎は、その美人の足もとに、純白の大輪の花が、ひらいているのをみとめた。甘い芳香をただよい出しているような美しさであった。

「この花は——？」

狂四郎は、かたわらに立った千華に、指さして、訊ねた。

「月下美人、と申します。日没からほころびはじめ、夜半に満開になり、ほどなく、しぼみまする」

「百日も咲きつづける花の下に、たった一夜だけ咲く薄命の花を描いたところが、なにやら、意味ありげだ」

「はい——」

千華は、うなずいた。

それにしても、百日紅の花に、顔をかくした女人を、女神像とは、受けとりがたかった。

赤児を抱いたところは、聖母まりあ像に似ているが、おごそかさ、けだかさは、さらに感じられぬ。

「どうであろう？　これを、そなたは、女神像と看るか？」

狂四郎は、千華に問うてみた。

「…………」

千華は、とまどった表情で、返辞をためらっている。

その時、治左衛門が、微笑し乍ら、

「この月下美人に、こういう歌があるのを、ご存じでございますか。

　大いなる花開きたりしづしづと

かがやく天女いますごとくに

いかがなもので——？」

と、云った。

「すると、やはり、これが、女神像ということになるのか。……千華、そなたは、この女神像に、祈らねばなるまい」

「はい」

千華は、ひざまずくと、胸で十字を切り、両手を組んで、俯向いた。

一念こめて祈る千華のうしろで、狂四郎と治左衛門は、しばらく微動もせずにいた。

奇蹟《きせき》の起る気配は、なかった。

手燭の炎が、ゆれているばかりで、この静けさは、三人が動いたり口を開いたりせぬかぎり、何ものからも、破られそうもなかった。

と——。

狂四郎は、暑さをおぼえたとたん、

——そうか。

と、ひとつの直感を、脳裡にひらめかせた。

壁に描いてあるのは、百日紅をはじめ、いずれも、夏の花であった。

「千華——」

狂四郎は、呼んだ。

「はい」

千華は、頭をあげて、ふりかえった。

「あの小函の中には、詩箋のほかに、鉄づくりの蟬が入れてあったな」

「はい」

千華が、ふところから、その小函をとり出して、さし出した。

狂四郎は、蟬を掌へのせた。

いまにも飛び立ちそうなほど精巧につくられたこの蟬は、何を意味しているのか？

詩箋には、

『輪廻生死、空蟬に魂を入れたくば、志摩国賢島なる磯館の女神像に祈るべし』

と、記されている。

「空蟬に、魂を入れたくば、か」

狂四郎は、呟いてみた。

千華も、治左衛門も、息をつめて、狂四郎の鋭くひきしまった表情を、見まもった。

急に、狂四郎が、薄ら笑った。

「この蟬をとまらせるのは、この百日紅の幹か」

そう云った。

二歩踏み出した狂四郎は、百日紅の幹を、丹念に、調べはじめた。

やがて、胸の高さのところに、幹には、小さな孔が六つ、あけられているのを、さがしあてた狂四郎は、

「これだな」

と、まず、蟬の前足四本を、四つの孔へ、ぐいとさし込み、それから、後足二本を、二つの孔へ、はめた。

とたん——。

女人像の顔をかくしていた百日紅の花びらが、ひらひらと散りはじめた。

「おお！」

治左衛門が、驚きの叫びをあげて、膝を折った。

吹きはらわれるように、花びらが散りはてたあとに、女性の貌が、現われた。

まさしく、それは、聖母のけだかさを湛えた、神秘《くしび》な美しさであった。

こんどこそ、千華は、声をあげて、祈りの言葉を唱えた。

——しかし、これだけでは、どうということもない。

狂四郎は、その貌を凝視し乍ら、疑った。

壁が回転して、その奥に、千両箱が山と積まれているのではなかろうか、といった期待は、裏切られたのである。

こころみに、壁を押してみたが、ビクともしなかった。

——空蟬は、百日紅の花びらを散らせて、聖母に顔をあらわさせた。さて、それから、どうなる、というのか？

狂四郎は、あらためて、聖母の貌へ、眼眸を近づけた。

——これか？

狂四郎は、赤児の可愛《かわい》い片手が、聖母の頰までさしのばされていて、それが、小指のさきほどの小さな犬をにぎっているのに、目をとめた。
犬は、描かれているのではなく、土をこねて作った玩具だったのである。
狂四郎は、その玩具犬を、つまみ取った。

おらしょ

一

「夏だな、もう……」

凪いだ海原へ、双眼をほそめて、呟いたのは、捨てかまりの弥之助であった。

顔面は、土色に沈み、頬は殺げ落ちて、別人のように、やつれはてていた。

松坂城下はずれで、下条主膳の腹心後藤某に、短銃で腹部を撃ち抜かれ、捨てかまりのしぶとさで、手当をしつづけ乍ら、ここ志摩郡の西の果てまで辿りついた弥之助であった。

英虞《あご》湾（御座湾）を抱き込む崎志摩（御座半島）を一海里半へだてて、御座岬を彼方にのぞむ浜島という漁村まで、辿りついて、弥之助は、とある小さな崖ぶちに、腰を据えると、もう動く気がしなくなった。

この浜島は、熊野灘から、時化をくらった船が、逃げ込んで来るのに恰好の津《みなと》であった。

水深十仞《とひろ》、凄まじい風濤《ふうとう》の日であっても、浜島の入江は、泊り船の転覆をふせぐ地形になっていた。

——わしの故郷に似ている。

弥之助は、薩摩の片隅にある小さな湾を、思い泛べた。

暗礁がちらばっているらしく、白い逆浪が、綿をちぎって撒《ま》いたように眺められるのも、故郷の海に似ていた。

——故郷をなつかしむようになるとは、わしの寿命も尽きた証拠だな。

自嘲の嗤《わら》いが、弥之助の頬に刷《は》かれた。

人の気配が、近づいた。

弥之助は、振りかえる気力もなかった。

「静かな景色だな」

そう云われて、弥之助は、視線を移した。

堂々たる体軀の、風貌も魁偉な浪人者が、そこに立っていた。弥之助には、見覚えのない男であった。

「ここに、腰を下ろしてもよいか」

「どうぞ、ご随意に——」

浪人者は、どっかと胡坐《あぐら》をかくと、双腕をのばして、胸を張り、深呼吸した。

「人間は、時折は、こうして、ぼんやりと、痴呆のひとときをすごすのは、いいものだな」

「左様で——」

「尤も、お主は、病み疲れて、動けなくなっているのであろうが……」

「…………」

弥之助は、警戒の目を光らせた。

「かくさんでもよいぞ、捨てかまりの弥之助」

浪人者は、弥之助を知っていた。

「どなたなので、お手前様は——？」

「志村源八郎、と申しても、お主には、判るまい。刺客だ。眠狂四郎を討つようにたのまれた。二十両でな」

「…………」

「尾け狙って、ここまでやって来たが、……どうやら、討ちとれそうもない」

「てまえを、どうして、ご存じで——？」

「刺客を稼業にしてみると、妙なものだな。自分が尾け狙っている敵を、同様に、尾け狙っている同業者がいることが、見えて来る」

「…………」

「お主も、どうやら、眠狂四郎という男を、討ちとるのは不可能だ、と思うようになっているのではないのか？」

「てまえは、べつに、眠狂四郎の生命を狙っていたのじゃございません」

「あの男の行先を、つきとめようとしただけだ、と云いたいのか？」

「まあ、そんなところで――」

「しかし、つきとめかねて、途中から、姿を見失った。さがしあぐねて、この志摩郡の西の果てまでやって来て、病み疲れている」

「旦那――、旦那はただの刺客じゃありませんね？」

「弥之助、この世を去るに臨んで、なにか、遺言することはないか」

「…………」

「いや、わしが、お主を斬る、という予告ではない。すておいても、お主は、死ぬ。……死相が、その顔に出て居る」

志村源八郎は、そう云い乍ら、眼眸を、海面の一箇処へ、注いでいた。

人の頭が、波間に浮いていた。木材らしいものにすがって、流れているのであった。

「生きているようだな」

源八郎の言葉に、弥之助は、その視線を追った。

「助けてやろうか」

源八郎は、崖を跳んで、渚へ降り立った。

——何者なのだ、あの浪人は？

弥之助は、衣服大小をすてて海へ入って行く源八郎を見送り乍ら、小首をかしげた。

二

源八郎に、救われたのは、佐賀闇斎であった。

全身いたるところに火傷《やけど》を負うた闇斎もまた、どうやら、死神が間近なところにやって来ているようであった。

砂地へひきあげられて、仰臥させせられると、いくたびか、深い喘ぎをやって息を整えると、

「……忝ない。どなたか、存ぜぬが、このお礼は、いずれ……」

と、云った。

「佐賀闇斎殿、どこで、眠狂四郎を襲撃したのだ？」

源八郎は、訊ねた。

闇斎は、大きく双眼をみひらいて、源八郎を仰いだ。

「あ、あんたは——？」

「お主と同じく、眠狂四郎を追って、江戸からやって来た刺客だ」

「公儀の隠密衆か?」

「ちがう。やとわれ刺客だ。やとったのは、お主の知らぬ人だ。……闇斎殿、お主もまた、眠狂四郎には、勝てなかったな」

「あんたは……、この春、青山の沼津千阿弥《せんあみ》の屋敷で、眠狂四郎と、立ち合うた御仁だな」

「あの時、お主が、仲裁に入らなければ、眠か身共か、いずれかが、斃れていた」

「…………」

闇斎は、目蓋を閉じた。

「崖の上には、もう一人、眠を尾け狙った者が、死を直前にして居る。……その者に、遺言はないか、ときいている時に、お主を海の中に発見した。同じ問いをさせてもらいたい」

「…………」

闇斎は、しばらくこたえようとしなかった。

やがて、「ふふふ……」と、ひくい笑い声を、もらした。

「嘘で、かためた、わしの生涯が、このように終るのも、罰か。……琉球人普天間親雲上――琉球国王の叔父、というのも、嘘。……暹羅の山田長政の苗裔――日本太夫、というのも、真っ赤ないつわり。……わしの、まことの素姓は……、ふふふ、この期に及んで、打ち明けても、はじまらぬ。……なにもかも、嘘でかためた老賊が、最後の大仕事に、敗れて、死んで行く。それだけのことじゃな」

「……………」

源八郎は、闇斎のおもてが、穏やかな色を湛えるのを、じっと、見まもった。

「あんたも、眠狂四郎と、勝負するのは、あきらめるがよい」

「いや、あきらめぬ」

「勝てぬよ。あの男は、たしかに、不死身じゃよ。……あんたが、負けるに、きまって居る」

「勝負してみなければ、どちらが勝つか、判るまい」

「いいや、判って居る。あんたも、あの男には、勝てぬ」

「それが、遺言か？」

「そうじゃ。……あの男を殺すのは、病だけであろうな」

「身共の剣だ、と信じて居る」

「ばかな――。嘘も我欲も、剝ぎ落したわしが、いまわの際に、忠告するのだ。……止めるがよい。……あきらめるのだ。百万両を、さがすのは、眠狂四郎に、まかせて――、あんたが、何者か、知らぬが、江戸へひきかえすがよい」

「眠狂四郎は、いま、どこにいる？　近くに相違あるまい。どこだ？」

「きいて、そこへ、おもむけば、あんたが、死ぬ」

「闇斎殿、教えてもらおう。たのむ！　どこに、いるのだ、眠狂四郎は——？」

闇斎は、しかし、かすかに、かぶりを振ると、しずかに、事切れた。

崖の上では、弥之助が、同じ場所にうずくまって、源八郎が戻って来るのを、待っていた。

「お主よりひと足さきに、佐賀闇斎という老人が、逝ったぞ」

源八郎が、告げると、弥之助は、

「てまえは、まだこれで、すぐにくたばるつもりはありません。……貴方様から、死相が出ている、と云われて、急に、猛然と、生きのびる気力が、わきました」

と、云った。

「しかし、眺めたところ、依然として、死相は、出て居る。気力だけで、死相は消せぬぞ」

「てまえのことよりも、そちら様のことだ。……旦那が何者か、なんとなく、見当がついて来ましたよ」

「あててみるか」

「口に出しますまい。……てまえにとって、べつに、貴方様が、何者であろうが、かまわぬことだ。それより、佐賀闇斎は、眠狂四郎が、どこにいるか、教えましたかい？」

「教えれば、このわしが死ぬ、と申して、亡くなった」

「てまえも、そう思いますよ」

「弥之助――」

「へい」

「百万両などという、莫大な太閤遺産が、どこかにかくされている、というお伽噺《とぎばなし》を、お主は、信じて居るのか？」

「信じて、それを手に入れる夢をみていた方が、生甲斐になるじゃありませんか」

「心中どこかに、一分の否定をいたして居ろう」

「それはまあ、いたしかたがありますまい」

「わしは、そのような夢物語など、信じては居らぬ。眠狂四郎と勝負して、これに勝ち、礼金として二十両をもらう――それだけのことに、一命を賭けて居る」

「おやりなさることですな」

「では、これで、別れる」

源八郎の遠ざかる跫音に、じっと耳を傾けていた弥之助は、その跫音が消えた時、急に、悲痛な面持になった。

「わしは、まだ、死にたくはない。……百万両の金子《きんす》を、この目で見たならば、その時は、死んでもいい。それまでは、石にかじりついても、死なぬ！」

そう独語し乍らも、弥之助は、腹の患部に、堪えきれぬ激痛が来て、みるみる顔面に、あぶら汗をにじませた。

三

磯館の書院には、再び、長い重苦しい沈黙がつづいていた。

こんどは、眠狂四郎が、あるじ治左衛門の返辞を待つ沈黙ではなかった。

一箇の小さな玩具犬を、中央に置いて、これが、何を意味するのか、見当もつかぬままの苛立たしい時間が、いたずらに過ぎていた。

袱紗《ふくさ》の上にのせられた玩具犬は、土をこねてかため、自然に乾燥させて、胡粉《ごふん》着色したものであった。

雲母《きらら》粉で磨き、さいごに文様彩色を施し、ちょっと見たところ、ただのつまらぬ玩具であったが、これは、かなり長い日時を要した、丹念な作りであった。

顔を仰むけた犬の姿は、いかにも、稚拙美があって、ほほえましさをおぼえる。

これは、文庫蔵の壁に描かれてある聖母像に抱かれた赤児が、にぎっていた玩具であった。

この小犬だけが、描かれる代り、土をこねて作られ、はめ込まれていたことに、なにか意味があるもの、と推測できた。

小犬は、聖母と赤児の顔とともに、百日紅の花で、かくされていたのである。そして、鉄製の蝉を、百日紅の幹にとまらせると、花びらが散って、現われたのである。この仕掛けが、決して面白半分の工夫とは、考えられなかった。

ようやく、狂四郎が、沈黙を破った。

「隠れ切支丹には、このような小犬の玩具を、大切にするならわしがあるのであろうか？」

「いえ、そのようならわしなど、ありませぬな」

治左衛門は、かぶりを振った。

「しかし、幼いぜずす・きりすとが持っていたのであれば、切支丹宗門とは全く無縁の玩具とは考えられぬ」

狂四郎は、あらためて、治左衛門にむかって、この賢島の隠れ切支丹が、ひそかに合掌する「異仏」を、見せてもらえまいか、とたのんだ。

治左衛門は、もはや、自分たちが隠れ切支丹であることを、かくそうとはしなかった。

「かしこまりました」

やがて――。

三方の上に、掌大の銅製の異仏がのせられて、狂四郎の前に置かれた。

「これは、当地では、くるぎと申して居ります」

その表には、聖母まりあが右手で子を抱いた像、裏には、十字架にかけられたぜず す・きりすと像が、彫ってあった。

狂四郎は、曽て、これと同じような「異仏」を眺めたことがあり、べつに、それを手に把った時、なんの直感も、脳裡にひらめきはしなかった。

治左衛門は、ついでに、数珠その他の法具も、見せたが、狂四郎にとっては、なんの参考にもならなかった。

狂四郎は、ふと思いついて、

「隠れ切支丹が、拝む方位は、戌亥（乾）ではなかったか？」

と、訊ねた。

もし、戌亥ならば、小犬はその方角を意味しているのかも知れず、館の北西部をさがしてみることも、無駄ではあるまい。

治左衛門の返辞は、しかし、狂四郎を失望させた。

「いえ、拝む方位は、巽《たつみ》でございます」

狂四郎は、腕を組んだ。

ややあって、

「この島では、牛を殺して、その肉を食う由だが……」

狂四郎は、訊ねた。

「はい。まず、牛の肉を、持仏様（ぜずす・きりすと）にお供えして、喰べさせて頂きます。なんでも、さんた・まりあ様が、お産をなさいましたのが、牛小屋とかで、その際、牛がことのほかあばれたそうでございます。それで、この宗門では、牛を殺して、その肉を喰べるならわしができたとか……、仏教とは全く逆でございます」

「犬はどうであろう。たとえば、牛とは反対に、犬が、聖母やきりすとのために働いた、といった話は、申し伝えられていないのであろうか？」

「さあ、ついぞ、そのようなお話は、耳にしたおぼえがありませぬ」

狂四郎は、つづけて、治左衛門に、いくつかの唱言を、口誦《こうしょう》してみてくれるように、たのんだ。

治左衛門は、合掌すると、となえはじめた。

「天地のでうす様、作神と奉り、あんめんじんす、あんめんじんす」

「さんとめ（聖トマスの意？）さんとめ道のさんとめ、不慮のわずらい、頓死の咎、悪事災難これなくよう、ひとえに願い奉りそろ」

次に、となえた祈り文句は、狂四郎たちには、とうてい不可解な、呪文めいたものであった。

「あめまるや、からさべんのう、どうまんべえこ、えれんこ、つうや、えれむりえりむり、えれすべ、えんつう、ふりつう、べんつう、つふえのじんぞう、さんたあまりあ、まあてるまあてる……」

治左衛門は、おしまいに、

「おらしょのほかに、十戒というのがございます」

と、云った。

「うかがおう」

「第一、御一体でうすうやまいたっとみ奉る。

第二、尊き御名《みな》にかけ、むなしきちかい申すまじ。

第三、どみんごを忌み日とし、つとめまもるべし。

第四、父母に孝行すべし。

第五、人を殺《あや》むべからず。

第六、邪淫を犯すべからず。

第七、偸盗《ちゆうとう》すべからず。

第八、人をざん言すべからず。

第九、他の妻を恋すべからず。

第十、他の物を、みだりに望むべからず」

下座にひかえていた吉五郎が、この十戒をきいて、

「なるほど！　切支丹宗門も、仏教と、すこしも変りはしませんねえ。その十戒をうか

がうと、そっくり、お寺の坊さんが、在家《ざいけ》の信者に説教する五戒が、ふくまれて居るじゃありませんか。殺生戒とか偸盗戒とか邪淫戒とか……、まるで、五戒からぬすんだみたいだ。人間が守ることは、どこの国でも、同じというわけですかねえ」

と、云った。

その独語めいた喋《しゃべ》りを耳にした瞬間、狂四郎は、はっとなった。

「そうか、切支丹も仏教も、信仰の形式はほぼ同じか」

「旦那、なにか、ピンと来ましたかい？」

吉五郎が、首を突き出した。

千華も、必死で、固唾をのんで、狂四郎を見まもっている。

「まだ、判らぬ。しかし、遠くに、微光が見えて来たような気がする」

狂四郎は、治左衛門にむかい、

「この磯館は、南北朝の頃、志摩一円を征服した九鬼《くき》大和守《やまとのかみ》隆次《たかつぐ》によって、砦《とりで》として築かれた、と云われたな？」

と、たしかめた。

「左様でございます」

「当家が、切支丹宗門に帰依したのは、おそらく、織田信長に九鬼家が随身した天正年間と思われるが、それ以前の宗旨は、なんであったか、ご存じか？」

「さあ、それは、てまえも、よく存じませんが、天文年間に、館の娘の一人が、信仰深く、とうとう、尼になった、という事実もあるそうでございますから、宗旨は何であったか、一族が熱心な信徒であったことには、まちがいございますまい」

「ふむ！」

狂四郎は、微笑して、うなずいた。五里霧中の中にとらえた微光が、不意にぱっと明るくなったに相違なかった。

「吉五郎――」

「へい」

「お前は、ここへやって来たと同様、千華をともなって、海路をまわって、堺へ行け。堺に、わたしの親しい知己がいるから、そこに身を寄せて、待っていてもらおう」

「旦那は、どちらへ――？」

「伊賀を通って、奈良へ入る」

落　葉

一

眠狂四郎が、賢島の磯館を去って十日、どの街道上にも、その姿を見受けた通行人は、いなかった。

昼を避けて、夜道をひろったからである。辿る道も、表街道ではなく、野径《のみち》や杣道《そま》であったに相違ない。

ねぐらも、旅籠ではなく、路傍の阿弥陀《あみだ》堂とか観音堂とか稲荷《いなり》の祠とか、時には木の下蔭にしたものであったろう。

忽然《こつぜん》として、狂四郎が出現したのは、古市の廓であった。

しかし、登楼したのは、杉本屋とか備前屋とか油屋といった大店《おおだな》ではなかった。

裏通りの端に、小さな構えをみせた女郎屋であった。

古市の妓楼は、七十軒余あったが、そのうちでも最も下等な女郎屋であった。

はしりがねと称ばれる船女郎（江戸で謂う船まんじゅう）が、店の部屋を、半刻いくらで借りて、商売をしているのであった。

船女郎《はしりがね》は、街道筋をうろつき乍ら、客を物色し、鼠《ねずみ》泣きで口説きおとして、店へともなって来るのである。

手拭いを吹き流しにかぶったその船女郎が、狂四郎を見つけたのは、古市の小高い山の頂上であった。

桃山と称ばれている、寛永年間からの桃の名所であった。その季節になると、宇治・川崎、山田あたりの大町人が、古市の芸妓連をつれて来て、花見の宴を催した。

全山に緋毛氈が敷きつめられ、紅白の幕が張りめぐらされて、飲めや唄《うた》え、踊り狂う歓楽が、終日くりひろげられるのであった。

夏を迎えた桃山は、ひっそりとして、人の気配はなく、花見の四阿《あずまや》が、此処彼処に、涼風を吹きぬけさせていた。

眠狂四郎は、その四阿のひとつに、身を横たえていたのである。

二更（午後十時）をまわった頃あいであった。客にあぶれたらしい船女郎が、ふらふらと登って来て、ふと、月明りに、その寝姿をみとめて、

「あら、おさむらいだよ。……ちょいと、旦那、賭場でおけらになって、ここを宿にしておいでなんですか？」

と、声をかけて来た。

「当ったな。つきに見はなされて、このていたらくだ」

「可哀《かわい》そうに――。……旦那、あたしが、つきをとりもどして進ぜましょうかえ？」

「どうやって、とりもどす？」

「あたたかい寝牀の中ですよ。あたしを、抱けば、きっとつきがもどります。代金は、要りませんよ」

狂四郎は、起き上って、月光をあびた女の顔を、視た。

――最下等の船女郎にしては、眉目が整いすぎているようだ。

しかし、狂四郎は、黙って、女のあとをついて、桃山を降りると、その店に入ったのであった。

その道すがら、狂四郎は、大和国へ入るには、いくつの道筋があるか、訊ねた。女は、気軽に高須ノ峯《たかすのみね》越えは険しいから、津へ出て、そこから青山峠を越えて行くがよい、と教えた。

女が、緋縮緬の長襦袢姿で、牀の中へ、すべり込んで来た時、狂四郎は、

「お前の昨日までのなりわいは、なんであった？」

と、訊ねた。

「あたしは、ただの後家ですよ。亭主が、無職《ぶしょく》者で、縄張り争いの喧嘩《でいり》で殺されたあと、借金を山と残していたものだから、あたしは、泣く泣く……、そんなこと、もうど

うでもいい。過ぎ去ったことだから――」

女は、すがりついて来た。

「女郎の作り話としては、上出来な方だな」

「作り話だなんて、ほんとですよ、と云《い》いはりたいところだけど、旦那は、信じないんですね。眼力だねえ。亭主が、借金を山と残した、というのは真っ赤な嘘。やくざの後家というのは、いつわりじゃありません。亭主が亭主だったものだから、あたしも、いつの間にか、博奕好きになって、賭場へ入りびたっているうちに、首がまわらなくなって、しかたなく、こんな稼業に落ちてしまったんです。これが、本当の話。……莫連でごめんなさい。でも、あたしは、旦那のような、暗い翳を持った殿御が、好きなんです。ね、ためしてごらんなさい。……狂うから――」

女は、言葉通りに、狂四郎の指の動きだけで、たちまち、濡れて、小さな呻きをあげた。

事がおわったあと、しばらく、女は死んだようになっていたが、やがて、のろのろと起き上って、

「旦那、ひと風呂あびなさいな。背中《せな》を流してさしあげます」

とすすめた。

「お前、さきに入って来るがいい」

「だって――」

「おれは、ひと睡りして、そのあとで、入る」

「じゃ、失礼して、おさきに……」

女が、もどって来た時、寝牀は、もぬけの殻になっていた。

「おや、厠かしら」

小首をかしげた女は、枕の上に、小判が一枚のせてあるのをみとめた。

「まあ！　なんだって、こんなに、たくさん置いて行ったんだろう？」

女は、二朱女郎だったのである。

狂四郎の方は、内宮と外宮をむすぶ直道の、間《あい》の坂を越え乍ら、

――おれの早合点であったかも知れぬ。

と、胸の裡で、呟いていた。

女が、敵の手先であったか否か、ということであった。

かりに、敵の手先であったとしても、肌を燃やし、柔襞をしとどに濡らしたことは、

事実であり、女が湯殿に行くまでは、何事も起らなかったのである。

敵の手先であって、その敵が襲撃して来ていたならば、女も斬る結果になっていたかも知れない。

客と女郎という、ただそれだけの状態で、店を立ち去ることができたのを、狂四郎は、

ひそかによろこぶ気持があった。

道中、仕掛けられてある罠が、多すぎたのである。自分に近づいて来た者を、疑いの目で看《み》るようになっているのは、やむを得なかった。

女が敵の手先でなかったとして、二朱の枕代ではひきあわぬ勤めぶりに、支払った小判一枚は、むしろ、安いものに思えていたのである。

——あの一両をにぎって、賭場へ乗り込み、勝ちまくることができたら、ということだ。

狂四郎は、おのれが甘い男になっていることに、一種の気軽さをおぼえていた。

二

松坂城下を通り抜けて、津に至るまで、勿論、夜道だけをひろったが、敵影は、行手をさえぎらなかった。

狂四郎は、津の手前の六軒茶屋で、左折した。

伊賀国に入り、名張《なばり》を越えて、奈良に向う道順をえらんだのである。

野道を辿るあいだは、闇の中であった。

山ふところに入って、ようやく、しらじらと、明けそめた。

小さな渓流に沿うて登る山道であった。

狂四郎は、清冽《せいれつ》な流れの上を、仲間からはぐれて、迷ったように飛ぶいっぴきの蛍《ほたる》を、見出した。山気の澄んだ夜明けのあかるさの中で、その光は、いかにも弱々しかった。

――はぐれた、と思うのは、人間の勝手な感情で、実は、孤独を愉しんで、飛んでいるのかも知れぬ。

ひとり、苦笑を、口辺に刷いた――とたん、狂四郎は、心気がひきしまって、視線をあげた。

二十歩あまりのむこうが、平地になり、赤松の疎林を背負うて、古びた地蔵堂が建っていた。

堂の左右には、巨大な男根の形をした石や、見猿《みざる》・言わ猿・聞か猿などが竝べられ、どうやら道祖神と猿田彦が、地蔵信仰と合して、疫鬼を払ったり、安産させたり、小児を守ったり、そして、人の往来の安全を保障したりする役割をはたしている御堂《みどう》のようであった。

階の上には、いちめんに、小石が積まれてあった。

こちらを凝視する眼光が、黒髪と御幣をいちめんにむすびつけた格子戸の内に、あると直感した。

常人ならば、堂前まで近づいて、はじめて、その気配が神経につたわって来るところであったろう。

無数の死地をくぐって来た者のみの、殺意をひそめた伏敵の存在を、距離をへだてて察知する一種の霊感、といえる第六感の働きは、狂四郎独特のものであった。

その働きのおかげで、今日まで、生きのびて来た。

伏せている敵が、どの程度の力の所有者か、ほぼ見当がつくのも、われ乍ら、ふしぎであった。人に語っても理解されぬ微妙な直感力といえた。

闘いは、それと察知した瞬間から、開始された。

飛矢あるいは銃弾に対する五体の備えも、その瞬間から、意識が命じるまでもなく、できていた。

態度は、そのまま——ふところ手のまま、死地への一歩一歩を、正しく、踏んで、近づいて行った。

狂四郎が、堂の前に立つのと、格子戸が、軋《きし》り乍ら観音開きになるのが、ほとんど同時であった。

階上の小石を蹴散らして、すっと、姿を現わしたのは、三心刀の正剣を使う志村源八郎であった。

「眠殿、雌雄を決する秋《とき》が、参った。ここにて、いずれかが、無縁仏に相成り申す」

源八郎は、明るい笑顔をみせた。

六尺の巨軀に、いかにも、生気が満ちあふれていた。

「わずか二十両のために、はるばる、ここまで、尾けて来た、というわけか」

「二十両欲しさだけではござらぬ。貴殿の円月殺法を破る——これこそは、この志村源八郎が生涯最高のよろこびと申すもの」

「わたしは、志摩の南の果てから、逢坂峠を越えて来たが、夜のみ、道も脇道をえらぶ要心を怠らなかった。また、尾けられている気配も、おぼえなかった。……お主、どうして、わたしを、ここで待ち伏せた？」

「貴殿という人物、尾行いたせば、必ず、感づくに相違ござらぬ。……左様、身共もまた、貴殿を追って、英虞湾の海辺まで、足をのばし申した。身共自身が、貴殿の行先を見当つけた次第ではなく、身共をやとったさる人物より、早飛脚で、貴殿が志摩へ行く模様、と報《しら》せられたからです。……身共は、貴殿の姿をみとめる距離には、絶対に近づかぬようにして、江戸から道中して参った。……貴殿と雌雄を決するのは宿運、と信じたゆえです。宿運であれば、必ず、相逢うて闘う日時と場所が、おのずから、身共に与えられると、信じ申した。まさに、その通りでござった」

「…………」

「身共は、一昨夜、貴殿が、古市の廓の一軒から、出て来るのを、偶然、見受けたのです」

源八郎は、狂四郎を尾行することをせず、こころみに、その店にあがって、狂四郎の敵娼となった女郎に会って、どこへむかったか、きかなかったか、と訊ねた。女は、なんでも大和国へ行くと仰言っていました、とこたえた。

「その女郎、貴殿に、青山峠を越えるように教えた、と申したので、身共は、ここに先廻りして、待ち受けた次第でござる」

三

対話は、終った。

夜明けの静寂の山気に包まれて、両者は、不動の静止相を保った。

両者の地歩の利は、いうまでもなく、源八郎にあった。

狂四郎は、磧《かわら》のように凸凹面のはなはだしい地上にいたし、源八郎は、狂四郎の帯の高さの堂の階上に立っている。

距離は、二間余あった。

業が互角ならば、狂四郎に、勝目はなかった。

いや――。

剣の修業に於ては、源八郎の方が、青春期をすべて、それに傾けているに相違なく、業は、あるいは、狂四郎にまさっているかも知れなかった。

さらに――。

狂四郎は、源八郎の三心刀が正剣であり、おのれの円月殺法が邪剣であることを、すでに、みとめていた。

「参る！」

源八郎は、一声を発して、二刀を抜いた。大刀を左手に、脇差を右手に――尋常の二刀流とは逆に二刀をつかみ、脇差の方を頭上へ直立させる陽剣とし、大刀の方を左方へ水平にさしのべる陰剣とする三心刀の構えをとって、眼光鋭く、狂四郎を睨みおろした。

狂四郎は、それより一拍子おくれて、無想正宗を鞘走らせた。

しかし、敵より三尺下の地歩に立たされた以上、地摺り下段の受太刀を構えるわけにいかなかった。

このおそるべき三心刀の使い手との最初の闘いで、狂四郎は、その長剣が無拍子を生んだのを、見とどけている。

その場面でも、述べたが、無拍子とは、敵と一合も撃ち合わず、電光のごとく、音もなく白刃を走らせる極意剣であった。

すなわち、突きの一手であった。

狂四郎は、その無拍子の突きに対して、円月殺法の突きをもって、むくいたのであった。

結果は、源八郎の長剣が、狂四郎の無想正宗の鍔を貫き、無想正宗は、源八郎の上唇わきから頬を刺し通して、切先を耳朶《じだ》までとどかせたのであった。

その傷痕を、源八郎は、顔面にのこしている。

と――。

中段やや高めに構えた狂四郎が、ゆっくりと、位置を移動した。

それを待っていたように、狂四郎の後方――東の山端から、朝陽が、渓流の上を斜めに横切って、ここへそそいだ。

そして、その陽光は、まっすぐに、源八郎の顔を搏った。

ここに於て、地歩の利の差は失われた。

立つ位置の高低の利不利を、陽光が後背にあたることによって、とりのぞいたのである。

いや――。

むしろ、朝陽をまともにあびた源八郎の方が、やや不利かとみえた。

宙を躍って、無拍子の突きを襲わせることを、封じられたからである。

源八郎は、この地蔵堂の階上から、猛禽《もうきん》が獲物を狙って、一直線に翔《か》けるに似た戦法こそ、円月殺法を破る三心刀無拍子の絶妙の発揮と、案じたものであったろう。

陽光を顔面にあびることまでは、計算に入れていなかったのである。

さいわい、距離は二間余あった。階上から地面へ跳ぶ余裕がなくはなかった。

しかし、それは、源八郎の剣客としての誇りが許さなかった。

自らがえらんだ地歩であった。そこから、仕太刀を放つのが、剣客としての面目であった。

陽光に染められて、視力を半減させられ、二間余をへだてる地上の狂四郎が、影となって溶けるのを、睨みつけつつ、源八郎は、微動もしようとしなかった。

狂四郎は、誘うがごとく、無想正宗を、徐々に地摺りにおとした。

一瞬――。

陽光をまともにあびた不利の条件を、源八郎が、とっさに、有利なものにかえたのは、流石であった。

源八郎は、左方水平にさしのべた大刀を、わずかに動かした。

とたん、その白刃の煌《きら》めきが、狂四郎の双眸を晦《くら》ませた。

と同時に――。

源八郎は、頭上にかざしていた脇差を、狂四郎めがけて、びゅっと投げ撃った。

刃金が刃金をはじく、鋭い金属音が、こだまを呼んだ時、源八郎は、その隙をとらえて、階を蹴った。

猛禽さながらに、その大刀を、飛矢の迅さで、一直線に、狂四郎の胸もとめがけて、突入させた。

まさに、無拍子の電光の迅業であった。

狂四郎が、襲いかかった凄まじいその切先を、かわすいとまもなく、鍔で、受けとめたのは、本能の働きであった。

再び――。

源八郎の剣は、無想正宗の鍔を、ぐさと貫いた。

しかし、こんどは、力点にへだたりがあった。

源八郎は突いて居り、狂四郎は受けていた。

源八郎には、渾身《こんしん》の気力を聚《あつ》めて、さらにひと押ししておいて、切先を鍔から抜きざま、第二撃の突きを放つ業が残されていた。

源八郎が、他流の使い手ならば、狂四郎には、その突きを払うことができるであろう。

源八郎は、三心刀無拍子の極意の会得者であった。

……狂四郎の敗北は、ほぼ決定したか、と思われた。

あきらかに、源八郎の面貌には、勝利を確信する表情が、生れた。

その確信は、いささか、早すぎた。

突然、宙をひらひらと舞って、掌大の栃の青葉が、幾枚も、落ちて来たのである。

そして、その一枚が、源八郎の額へあたって、するりと鼻梁をすべった。

源八郎は一瞬、視界を消されて盲目となった。

それが、勝敗の岐れ路となった。

狂四郎が、敵の切先を、鍔からはずしざま、きえーっと、刃音を生みつつ、源八郎の脇を奔り抜けた。

源八郎は、仆れなかった。

大刀を、まっすぐに、突き出したなりの姿勢を、みじんも崩してはいなかった。しかし、柄をにぎり締めた左手の方は、手くびから両断されていた。

源八郎が、地面に膝を折って、ひくい呻きをもらしたのは、かなりの時間を置いてからであった。

狂四郎の方は、源八郎より七八歩はなれた地点に立っていて、地蔵堂の屋根を、仰いでいた。

屋根はしに、一人の男が、うずくまっていた。その男が、栃の葉を降らせたに相違なかった。

「わたしに、なぜ味方した、捨てかまりの弥之助？」

狂四郎の問いに応えて、苦しげにあげた顔は、遠目にもありありと死相を呈していた。

「お詫びのしるしに……、この世の置土産に、ひとつぐらいは、あと味のいい振舞いをしておこうと、考えました」

どうやら、弥之助は、文字通り死力をふりしぼって、志村源八郎のあとを追って来た模様であった。

狂四郎は、弥之助が、がっくりと落ち入るさまを見とどけておいて、視線をめぐらした。

源八郎は、片手を喪い乍らも、不屈の気力によって、よろめく足どりで、数十歩のむこうにいた。

忍者の里

一

「ほう！　この眺めは、同じ伊賀でも、上野より、こちらの方が、忍者の里らしいの」

公儀お目付下条主膳が、配下五名をひきつれて、台地に立って、見下ろす盆地は、名張の町であった。

三方から、なだらかな山裾がひろがった、一瞥いかにものどかな伊賀山中の盆地であった。

中央に、長い土塀をめぐらした殿館が、どっしりと居すわって、高低大小の棟をならべ、正門の構えもひときわ大きく、名張藤堂家の住居であった。その周囲に、武家屋敷が整然とならんでいた。町家は、ややはなれて、彼処此処に聚落《しゅうらく》をつくって居り、かなり広い田園をへだてて、農家が山麓にちらばり、初夏の眩しい陽光の中で、二百年の平和を保っている小藩のたたずまいには、殷賑からほど遠いだけに、かえって美しさがあった。

そしてまた、その静寂ぶりから、領民が土に根をふかくおろしたたしかさが、感じられた。

名張藤堂氏は、津の城主藤堂高虎の養子高吉《たかよし》に、はじまる。

高吉は、近江《おうみ》国佐和山五万石の城主丹羽《にわ》長秀の三男であった。三歳の時、豊臣秀吉の実弟羽柴《はしば》秀長の養子となった。

秀吉が、丹羽長秀の三男を、実弟の養子に迎えたのは、強豪丹羽氏を手なずける政略であった。

秀吉は、丹羽長秀を家臣の列に加えると、たちまち、てのひらをかえすように、高吉を追い出して、羽柴秀長の養子に、甥《おい》の秀俊《ひでとし》を迎えようとした。

養父秀長は、高吉を愛して、容易に手ばなそうとしなかったが、秀吉の厳命により、やむなく、離縁した。

その頃、羽柴秀長の部下に、藤堂高虎がいた。まだ一万石の小大名にすぎなかった。

高虎は、三十二歳になっていたが、子がなかったので、秀吉に乞《こ》うて、高吉を養嗣子にした。天正十六年、高吉は、九歳であった。

慶長六年、高虎は、四十四歳で、はじめて、実子をもうけた。高次《たかつぐ》であった。

その時から、高吉は、藤堂家にとって邪魔な存在になった。

藤堂高虎は、青年期には勇猛の武名が高く、壮年を過ぎると、慈仁・寛厚にして雅量に富む名君とうたわれた武将であった。

しかし、中年過ぎてから実子をもうけた高虎は、やはり、盲愛の親でしかなかった。養嗣子高吉を、日々うとんじた。

慶長九年、高虎と隣国松山城主加藤左馬介《さまのすけ》のあいだに、兵を出して争う事変が起った。原因は、家臣同士の喧嘩《けんか》であった、といわれる。

幕府は、両者の代表を、江戸へ呼んで、吟味裁決することにした。

その時、藤堂家を代表して、出頭したのが、二十五歳の高吉であった。

高吉の雄弁は抜群であり、理路整然、加藤家代表の国家老を、沈黙せしめた。閣老の裁断は、加藤左馬介の譴責《けんせき》であった。

しかし、高虎は、公儀をはばかって、帰国した高吉に、蟄居《ちっきょ》を命じた。

高吉は、一言もさからわず、大洲《おおす》近郊の野村というところに、幽閉された。

三年を経て、このことが、家康の耳に入った。

「功のあった者を蟄居せしめるとは、古来その例をきかぬことである」

家康の声がかりで、高吉は蟄居を解かれた。そのうえ、家康から一万石を加増された(前に、羽柴秀長から、離縁されるにあたって、養育料の名目で、一万石をもらっていたので)二万石の大名となった。

慶長十三年、藤堂高虎は、伊予今治《いまばり》から、伊勢・伊賀に転封となり、津城主となった。

高吉も、当然養父に従《つ》いて行くべきであったが、家康の命令により、今治に残り、越《お》智《ち》郡の領主となった。

大坂冬・夏の陣には、今治から、伊賀上野に馳《は》せ参じ、養父の軍に合流して、目ざましい働きをした。

寛永七年十月、高虎が、江戸柳原の屋敷で、七十四歳で逝った。その訃を今治できいた高吉は、急いで、出府すべく、近江国水口まで至った時、津から藤堂家の家臣がやって来て、

「家督は、大学頭《だいがくのかみ》（高次）様が継がれましたゆえ、もはや、出府なさるに及びませぬ」

と、申し伝えた。

高吉は、悄然《しょうぜん》として、今治に引返した。

この時、高吉は五十一歳、高次は二十九歳。高次は、あきらかに、高吉に対して、感情的な敵意を抱いていた。高吉の人望があまりに高すぎたからである。

高吉の方は、高次に対して、みじんも対立意識をおぼえてはいなかった。高次が生れた時、高吉は、自らすすんで、養父高虎に、藤堂家は実子が継ぐべきであります、とすすめて、自身は客分の列にあまんじたのである。

高吉が、伊勢に転封になったのは、寛永十二年、五十六歳の時であった。高吉は、多《た》気《き》郡の新領地に住むつもりであったが、高次から、

「名張に、殿館を構えるがよろしかろう」

と、すすめられて、領地二万石のうち、五千石を名張に替えられた。

高吉は、なんの不服もとなえず、それにしたがった。

名張は、天正九年、織田信長の伊賀攻めで、焦土と化して以来、五十年を経て、いまだ荒廃したままであった。

二

高吉が、殿館を構えてから二百年、名張は、美しい静かな、伝統を持った町になっていた。

いま、当主は長徳《ながのり》で、まだ二十歳の若年であった。この年は、江戸に在った。

その留守殿館の正門前に、下条主膳が立った時、ちょうど正午で、門内から、太鼓が打ち出された。領民が、正門を太鼓門と呼んでいる所以であった。

公儀お目付の来訪は、それまでひっそりとしていた邸内を、にわかに、さわがしいものにした。

下条主膳は、家老鎌《かま》田将監《たしょうげん》・小野三左衛門に、門前まで出迎えを受けて、太鼓門をくぐった。

敷地は広く、五千坪以上はあろう。

十間四方ほどの広場を過ぎて、大玄関に至り、主膳は、表書院に案内された。

六十畳以上もあり、上ノ間、下ノ間にわかれ、附書院もあり、帳台構えも設けられていた。

前時代の主殿造りの遺風をとどめる構えで、表書院には、大広間がつづき、大広間と白砂の広場をへだてて、能舞台も設けられていた。

「一万五千石にしては、まことに立派な御殿でござるな」

主膳は、二人の家老に、皮肉を云《い》った。

名張藤堂家は、二代長正の時、三人の弟たちに五千石を分配して、一万五千石に減っていたのである。

二人の家老の顔面は、硬直してしまっていた。

公儀お目付が、なんの前ぶれもなく、来訪するなど、いまだ曽てないことであった。なにか重大な用件があるに相違ないと、留守居する家臣一同は、胸がさわがずにはいられなかった。

主膳は、わざと、その来訪目的をすぐにきり出さず、といってべつに藩政査察とも思われぬ様子をみせた。

口にする言葉には内容がなかったが、はしばしに鋭い皮肉を含めているのが、受ける側には、無気味であった。

半刻ばかり置いて、主膳が、不意に、唐突な質問をした。

「ところで、ご当家は、まだ、間兵《かんぺい》を養って居られるか？」

忍者と云わず、間兵という耳馴れない呼びかたを、主膳はした。

伊賀国と忍者は、切っても切りはなせぬ間柄にある。

忍びの術とは、間諜《かんちよう》の術である。中国の兵法書『孫子』の用間篇《ようかん》に、その源流がある。

その兵法とは、仏教とともに、わが国に伝わり、聖徳太子は、その〝用間〟に着目して、伊賀の住人大伴息人を、志能便《しのび》として側近に置いた、という。

忍者第一号であった。

忍びの術を発達させたのは、修験道の山伏であった。かれらの子孫が、伊賀・甲賀の山峡《やまかい》に、土着して、その術を、鍛練修業して売るようになった。

戦国時代に於ける伊賀の頭領株（上忍）は、三名いた。

百地《ももち》三太夫《さんだゆう》・藤林長門守《ながとのかみ》・服部《はつとり》半蔵。

その三名の下に、それぞれ、数百人の下忍がいて、諸侯にやとわれて、働いた。石川五右衛門も、下忍の一人であった。

「当家には、間兵と称ぶような忍びの術の手練者は、居りませぬ」

「はたして、そうかな」

主膳は、うすら笑った。

藤堂高虎が、伊賀に入るや、上野に城下町をつくるとともに、忍者を調査登録して、その主だった者を、武士にとりたて、また、無足人《むそくにん》（郷士）の制度をつくって、かれらを村郷に住まわせた。さらに、上野城下には、忍町《しのびまち》を設けて、忍者の住宅地とした。

名張藤堂家も、それにならって、山峡に住む百地三太夫らを、無足人としたことは、疑いもない事実であった。

しかし——。

この時代には、伊賀者は、江戸城添番の下にいる三十俵何人扶持《ぶち》という軽い武士としてしか存在しなくなっていた。伊賀者は、もはや、伊賀国にはいない、というのが常識であった。

そして、忍びの術を修練した隠密（庭番）は、外桜田の公儀御用屋敷に住んでいるだけで、諸国の大名衆は、一人の忍者も擁していない、ということになっている。

「はたしてそうかな」

下条主膳は、うすら笑い乍ら、

「ご当家には、寛永年間から、組外之衆、母衣《ほろ》組衆、鉄砲頭衆、留守居衆、忍之衆《しのび》と、各部署がきめられて、日夜調練にはげんで、今日にいたっている事実は、まぎれもない。公儀より禁じられている爆薬の製法などにも、無足人鉄砲目付が、はげんで居ることは、すでに、つきとめてある。……毎年正月、領主臨席の下に、爆薬の実地演習が行われているのも、明白なる秘密。先年、柳生飛驒守《ひだのかみ》領分の郷士が、それをぬすみ視ようとして、暗殺された事実も、調べずみである。……ご当家に、忍之衆が、百名以上もいることを、いまさら、かくしても、はじまるまい」

そう云いはなって、二人の家老を、睨み据えた。

三

鎌田将監と小野三左衛門は、戦慄した。

――このお目付は、わが藩を、とりつぶしにやって来たのか？

そう疑わずにはいられなかった。

とたん――、主膳は、高い笑い声をたてた。

「ご当家が、忍之衆を多勢、やしなって居られるのは、むりもない事情と、お察しいたす。……つまり、宗家の津城主に対抗するためでござるな。そうでござろう。この下条主膳は、享保年度に起った騒動を、承知して居り申す」

享保騒動とは――。

享保元年、五代を継いだ名張藤堂の当主長熙《ながひろ》は、豪毅《ごうき》の性情の持主であった。

始祖高吉以来、名張藤堂家が、津藤堂家の家従のごとき状態に置かれているのが、大いに不服であった。

その始祖を比べてみても、禄高《ろくだか》とは逆に、家格に大きな差があった。高吉は、桓武《かんむ》帝の後裔丹羽氏の直系であり、高虎は、江州の一介の地侍の伜《せがれ》にすぎなかった。

高吉は、高虎の養嗣子にされたばかりに、生涯臣従させられてしまったのである。

高虎は、実子高次に家督を継がせるとともに、将軍職が家康から秀忠に代るどさくさにまぎれて、高吉の直領地二万石も、自身の領地のように書きかえてしまったのである。高吉は、名実ともに、家臣の格に落されたのであった。

五代長熙は、家格をとりもどし、完全なる独立大名になろうとほぞをかため、江戸詰めの聞番《ききばん》役七条喜兵衛に命じ、本家丹羽家に働きかけ、あるいは、公儀用人大久保源次郎らを通じ、幕府評定所に、この議がはかられるように、奔走せしめた。名張からは、横田太右衛門、鎌田新兵衛、小沢宇右衛門ら重臣を、出府せしめて、大いに働かせた。

目的貫徹の見通しも、ほぼついた享保二十年正月、突如、上野城代の代理として、上野から、藤堂修理が、手勢を引具して、名張へやって来た。

「宗家をだし抜いて、家格を上げようとする企みが為されている風聞があるが、真相は如何《いかん》？」

長熙は、その詰問に対して、「自分はただ、将軍家へお目見《めみえ》したい、と人に話しただけだ」と、こたえた。

藤堂修理は、いったんひきあげて行ったが、いつの間にか、要所要所に見張番をたてて、名張を包囲する臨戦態勢を布《し》いた。

名張家中では、急使をしたてて江戸表へ訴え出、宗家と一戦を交えるもやむなし、と硬論がわいた。

上野城代藤堂玄蕃からは、長煕に、至急上野城へ登城するように、と云って寄越した。長煕は、眼病を口実に、ことわった。

津からは、藤堂隼人《はやと》ら重臣はじめ、用人、奉行らも出張して来たし、藤堂兵庫らは、手勢を国境に陣取らせた。

名張からは、鎌田新兵衛《しんべえ》、山崎太郎左衛門《やまざきたろうざえもん》が使者として、上野城へおもむき、宗家側藤堂玄蕃、藤堂隼人と、はげしく応酬した。

応酬の挙句、宗家側は、主人が眼病ならばしいて登城を求めぬが、家老三名、用人三名、そして江戸聞番役を出頭させよ、と迫った。

そこで、名張家老鎌田将監・小沢宇右衛門《おざわうえもん》・鹿道左近衛門《ししどうさこんえもん》、用人小沢藤右衛門《おざわとうえもん》、給人山崎太郎左衛門、奉行横田太右衛門《よこたたえもん》、江戸聞番役七条喜兵衛《しちじようきへえ》の七名が、主君長煕に別れを告げて、上野城に向った。生きて還らぬ覚悟であった。

七名は、宗家重臣連から、厳重な取調べを受けた。

しかし、一同かたく口を緘《と》じて、主家に不利になるようなことは、一切しゃべらなかった。

やがて、家老小沢、用人横田、聞番役七条が、進み出て、

「このたびの儀、責任はことごとく、われら三名にあり、主家のあずかり知らぬところでござる」

と、云いきり、三名とも切腹して相果てた。

長熙は隠居して、家督を、嫡子長美にゆずり、騒動は、けりがついた。

この騒動があってから、名張藤堂家に対する宗家の警戒は、きわめてきびしいものになった。家臣が旅をするのにも、宗家藩庁の許可を必要として、名張家中から他家へ使者をたてる時はもとより、他家からの客を受ける時も、いちいち上野城へ届け出なければならなくなった。経済上でも、宗家は、圧迫したし、諸儀式の使者に対する慣例なども、以前の鄭重さとは、うってかわり、冷遇をきわめたものになった。

宗家では、名張藤堂家の領主を、本藩家臣や領民が、「殿様」と呼ぶことさえ、きつい達しをもって、止めさせたくらいである。

津藤堂家のこうした苛酷なやりかたに対して、名張藤堂家が、

——いつかは、目にものみせてくれる！

と、怨念を燃やしつづけて来たことは、想像に難くない。

怨念をこめて、父子相継いでひそかに鍛練修業して来た忍者たちが、いかに役に立つ

か——それに、下条主膳は、目をつけたのである。

「実は、ほかでもない、ご当家がやしなって居られる一騎当千の無足忍之衆を、この下条主膳に、貸して頂きたい」

公儀お目付は、はじめて本音を吐いた。

「どうなさいますので？」

「眠狂四郎という仮名を持つ浪人者が、今明日中に、当地を通るはずでござる。そやつを、生捕り申す」

四

眠狂四郎が志摩からひきかえし、古市に現われ、そこからまた姿を消し、二日後、六軒茶屋から左折して伊賀国に入った模様である、という急報を、四日市で受けた下条主膳は、急遽《きゆうきよ》、亀山から鈴鹿を越えて、伊賀国に入り、上野を通って、名張に至ったのであった。

上野・名張には、すでに、かなり前から、配下を二名ずつ、待ち伏せさせていた。

狂四郎は、まだ、どちらの町にも、入って来た気配がなかった。

「青山峠あたりに、身をひそめているに相違ない」

主膳は、そう見当をつけたのである。

狂四郎が、志摩国へ入ったのは、尾行者どもを、わざとひきまわすだけのためではなく、行先があったに相違ない。その行先を、配下がつきとめられず、狂四郎の姿を見失ったことは、主膳を激怒させたものであった。

狂四郎は、その行先で、何を為し、何を得たか、ひきかえして来たのである。

こんどこそ、主膳は、いかなる手段にうったえても、狂四郎を捕縛して、泥を吐かせる決意をしていた。そのためには、秀れた手練者をそろえなければならなかった。

名張藤堂家の無足忍之衆こそ、狂四郎の敵として立ちむかわせるにふさわしい面々であった。

下条主膳の推測は、あたっていた。

眠狂四郎は、青山峠の山中にいた。

峠の頂上の地蔵堂前で、捨てかまりの弥之助が、屋根から栃の葉を降らせてくれたおかげで、志村源八郎の片手を両断した狂四郎は、弥之助の遺骸を屋根からおろし、堂内に安置しておいて、立ち去ろうとした。

その行手を、木樵《きこり》ていの男が、さえぎって、声をかけて来たのである。

「相変らず、見事な業前でござるの、眠狂四郎氏《うじ》は――」

初老の男は、微笑し乍ら、云いかけて来た。志村源八郎との決闘を、木立の蔭から、目撃していたのである。

「お主も、敵か？」

「四年前まではな」

「こちらに、おぼえはないが……」

男は、微笑をつづけ乍ら、黙って右手をさし出した。その小指の爪が、漆黒であった。

「黒指《くろゆび》党の生き残りか」

公儀隠密集団に、黒指党という、白河楽翁《しらかわらくおう》（松平定信）によって、旗本八万騎の子弟からえらばれて二十余年の異常な修練を積んだ徒党がいた。

その黒指党は、徳川家の嫡流を誇る風魔一族と、双方合わせて八十余名が、激突し、血みどろの修羅場をくりひろげて、敵味方とも一人残らず、全滅したのであった。四年前の出来事であった。

ところが、黒指党員が、一人だけ、生き残って、この伊賀山中に、かくれ棲んでいたのである。

死地志願

一

伊賀をはさんで、大和と伊勢をむすぶ代表的な街道を、初瀬《はせ》街道という。

大和初瀬から、宇陀《うだ》川沿いに屹立した奇怪な岩石ばかりの山岳の裏手唐懸《からかけ》坂を通って、鹿高《しかたか》へ出、そこから丈六《じょうろく》、長屋という小さな聚落を経て、名張に入り、小波田《おばた》を過ぎ、七見峠を越えて、羽根という村へ抜け、伊賀と伊勢をへだてる青山峠を越える街道であった。

伊勢詣での人や、商人の往来がしきりの街道であった。

名張の盆地を、西方に遠望する七見峠の上に、一軒だけ、腰掛茶屋があった。

上りの旅人も下りの旅人も、名張の町で、憩うことにしているので、七見峠では、さっさと膝栗毛をいそがせることになる。

あきないにならぬ茶屋のようであったが、店で立ち働く、赤襷《あかだすき》に赤前掛の十六七の小娘は、くったくなく、唄っている。

年は十七、お酌に出たら、
ひとつ、肴《さかな》を好まれて、
歌をうたうに、種がなし、
一の谷こえ、二の谷こえて、
三の谷目のその奥へ、
千なりなすびを植えおいて、
空飛ぶ鳥の雁《かり》や鶴、
磯べを伝う鯉《こい》や鮒《ふな》、
それを肴に、召上がれ

その鄙歌《ひなうた》を、茶屋のうしろに建っている草庵《そうあん》で、眠狂四郎は、きいていた。

志波十兵衛《しばじゆうべえ》という、公儀隠密集団黒指党の生き残りが、余生を送るためにひらいている茶屋なのであった。

狂四郎は、案内されるままに、この草庵で、一泊していた。

志波十兵衛は、昨日の宵、出て行ったきり、いまだ、戻って来ていなかった。

昨日の昼、草庵で対坐してから、狂四郎と十兵衛のあいだには、次のような会話が、交わされていた。

「眠氏は、いまもまた、降りかかる火の粉をはらい乍ら、旅をされて居られるか?」

十兵衛は、訊ねた。

「まず、そんなところだ」

「十日あまり前から、この茶屋にも、公儀隠密らしい御仁が、三度ばかり現われて、お手前の風姿を説明して、すでに通ったか、まだか、尋ねて居り申す。……もし、おさしつかえなければ、事情をお打ち明け下され。それがし、なにかのお役に立てようかと存ずる」

「お主は、生き残ったのをさいわいに、しずかな余生を送っている身ではないのか」

黒指党というのは、傾いた幕政の支柱たるべく、白河楽翁によって、旗本八万騎の内より特にえりすぐられて、ひそかに組織された集団であった。

元服とともに、組み入れられ、まず、甲賀・伊賀の里で、十年の修業を重ねた挙句、日本全土をひと巡りした後、正式に党員に加えられた、意志と体力と武芸がほぼ完全に充実している人によって、組織されていた。

しかも、この秘密組織を知る者は、公儀中にも、ごくわずかであった。いや、党員自身も、どれだけの頭数をもって組織されているのか、知らなかった。ひとつの目的を遂行するために集められる場合、常にきわめて限られた頭数であり、互いにその姓名さえも知らず、十指のうち、同じ指の爪を黒く染めているのをみとめて、同じ任務を命じられた、とさとるばかりであった。

かれら黒指党が、公儀に尽したかげの働きは、しかし、記録に残されてはいない。おそらく人間ばなれした心身の力の極限までの働きをしたのち、その殆《ほとん》どが、死に絶えたに相違ない。

徳川家正統を主張する風魔一族と闘った黒指党四十余名が、ことごとく地面に屍となって横たわった一例をみても、あきらかである。

志波十兵衛は、もしかすれば、何百名かの黒指党員のうち、生き残った唯一人かも知れなかった。

「左様——、生き残ったのは、奇蹟と申せるこの貴重な生命をいたわって、平穏無事にすごす気持は、つい十日前まで、つづいて居り申した。……ところが、公儀隠密衆が、お手前をさがしもとめている、と知った時から、それがしの体内の奥底にねむっていた黒指党員の闘志が、にわかに、目ざめたのでござる」

「…………」

「元服の年から、生きることは闘うことだと教えられ、日常坐臥の一瞬裡にも、それを忘れず、修業にはげみ、そして、闘って参った二十五年の歳月は、それがしを、いかに飼い馴らそうとしても、所詮、家畜にはなれぬ狼《おおかみ》にして居り申す」

「…………」

「四年前の正月元日、風魔一族の志村原館に、一党四十六名をもって斬り込んだ際、それがしは、重傷を負うて倒れ、そのまま事切れるべき身が、どうした次第か、息をふきかえして、生き残り申した。……それがしは、意識をとりもどして、刀を杖にして門前へ出た時、敵の軍師風魔右門が——これも、それがし同様、重傷を負うて、血まみれ姿になって居り申したが——、館の下僕どもに命じて、駕籠に乗ろうとしているのを、見出したのでござる」

十兵衛は、そのあとを尾けた。

元日の朝であったので、往還に人影はなく、よろめき進む十兵衛は、見とがめられず、また、駕籠をかついでいる四人の下僕が、いずれも七十越えた老爺どもであったので、歩みがのろく、見失わずに、行先をつきとめることができた。

二

「風魔右門が、訪れたさきは、お手前の住宅でござった」

十兵衛に云われて、狂四郎は、その日の光景を、脳裡によみがえらせた。

白衣白袴《びゃくいびゃっこ》を、蘇芳《すおう》色に染め、全身いたるところを斬られて、すでに体力の竭《つ》きた身を、風魔一族最後の一人にふさわしい死処を得ようとする意志のみで、そこまではこんで来た風魔右門と、狂四郎は、対決したのであった。

狂四郎が、瀕死《ひんし》の敵に対して、円月殺法を用いたのは、その時が、はじめてであった。

そして、狂四郎は、思いがけなくも、おのが編んだ殺法が、慈悲の剣になるのを、知ったのであった。

年始の明るい陽光の中の空間を、ゆっくりと円を描いた無想正宗は、しずかに、対手を死出の旅へ送ってやる剣となったのである。

はじめは、かっと瞠かれ、凄まじい眼光をはなっていた右門の双眸も、まわる切先を追いつづけるうちに、徐々に、細められた。五体から、みなぎっていた鬼気は去り、顔面は、いっそなごやかな催眠の色を刷いた。

白刃が、完全に円を描きおわった時、右門は、目蓋をふさぎ、朽木が倒れるように、霜が溶けはじめた土の上へ、横たわったのであった。

「それがしは、その光景を、物蔭から、目撃していたのでござる。……お手前の姿が、それがしには、慈悲忍辱《にんにく》を修めた高僧よりも、はるかに、貴いものに仰がれたのを、忘れ申さぬ」

十兵衛は、そう語って、「お手前のお役に立って、ひと働きしてみとうござるゆえ、事情をお打ち明け下され」と、頭を下げたのである。

狂四郎は、その瞬間、

――この人物と出逢ったのは、幸運といえるのかも知れぬ。

そう感じたのであった。

志波十兵衛のたすけがなければ、伊賀国を通り抜けられぬ、という予感が、狂四郎に、口をひらかせて、このたびの騒動のいきさつを、語らせた。

ききおわった時、十兵衛は、

「因縁でござる。……下条主膳は、黒指党幹部の一人でござった。いつの間に、お目付に出世いたしたものか」

と、云った。

「そうか。黒指党幹部であったのか。それで、判った。配下に、わたしを襲わせる方法が、ただのお目付らしくない巧妙さであった」

「対手が下条主膳ならば、お手前が、この初瀬街道を往くのを、看通したに相違ござらぬ。……今日は、ここにとどまられて、お待ち頂きたい。それがしが、名張までおもむいて、様子を調べて参り申す」

十兵衛は、採りためた漆を、問屋へ持参するとみせかけて、昨夕、店を出て行ったのである。

狂四郎は、その戻りを、待っている。

「お客様――」

店から、草庵へ入って来た小娘が、声をかけて来た。

「もうすぐ、お午《ひる》になります。竹の子飯でもおたきしましょうか、それとも、鱒《ます》でも焼きましょうか？」

「茶漬けでよい」

「山家の古漬け大根など、お口に合いますまいに……」

さわと呼ばれている小娘は、大人びた口をきいた。

ただのやとわれ茶汲みではないようであった。

「わたしには、それが、馳走になる」

「そうでございますか。では、すぐに——」

ひらと身をひるがえして、店へ出て行くのを、見やって、狂四郎は、身ごなしの軽さに、忍びの術の心得があると、看た。

十兵衛が、安心して留守をまかせていられるのは、ただの娘ではないからに相違なかった。

狂四郎は、膳部をはこんで来たさわに、

「いましがた、跫音をしのばせるようにして、通って行った一行があったが——？」

と、訊ねた。

「はい、お館の無足忍之衆が五人あまり、東へ行かれました」

さわは、茶碗へご飯をよそい乍ら、こたえた。

「そなたも、もしかすれば、無足忍之衆の家に生れたのではないのか？」

「おわかりですか、お客様」

さわは、にこりとした。

「うむ。なんとなくな」

「わたしは、この伊賀の上忍の一人——百地家のむすめでございます」

「すると、百地三太夫の末裔というわけか」

「そうでございますよ。それじゃけに、女子《おなご》といえども、容赦せず、物心ついた頃から、忍びの術を習わせられました。きついことでございました」

云ったとたん、さわは、坐《すわ》ったなりで、片手をとんと畳に突き立てた。すると、重量のない物体のように、ふわりと宙に飛びあがり、一回転して、裏庭へひょいと降り立った。

「なにをして居る！」

いつの間にか、十兵衛が戻って来ていて、木立の中から姿を現わした。

三

十兵衛は、狂四郎の前に坐ると、

「容易ならぬことに相成り申した」

と、云った。

「下条主膳が、名張に来ているのか？」

「お手前が、津の六軒茶屋から、初瀬街道に入った、という急報を受けたお目付は、四日市から、馬をとばして、名張に到着いたした。昨日のことでござる」

「邀撃《ようげき》されることには、なれている」

「いや、名張に於ける邀撃は、お手前を確実に死に追い込み申す。……お目付は、名張藤堂家の家老たちを、おどして、無足忍之衆百名を借り申した。……今朝がた、まず、忍之衆五人ずつが、初瀬街道はじめ、上野街道、薦生《こもお》街道、笠間《かさま》街道、その他の間道、杣道に、ちらばり申した。網は張られたのでござる。お手前が、百歩も歩けば、すぐに、発見され申す」

「やむを得ぬ。これまで、かぞえきれぬほど、死地をくぐり抜けて来ているし、これからも、そうする宿運を背負うている男なのだ。……あぶないところにのぼらねば、熟柿《じゆくし》は食えまい」

「眠氏、われら黒指党に、術をさずけてくれたのは伊賀・甲賀の無足忍之衆でござる。かれらが、どれほどの凄まじい忍びの業をそなえているか、お手前といえども、ご存じござるまい」

「…………」

狂四郎は、たったいま、さわが、坐ったままで、片手突きで、宙返りして、庭へ跳び降りるのを、見物させられている。十六七の小娘でさえ、あれだけの技を、かるがるとやってのけてみせるのである。

名張の無足忍之衆が、いかに、おそるべき強敵であるか、戦慄するに足りる。

十人や二十人ではないのである。百人が、おのれ一人めがけて襲いかかって来るのである。

「眠氏、事情をうかがえば、お手前は、奈良に入って、太閤遺産を、手に入れるまでは、死んではならぬ身でござろう。……好んで、死地に入る無謀は、お避け下され」

「お主の力をかりれば、この伊賀を脱出できる、というのか？」

「手段は、ひとつだけござる」

「うかがおうか」

「それがしは、さいわい、お手前と、からだつきが、似て居り申す。替玉となることができると存ずる。遠目ならば、お手前とみせかける貌に、作る術も心得て居り申す」

「ことわる」

狂四郎は、言下に拒絶した。

「替玉になるとは、その生命をすてることだ。わたしは、これまで、他人をおのれの替玉として死なせるような卑怯な振舞いをしたことがない」

「眠氏、これには、条件がござる」

「……？」

「さわをつれて行って頂きたい。しかるべき若者を見つけて、嫁がせて頂ければ、と存ずる。……それがしは、いま、さわが幸せになることだけを、願って居り申す。何故ならば、さわは、それがしの娘だからでござる」

「……」

「それがしは、二十五年前、この伊賀国に入って、黒指党員たるために、修業を積み申したが……、ふとしたはずみから、百地家の娘と相通じ、孕ませ申した。しかし、娘が身二つになるのを、見とどけ得ず、名張を去ったのでござる」

「……」

「それがしが、この七見峠に、掛茶屋をひらいたのは、しずかに余生を送るためでござったが、ひとつには、わが子とくらすためでもござった。……生き残って、十七年ぶりに、おとずれてみると、さわは、母と生き写しで、すくすくと育って居り申した。……それがしは、百地家に乞うて、さわをもらい受け、この掛茶屋をひらいたのでござる。……それがしは、父と名のらず、さわもまた、それがしを、実父とは知り申さぬ」

「……」

「眠氏、何卒、さわをお引き受け下さるまいか。公儀隠密のなれの果てが、父親として、お手前に、お願いつかまつる。……左様、黒指党の生き残りとしては、せめて、最後は、それらしい死にざまをいたしたい、という気持も強いのでござる」

四

それは、木樵も猟師も知らぬ、けものみちであった。

狂四郎の前に立って、灌木《かんぼく》を押しわけて進むさわだけが、知っていた。

けものみちは、辿れば必ず、渓流に至る。しかし、その渓流に沿うて、街道乃至《ないし》間道がつくられているので、流れの音がきこえるあたりで、密林をくぐらなければ、危険であった。

その歩行は、難渋をきわめた。

狂四郎は、さわの身軽さと方角を見失わぬカンのたしかさに、舌をまいた。

進めば、確実に、次のけものみちに出ることができた。

陽が、沈みかかった頃あい、さわは、

「ちょっと待って下され」

と、ことわって、檜の幹を、するすると、のぼって行った。

すぐに降りて来ると、

「もう安心じゃ。赤目滝《あかめ》が、すぐそこゆえ、見張りの目から、はずれました」

と、告げた。

「赤目滝というのは？」

「役小角《えんのおづぬ》がひらかれたという、修験道の霊場です。大きな滝や小さな滝が、たくさん落ちていて、それはもう、眺めの美しい谷でございます。わたしは、子供の頃、流れにとび込んで、大きな山椒魚《さんしょううお》を、幾尾も、つかまえました。……赤目滝は、霊場ですから、忍之衆は、近づきませぬ。ご安心なされませ」

さらに一里あまり進んで、山中が昏れなずむと、狂四郎とさわは、巨巌の蔭で、休憩した。

――いま頃は、もはや、十兵衛は、死骸となっているかも知れぬ。

この想像は、狂四郎に、名状し難い苦痛を与えた。

「小父様――」

さわが、呼んだ。

「小父様は、十兵衛殿から、わたしの身柄をお預かりなされましたが、その時、十兵衛殿は、わたしとは父娘じゃ、と申したのでございましょう？」

「ぬすみぎきしていたのか？」

「はい」

「そなたの父親は、そなたのために、わたしの替玉になった」

「ちがいます」

「ちがう、とは――？」

「小父様は、十兵衛殿に、だまされました。……わたしは、十兵衛殿のむすめではございません」

「……？」

「ただの養女でございます。……十兵衛殿は、わたしが実の娘といえば、小父様が、納得される、と考えたのです」

「………」

「十兵衛殿は、あのような茶店のおやじとして、死ぬのが、おもしろくなかったのでございます。……忍びの達人らしゅう、はなばなしい働きをして、さいごを飾りたかったのじゃと思います」

「そうか。そうであったのか」

狂四郎は、十六歳の小娘に教えられて、おのれの暗愚を、自嘲した。

「十兵衛殿は、別れのきわに、そっと、わたしに申しました。……眠狂四郎氏に、決して惚れてはならぬぞ。あの御仁は、女子を不幸にするのだ。奈良に入ったら、すぐ別れるのじゃ、と」

「その通りだ。尤も、まだ、そなたは、恋慕の情をおぼえるには、稚《おさ》なすぎるが……」

「いいえ、小父様。わたしは、ここまで、貴方様をご案内するあいだに、なにやら、好きになって参りました。不幸になってもいいから、どこまでも、ついて行きとうなりました」

「ばかなことを云わぬがよい」

眠狂四郎が、十六歳の小娘の前で、狼狽《ろうばい》をおぼえたのは、はじめてのことであった。

救い手

一

赤目滝。

名張南方の渓谷がつくる大小四十八の瀑布の美しさは、当時はまだ、一般の庶民に、知られていなかった。

名張の儒者鎌田《かまた》梁洲《りようしゆう》が、『観瀑図誌』を著わして、その景勝を世間にひろめたのは、ずっと後年――文久年間であった。

この頃は、文人墨客の来遊は、まだみられなかった。

修験道の霊場として、地下の者も、四十八滝を、つぶさに眺めた者は、ほとんどいなかった。

名張藤堂家の当主さえも、赤目滝の入口にある延寿院《えんじゆいん》という、不動明王を本尊とする天台宗の古刹に、たまさか、詣でるだけで、奥へは、足を入れなかった。

尤も――。

修験者でさえも、一人では、とうてい入ることが叶わぬくらい、岩を越え、流れを渉《わた》るのは危険であった。

四十八の瀑布は、およそ一里の渓谷にちらばって居り、すべて姿態を異にしていた。深い甌穴《おうけつ》（滝壺《たきつぼ》）を持った瀑布をつなぐ、早瀬・急湍《きゆうたん》・淵《ふち》・瀞《とろ》も、同じ眺めのものは、ひとつもなかった。

水と岩石がつくった文字通りの絶勝であった。

前澗《ぜんかん》と後澗に分れ、名瀑は前者に多かった。

巨巌の間を流れる行者滝、山の峰に高く懸る銚子滝、柱状の巌壁《がんぺき》を鋭くあらわした霊《れい》蛇《だ》瀑。

前澗の最後は、赤目滝の中で最も豪壮な不動滝であった。高いなめらかな岩壁から、流れ落ちる水音は、ごうごうと耳をつんざき、飛散する水滴が霧のようにただよう下に、神秘《くしび》な蒼《あお》く黒い水面がひろがっていた。岩と樹木にかこまれた甌穴は、昼もなお暗かった。

不動滝から、巨巌の肩をよじのぼって、進むうちに、突如として、石の磧に至る。そこには、大小の奇怪な形状をもった石が、るいるいとちらばっている。数人乃至十数人が坐すことのできる平面を持った石もあった。

石の磧の緩流部を過ぎると、やがて大段階をなす地形に接する。

古木が枝を交叉させた下を、枝状となって落ちる千手滝、磨きあげたようななめらかな巌肌に、布を懸けたような布曳滝《ぬのびき》。

布曳滝の上流百歩ばかりの地点に、渓谷の岩盤に生じた自然の井戸があって、その深さを測り得ない。

ここで、前澗をおわり、後澗に入ると、早瀬、急流が目まぐるしくなり、その間に、百人以上も坐することができる巨大な岩もある。

まさに——。

仏道行法の徒が、瀑布に打たれ、岩上に結跏趺坐《けっかふざ》するに、うってつけの渓谷であった。

役小角が開いた、という伝説のもとに、ここに建てられた赤目寺（延寿院の前身）は、鎌倉・室町時代に至って、大いに栄え、山岳宗教とむすびつき、修験道の道場となった。

また、伊賀一国の納経所にもなって、牛王宝印《ごおう》を発行して、塔頭《たっちゅう》に八坊を有《も》った。

天正九年、織田信長によって、赤目寺は、あとかたもなく焼きはらわれて、辛うじて八坊の一である円寿坊だけが焼けのこって、延寿院となったが、修験道の霊場としての伝統は、存続した。

津藤堂家では、赤目滝を含む付近一帯の広大な山地を、延寿院に寄進したし、名張藤堂家もまた、家中及び地下の者たちが入るのを禁じて、行者の自由な修練苦行にまかせた。

眠狂四郎とさわという小娘は、その霊地に、ひそかに、踏み入ったのであった。

二

赤目滝後澗の最も奥の瀑布は、荷担滝という。

赤目渓谷の本流と、南方から流れる山湫谷川の合流点にあたり、自然の堰堤《えんてい》がつくられて、深潭《しんたん》をなし、水は、堰堤となる巌の肩を左右に分れて、落ちていた。

「小父様、ここから、赤目滝でございます。行者に見つからぬように参りましょう」

さわは、そう告げておき乍らも、裾をたくしあげて、二流の瀑布が落ち込む滝壺へ、じゃぶじゃぶと入って行き、

「ああ、いい気持！」

と、にっこりした。

狂四郎は、巌の上から、その姿を眺め下ろし乍ら、

――修験道の霊場を、素浪人と娘が通るのを、かれらが、はたして、許すかどうか？

その疑いをわかせていた。

修験道は、山岳をはなれては、成り立たぬ。行者にとって、山は、唯一の修行の道場である。

世間を俗塵《ぞくじん》の葛藤場とみなして、山谷にわけ入り、あるいは、閑寂な洞窟に入って是

仏の観法を凝らし、あるいは白雲去来する峰の岩上に坐して、護摩の火焔に対し、即心即仏を観念し、さらには、山嶺《さんれい》の絶壁をよじのぼったり、轟々と落下する瀑布に打たれたりする威圧と危険の下で、法悦を知るのが、修験道である。

それゆえに、行者にとって、山岳はただ崇高とか森厳というとらえかたではなく、神秘な宗教的情操を基礎として行法をなす、けがれのない霊地でなければならなかった。

天候の激変に堪えるとともに、山中にある悪気毒気の魔障を祓除《ふつじょ》し、幽鬼妖怪のたぐいを慴伏《しょうふく》する精神が、強く働いている。

とすれば、俗世間を代表するような素浪人や娘が、入り込んで来るのを、行者が、許す道理がない。

狂四郎のこの不吉な予感は、やがて的中した。

さわが、狂四郎をみちびいたのは、大小奇態の石が磊々《らいらい》と横たわっている石の磧であった。

彼処此処の岩上に、坐している行者の白衣姿が、見受けられた。

さいわいに、かれらは、目蓋を閉じているので、跫音だけを消せば、発見されずに、岩蔭から岩蔭へ、移ることができた。

木立の中には、小さな庵《いおり》が幾棟も建てられていた。

さわは、無人の庵を見つけて、狂四郎を、さしまねいた。

「ここに、三日ばかり、ひそんでいれば、大丈夫、奈良へ行くことができます」

さわは、云《い》った。

赤目滝下流の出入口である延寿院付近、また、上流の椿谷《つばきだに》から、曽爾《そに》街道へ出るあたりには、無足忍之衆が、伏せているに相違なかった。

かりに、そこを突破できたとしても、通報は矢の早さで、名張の殿館へもたらされ、ものの二里も趨らぬうちに、追跡包囲されるのは、目にみえていた。

「この庵に、三日もひそんでいられるかな。せいぜい、一泊できれば、さいわいとせねばなるまい」

狂四郎は、そう云った。

「誰にもまだ、見つかっては居りません。わたしが、こっそり、魚を獲《と》って来て、焼いてさしあげます。……糒《ほしい》はまだ四日分ございます」

さわは、充分自信ありげだった。

狂四郎は、さわの働きにまかせて、じっとしているよりほかに、為すすべはなさそうであった。

庵内が、昏れなずんだ頃あいであった。

さわが、半刻ばかりどこかへ出かけていたが、音もたてずに、忍び戻って来た。その手には、鮎《あゆ》を通した笹《ささ》を携げていた。

ふところからは、自然薯《じねんじょ》と竹の子をとり出してみせ、

「小父様、お腹《なか》が空いておいででございましょうが、夜にならねば、煮たり焼いたりできませんから、あとしばらくがまんして下され」

と、云った。

「一日ぐらい、何も食わずにいることは、べつに苦痛ではない」

狂四郎がこたえると、さわは、急に真剣な面持になり、居ずまいを正して、

「小父様。わたしを、女にして下さりませ」

と、唐突に、意外な言葉を口にした。

「………？」

「わたしは、小父様のために、働きとうございます。いのちをすてても、小父様を、奈良へ行かせてさしあげとうございます。……そのために、死んでも、悔いのないように、貴方様から、女にして頂ければ、わたしは、どんな働きでもできます」

「…………」

「小父様。お願いでございます！」

さわは、平伏した。

「そなた、女になるということを――男女が契《ちぎ》るとは、どういう行為か、知識があるのか？」

「存じません。……ただ、殿御に抱かれて、なにやら、非常にはずかしいことをされることじゃ、ときいているだけでございます」

「その行為は、そなたは、そなたの良人《おっと》になる男から、されなければならぬ」

「いいえ！」

さわは、きっぱりとかぶりを振った。

「わたしは、貴方様によって、女にされて……、いのちをすてる働きをしとうございます。女子は、肌身をゆるした男子のために死ねる、と申します。他人の貴方様のためには、死ねませぬ！」

「わたしは、どんな女でも、平気で抱ける男だが、そなただけは、かんべんしてもらおう」

「なぜでございますか？」

「そなたを、死なせたくないからだ」

「死ぬとはかぎりませぬ。大丈夫です。ご心配なされますな。……貴方様を、ぶじに奈良まで、お行かせして、その時、このさわもちゃんと生きて居ります」

狂四郎は、ただをこねるならここで別れる、と云いきかせたかった。しかし、さわの手びきがない以上、伊賀国を通り抜けるのは、不可能事であった。また、さわも、絶対に、はなれはすまい。

狂四郎は、当惑した。

無頼の徒である。十六歳の処女を、抱くことに、倫理上のためらいはない。破瓜《はか》とは、十六歳と解する説もある。十六歳で非処女になるのを、隣邦支那では、常識とした。そういう知識も、狂四郎には、あった。

ただ——。

非処女にすれば、この娘は、おれのために必ず生命を落すことになろう、という予感が、狂四郎の心中にあったのである。

三

「小父様、お願いでございます！」

さわは、いざって、狂四郎に迫ると、膝へ手を置いた。

狂四郎は、腕を拱《こまね》いたなりで、動かぬ。

さわは、つと、その膝へ、頬を重ねた。

「……女になりとうございます、さわは——」

「…………」

「駄目でございますか？」

「…………」

狂四郎は、黙って、腕を解くと、さわを起きあがらせた。

そうした近さで、ようやく、顔が見分けられるくらいに、闇が満ちていた。

狂四郎が、なにか云いきかせようとした――その折であった。

多勢の跫音が、ひびいて、この庵に近づいた。

「あっ！」

はね起《た》とうとするさわを抑えて、

「うろたえるな。なるようにしかならぬ」

と、狂四郎は云った。

松明《たいまつ》のあかりとともに、

「庵にひそむ者どもに、物申す！」

大声が、つらぬいた。

「きけ！　当赤目渓谷は、金胎《こんたい》両部の浄刹《じょうさつ》、無作《むさ》本有の曼荼《まんだ》にして、森々たる嶺岳は金剛九会《くえ》の円壇、鬱々たる巌洞は胎蔵八葉の蓮台《れんだい》、山川草木は遮那の直体、嶺風瀑音は法身の説法。……この釈尊常在説法の霊地を、無断にて、穢《よご》れ果てたる土足でけがすとは、何ごとぞ！　出い！　仏罰が、いかにおそろしいものか、目にものみせてくれようず！」

まことに、大袈裟な文句をつらねると、一斉に、念誦《ねんじゅ》読経《どきょう》の唱和をはじめた。

なにしろ、修験道の行者は、不動明王が悪魔降伏《こうふく》の大忿怒《ふんぬ》の相をもって理想としている。

考えようによっては、敵にまわせば、無足忍之衆よりも、おそろしい集団であった。

狂四郎は、立って、松明のあかりの中に姿をさらした。

「道に迷った者とお思い頂こう」

「黙らっしゃい！　当霊地は、いかなる街道、間道よりも、迷い込む方角に位置して居らぬ。……おそらくは、罪を犯し、追手に追われて、故意に、かくれ場所として、えらんだに相違ない。されば、猛獣、毒蛇、霊鬼と同様とみなしても、いささかもさしつかえなし。仏罰のほど、思い知らせてくれる。覚悟せい」

先達が、ぱっと錫杖をふりかぶるや、他の面々も、それにならった。

そうするあいだにも、続々と、行者たちが、集まって来た。

——数百人が、こもって居るようだな。

そうみた狂四郎は、

「どうすれば、仏罰からまぬがれるのか、お教え頂ければ、したがおう」

と、云った。

「おのが身にとって、最も大切な品を残して、即刻、立ち去れ」

先達は、命じた。

「大切な品など、身につけて居らぬが……」

「武士にとって、最も大切な品といえば、刀にきまって居ろう」

「あいにくだが、これは竹刀《しない》だ」

狂四郎は、いつわっておいて、財布をとり出すと、

「路銀として、二十両あまり所持いたして居る。これを、置いて参ろう」

と、申し入れた。

「よし！」

先達は、意外にあっさりと許した。

狂四郎は、庵内をふりかえって、

「さわ、参ろう」

と、うながした。

とたん、

「小娘は、行かせること罷りならぬ！」

一喝が、とんだ。

「何故だ？　修験道の修行に、女人は必要あるまい」

「その小娘は、霊地の魚を盗んだ！　火あぶりの刑をもって、罪をあがなわしめるであろう」

「魚一尾獲っただけで、火あぶりにするのか。……山伏の掟《おきて》は、公儀の法度よりも、きびしいとみえる。……あいにくだが、この娘を、残してゆくよりは、御辺らを幾人か斬って、おのれもこの場で相果てる方を、えらばせて頂こう」

「なにっ!? 竹刀だなどといつわり居って、貴様は、やはり只の浪人者ではなかったな」

先達は、行者たちを見まわすと、

「ご一同、この曲者を退治いたすことも、十界修行のひとつと、思われよ」

と、云った。

わあっ、と雷同の喚声が、あげられた。

――やむを得ぬ！　斬れるだけ斬って、血路をひらいてくれる！

狂四郎は、ほぞをかためた。

「さわ、習った忍びの術が、役立つ時だ。わたしよりひと足さきに、逃げろ」

ささやいておいて、包囲陣のどこを突破しようか、と冷たい眼眸をめぐらした。

「小父様、わたしにはかまわず、立ち去って下され！」

さわが、云った。

「そなたの案内がなくては、大和へ入ることは、叶わぬ」

「いいえ！　こんなところで、犬死されてはなりませぬ。お一人で、お行きなされ！」

狂四郎を必死で押しやろうとしたさわが、一瞬、悲鳴をほとばしらせて、その場へ、崩れ落ちた。

「さわ！」

抱き起した狂四郎は、その頸根へ、ふかぶかと手裏剣が、突き刺さっているのを、みとめた。

手裏剣は、忍者の使うものであった。

狂四郎は、頭をあげた。

庵の屋根に、黒影がうずくまっていた。

狂四郎が仰ぐのと同時に、身を躍らせて、地上へ降りたった。

「行者衆――、霊場の魚を盗んだふとどき者は、成敗いたした。……この浪人の身柄を、身共にお渡し下され」

「何者だ？」

「名張藤堂家の無足忍之衆でござる」

狂四郎は、無限につづくかと思われる竹薮《たけやぶ》の中を、無足忍之衆の先導で、一夜を歩き通した。

百地三郎兵衛と名のったその無足人は、

「参られい」

と、うながして、先に立って歩き出し、それきり、一言も口をきこうとしなかった。

狂四郎は、囚人になった気分で、百地三郎兵衛のあとにしたがったのであった。

夜がしらじらと明けそめた時、二人は、とある谿間《たにま》に降り立っていた。

崎嶇《きく》という形容そのままの巌石の絶壁が、左右に屹立していた。

百地三郎兵衛は、足を停めて、狂四郎をふりかえると、

「この渓流に沿うて杣道を辿れば、女人高野《こうや》――室生寺に、到着いたす」

と、告げ、

「身共が、室生寺まで案内つかまつる」

と、頭を下げた。

「うかがいたいが、わたしを追っている無足忍之衆が、どうして、遁《のが》してくれるのか？」

「身共は、志波十兵衛と二十年来の友にて、十兵衛から、お手前様の身の安全を、たのまれ申した」

「それだけの理由で、下条主膳を裏切るのか？」

「いや、名張無足人として、公儀お目付の虎の威を借りる狐《きつね》のあまりに傲慢な態度に、肚を据えかねたのでござる。申さば、伊賀の忍びの心意気でござる」

本家津藤堂家から、ありとあらゆる威圧を蒙っている名張藤堂家の家中が、強権に対する反抗心を根深くひそめていることを、下条主膳が、意識に加えなかったのは、公儀お目付として大いなる不覚といえた。

それにしても、さわを殺したこの無足忍之衆が、百地を名のっているのが、狂四郎には、気になった。

「お手前は、もしや、あのさわという娘と縁者ではあるまいか？」

「身共は、さわの父親でござる」

「父親！」

狂四郎は、息をのんだ。

「志波十兵衛は、おん身を遁すために、生命をすて申した。十兵衛にたのまれた身共が、娘一人を犠牲にするぐらい、なんでもござらぬ。……この香落渓《こおちだに》は、身共が警備地でござれば、貴殿を襲撃する者は他に居り申さぬ。ご安心下され。案内いたす」

百地三郎兵衛は、再び、先に立って、歩き出した。

淡々として、一切の感情をおもてにみじんもあらわさぬ、忍者らしい忍者であった。

狂四郎の記憶に、永くとどまる人物の一人であった。

忍者割腹

一

眠狂四郎が百地三郎兵衛に先導されて辿った香落渓は、左右に岩石を削り落したような山岳が屹立している深く長い紆《う》余《よ》曲折の谿谷であった。

紅紫が、碧流《へきりゅう》に映り、その水が嚙んでいる巌《いわ》に、猿が憩うている流域に、道はなかった。

この奇勝が、行遊の地になったのは、百年も後のことになる。

百地三郎兵衛は、岩から岩へ跳び、樹枝や蔦などにつかまって、進んだが、その身軽さに、狂四郎は、おくれ勝ちになった。

奇勝を過ぎて、河内川の左右に、小さな野がひらけた時、三郎兵衛は、ちょっと、思慮の時間を持ったが、狂四郎をふりかえり、

「この曽爾の村を、通るのは、いささか、危険でござるが、貴殿は、べつに忍びの術を修得されて居らぬゆえ、あの兜岳《かぶとだけ》の裏手の密林を抜けるのは、難渋でござろう」

と、云った。

右方に、兜岳という名称にふさわしいかたちの山が、野から突兀《とつこつ》として、そびえていた。

名張忍之衆が、その曽爾谷の村落に、配備されているおそれは、充分にあった。

衝突を避けるためには、兜岳の裏をまわるべきであった。

「お手前が、裏切者として糺弾《きゆうだん》される厄に遭うのでなければ、わたしの方は、一向にさしつかえない」

狂四郎は、云った。

「身共は、かまわぬのでござる」

二人は、曽爾谷の聚落を、通り抜けることにした。

さいわいに、待ち伏せはなかった。

尾根道に入ると、三郎兵衛は、

「ここからは、もう、心配ご無用でござる。一刻も歩けば、室生寺に到着いたす」

と、告げた。

緊張を解いたその様子をみた狂四郎は、

「伊賀の無足人というのは、奉公の心がまえがちがって居るように、お見受けするが……？」

と訊ねた。

「左様でござる。伊賀無足人は、他国の郷士とは、いささかおもむきを異にして居り申す」

三郎兵衛は、こたえた。

郷士というのは、城下に住む一般武士に対して、郷村に居住する武士を、総称している。

藤堂藩に於ては、この郷士を、無足人と呼んでいた。

無足人という呼称は、鎌倉・室町時代に、すでにあった。所領や禄高のない武士の意味であった。

藤堂家では、この無足人に、特殊な内容を持たせ、ひとつの制度とした。

『実国史』の「職品」で、無足人を、次のように、規定している。

「農兵なり。俗に謂う無俸禄にて、公用に供するを無足となす。村里有名の家。報官、一副の甲冑《かっちゅう》、一根の長槍《ちょうそう》を自製す。すなわち、帯刀両口刀を許可する別衆戸。これを呼んで無足人という」

伊賀の無足人は、藤堂家が支配する以前には、国衆（土豪）であった。

天正九年に、織田信長が、攻め込むまでは、伊賀国は、兵火の外に平和を保っていた。

戦乱の風雲に乗ずる守護大名がいなかったからである。

伊賀国は、東大寺と伊勢神宮の所領であった。その荘園支配が崩れるとともに、群小土豪が割拠することになった。すなわち、国衆であった。

この国衆が、競うて修練したのが、忍びの術であった。土豪同士が、互いの小さな土地を奪い合うために、必死の手段として、忍びの術を発達させたのである。

やがて、天正九年に、織田勢の侵略を受けて、群小の土豪は結束して、これを邀撃し、国衆の主だった者たちの大半は、討死し、生き残った者も追放され、あるいは、亡命したのであった。そして、その配下の武士は、帰農した。

藤堂家は、こうした郷士を、無足人としたのである。

したがって――。

伊賀の無足人は、藤堂家の家来であって、家来ではなかった。かたちは、家来であったが、俸禄をもらったわけではなく、先祖から受け継いだ土豪の精神を消さず、あくまでも、一匹狼《おおかみ》の誇りを持ちつづけていたのである。

藤堂家の方も、「村里有名の家」の土豪・国衆の生き残りが、新領主に対してあきらかな反抗態度を示したので、これを懐柔するために、無足人制度をつくったのである。

藤堂高虎が新領主として、入国した時、伊賀の帰農武士は、田畑の目録帳・水帳その他の記録類の提出を、頑として拒否し、抵抗したものであった。また、大坂夏の陣に出兵不在中に、波野田の一党が、藤堂家城代があずかる上野城を焼き打ちしようと企てたこともあった。

藤堂高虎は、この〝伊賀頑民〟を、弾圧するかわりに、かれらの誇りを生かして、無足人制度をつくり、巧みに支配機構の有力な支柱に組み入れたのであった。

二

「……つまり、身共らは、天正のむかしと同様に、忍びの者として、藤堂家からなんの束縛も受けずに、自由にくらして居り申す。たしかに、無足忍之衆は、藤堂家の母衣組衆や鉄砲頭衆や留守居衆と同格の守備隊でござるが、その性根は、忠義一途の家臣ではござらぬ。われらは、藤堂家入国以前からの国衆である、という矜持《きようじ》を持って居り申す。……鎌田将監・小野三左衛門二人のご家老は、公儀お目付殿からおどかされて、ひたすらお家大事、とおそれおののいて、無足忍之衆百名を、貸したのでござろうが、われらは、べつに、公儀お目付など、いささかも、おそれてなど、居り申さぬ」

忠義よりも、むしろ義俠《ぎきよう》を重んじて、敢えて、実の娘を殺してまでも、捕えよと命じられた浪人者を、逆に、落ちのびさせようとしている——そのことに、誇らかさをおぼえている、と百地三太夫の末裔は、微笑してみせた。

「お手前は、そうであろうが、無足人全員が、お手前と同じ誇りを持っているとは限らぬ、と思えるが……」

「疑いぶかい御仁でござるのう。名張の無足人には、同衆をさしおいて、藤堂家に忠勤をはげむような小利巧者は、一人も居り申さぬ」

三郎兵衛は、自信を持って、明言した。

しかし、三郎兵衛の確信は、一刻後に、崩れ落ちなければならなかった。

室生川に沿うて下り、やがて、女人高野として名高い室生寺に入る朱塗りの反橋を、右手に眺めて通り過ぎようとした時であった。

「三郎兵衛！」

鋭い呼び声が、反橋のむこう袂から、かかった。

無足忍之衆、と一瞥で判る武士が五名、横列にならんで橋上へ進んで来た。

いずれの顔面にも、冷たい表情が敵意を含んでいた。

「三郎兵衛、お主がともなって居るのは、眠狂四郎氏であろう？」

「いかにも、その通りじゃ」

「遁《にが》すために、ここまで、ともなったか？」

「お主ら、わしの行動をはばむのか」

「三郎兵衛――」

年配の一人が、一歩出た。

「お主が、その浪人者を遁そうとするのであったならば、見とがめられる場所を、避けるべきであった」

「なに？」

「お主らは、曽爾谷を通った。——曽爾谷にいたご家老鎌田将監殿の小者が、偶然、お主らの姿を見かけて、一目散に、名張まで、注進に及んだのだ。お目付下条主膳殿は、無足忍之衆の一人が裏切った、と知って激怒された。……眠狂四郎を生捕ってもどらねば、名張藤堂家に、どのような災厄がふりかかるかも知れぬ、と覚悟せよ、とな」

そこで、えらばれた五名が、名張から、この室生寺へ、先まわりして、待ち受けていたのである。

名張から、名張川沿いに奔って、大野口より、室生川をさかのぼって、室生寺に至る道程は、香落渓を通って、曽爾谷を過ぎ、室生川を下る道程の三分の一であった。ついやす時間は、後者が道なき渓谷を辿るために、五分の一の短さであった。

曽爾谷から注進に及んだ小者は、もちろん歩行困難の香落渓を通らず、椿井峠越えして、青蓮《しょうれん》寺へ出る街道を疾駆したに相違あるまいが、その注進に及ぶ時間を加えても、忍之衆五名が、室生寺に到着した時刻は、三郎兵衛と狂四郎が、そこに至るのより半刻も前であった、と思われる。

——所詮、闘いは、回避できなかったようだ。

狂四郎は、ほぞをきめた。

三郎兵衛が、不意に、その場へ、土下座した。

「たのむ！　看のがしてくれい！　たのむ！」

両手を、地べたについて、頭を下げた。

「三郎兵衛、看のがせることと、看のがせぬことがある」

「わしは二十年来の友を死なせ、実の娘を殺してまでも、この浪人衆を、遁そうとして居るのだ。たのむ！」

「三郎兵衛、このことばかりは、肯《き》き入れられぬぞ。われら五名が、空手で戻れば、無足人全員が、名張から、追放されるのだ」

「出会わなかったことにしてくれい！」

「そうは、いかぬ。三郎兵衛、引け！」

その言葉に合わせて、狂四郎が、口をひらいた。

「そうだ、百地さん、引くことだ」

狂四郎は、ゆっくりと、三郎兵衛の前へ出た。

橋上の五名に向って、

「お手前ら、この眠狂四郎を生捕って来るように、命じられているらしいが、それは、どうやら不可能事だ。……手にあまれば、殺してもよい、と命じられては居らぬのか？」

と、訊ねた。

「たとえ、四肢を刎ねて、虫の息にしても、殺してはならぬ、と命じられて居り申す」

「できぬ相談だな」

狂四郎は、薄ら笑った。

「わたしは、生きるか死ぬか、いずれかをえらぶ。すなわち、お手前ら五人を斬るか、わたしが、殺されるかだ」

「いや、必ず、生捕ってみせる！」

一人が、云いはなち、他の者たちも、その決意を、全身で示した。

「くどいようだが、お手前らは、わたしを殺すことはできても、生捕りにはできぬ」

「できるっ！　断じて、生捕るぞ！」

一番年少の、二十歳あまりの青年が、叫んだ。

「眠氏！」

最年長の、五十あまりの人物が、かわいた声音で、

「われらの働きは、藤堂家のためではなく、無足人とその家族合わせて二百七十余人が路頭に迷うか否かをきめるものでござる。……殺すよりは、看のがせ、ともとめられても、それは、肯《うなず》くわけには参らぬのだ」

と、云った。

「あいにくだが、わたしは、お手前らを斬ることの方に、分を置いている」

その言葉を、不遜ときいて、五名の無足忍之衆は、顔を見合せた。

三

次の瞬間、かれらは、狂四郎へ向って、まっすぐに、橋板を踏んで、進んで来はじめた。

と――。

どうしたわけか、ものの五歩も進まぬうちに、かれらの足が、ぴたりと停止した。

狂四郎は、はっとなって、振りかえった。

いつの間にか、三郎兵衛が、上半身はだかになって、小刀を抜きはなっていた。

阻止するいとまはなかった。

「ええいっ！」

懸声凄まじく、左脇腹へ切先を突き刺し、右へぎりぎりと切りまわす光景を、目撃し乍ら、狂四郎は、今年一月二十七日、鎌倉鶴岡八幡宮《つるがおかはちまんぐう》境内の神楽殿で、同朋沼津千阿弥が割腹自決を遂げた姿を、脳裡によみがえらせずには、いられなかった。

三郎兵衛もまた、古式に則《のっと》った十文字腹を切った。

鳩尾《みぞおち》から臍《へそ》の下まで、縦に切り下げた三郎兵衛は、衂られた小刀をひき抜くや、鞘に納めて、前へ置いた。

流石は、忍びの者だけあって、千阿弥とはちがい、体力と気力に、充分の余裕を示した。

わななきもせぬ手で、十文字に切った腹を、前を合わせてかくすと、

「たのむ！」

と、云って、両手をつかえた。

それから、徐々に俯伏した。

その終始を見とどけておいて、敵にまわった無足忍之衆の一人が、ひくく、

「三郎兵衛、無駄死ぞ！」

と、吐き出した。

かれらは、百地三郎兵衛の壮絶な死を目撃し乍らも、意志を更《か》えようとはしなかった。

三郎兵衛の義侠の行為に、感動をおぼえたことと、名張無足人全員の安泰をはかることとは、別であった。

五名の忍者は、忍び刀を、抜きはなった。

――やむを得ぬ！

狂四郎は――狂四郎もまた、この素浪人一人の生命とひきかえに、忍之衆とその家族を救えるものなら、縛につくことは、なんの苦痛でもなかったが、この場合、百地三郎

兵衛の死を無駄にはできなかった。

無想正宗は、まだ鞘走らせず、ふところの手を、抜き出しただけで、橋袂まで、ゆっくりと、進んだ。

双方ともに、殺気を抑えていた。遠目には、五つの人物と一つの人影が、しずかに近づく、ただそれだけの光景でしかなかった。

しかし、街道側と寺域側に、固唾をのんで見まもる善男善女の群れは、そのしずかな光景が、次の瞬間、どのような凄まじい修羅場に一変するか、想像しただけで、身の毛がよだつ思いであったろう。げんに、一人が、割腹して、地面を血の海にして俯伏しているのであった。

きこえるものといえば、室生川の清流の河鹿《かじか》の音だけであった。

双方の距離が、七八歩にせばまった。

その折であった。

反橋正面の本坊正門から、一人の僧侶が、足早に出て来た。片手に、閼伽桶《あかおけ》を、携げていた。

いささかもおそれる気色もなく、すたすたと、橋を渡って、無足忍之衆の背に近づいて来た。

いきなり――。

閼伽桶の水を、五人めがけて、ばっとあびせかけて、

「霊地をけがす不埒《ふらち》者ども！」

と、一喝した。

忍者たちは、水をあびた刹那、左右の欄干ぎわへ跳びかわしていたが、僧侶の叱咤に、あきらかに、闘志を殺がれた迷惑の色を示した。

僧侶は、誦経《ずきよう》できたえた張りのある声音で、

「この決闘は、室生寺住職が、あずかる」

と、云った。


狂四郎は、庫裏の一室で、室生寺住職と対坐した。

「愚衲《ぐとつ》は、御辺を見知って居る」

住職は、幾年か前、雲水となって諸国を回遊した際、出会った旨を、狂四郎に、云った。

出会った時、こちらがどのような無頼の振舞いをするのを目撃したか、そのことは口にせず、

「この世に、御辺ほど、業の深い御仁は、見たことがない」

それだけ云った。

「恐れ入る」

「ま——ともあれ、一人だけの犠牲で済んだのは、せめてものことでござる。あとのしまつは、愚衲におまかせあれ」

住職は、名張忍之衆から、決闘の理由をきき、自分が名張へおもむいて、お目付下条主膳に面談しよう、ときめたのである。

室生寺住職ともなると、公儀お目付といえども、一目を置かねばならぬ。

室生寺は、五代将軍綱吉の生母桂昌院《けいしょういん》の庇護《ひご》によって、女人高野と称されるようになり、爾来、将軍家御台所が、必ず一度は参詣するならわしができていた。

江戸城大奥の御台所とその女中たちが、渇仰し、その参詣を生涯の愉しみにしている名刹ともなると、公儀お目付も、これにさからうわけにはいかないはずであった。

住職は、下条主膳をなだめて、名張から立ち去らせる自信が、充分あったのである。

「御辺がおもむくところ、必ず修羅場が現出する模様じゃが、その業は、肩に重くはござらぬかな？」

「重くない、と申せば、嘘になりましょう」

「いかがじゃな。当山で、しばらく、樹蔭の涼風を入れられては——？」

「片づけねばならぬ用件を、ひとつ、持って居ります」

そうこたえた時、狂四郎は、ふと、思いついて、

「ごらん頂きたいものがあります」

と云って、ふところから、小さな玩具をとり出した。

住職は、それを、掌《て》に受けとって、

「この御守犬が、どういたしたかな」

と、狂四郎を、見かえした。

「やはり、これは、御守でしたか。およその見当をつけて、奈良あたりの古刹が、頒《わか》つ品と存じ、たずねて参ろうとしているのです。どこの寺が、つくっている御守か、ご存じならば、お教え頂きたい」

「これは、法華寺の御守犬でござるよ。開基光明《こうみよう》皇后が、一千座の護摩供養を行わせられて、その灰を、清浄な山土に混ぜて、お手ずからお作りなされ、諸衆の病苦災厄難産などを除く御守として、結縁の者どもに、授けられたに、はじまって居り申すな。……代々の門主が、この相伝を継ぎ、尼僧たちが、余暇に、むかし乍らの方法で、作って居り申すよ。……愚衲も、法華寺から頒《わ》けてもらって、大奥の女中衆へ、贈ったことがござる。これを作るのは、丹念に、長い日時を費やし、いわば、門主はじめ尼僧たちの精進念仏の結晶と申すべきもので、出来上ったのを本尊に供えて、祈願の上、一般の人に、授けられるのでござる。……この御守犬に、なにか、因縁でもまつわって居る、といわれるか？」

「もしかすれば、これが、百万両のねうちのものかも知れぬのです」

「ほほう、それは、興味のあることじゃな」

しかし、住職は、微笑して、そう云っただけで、座を立った。

「では、これから名張へ、出かけることにいたそう」

おもてには、五名の名張忍之衆を、待たせていたのである。

南都の一隅で

一

次の日——。

眠狂四郎は、暑気が、黄昏《たそがれ》の空に遠のいた野道を、ゆっくりとひろっていた。

都跡《みあと》村の大字六条から五条へ通じている道——そのむかしの右京七条三坊と五条三坊をむすぶ道であった。

わかりやすくいえば、薬師寺から唐招提寺《とうしょうだいじ》に至る道であった。

狂四郎は、法華寺に行くのに、奈良の町を避けて、郡山《こおりやま》城下を抜けたのである。

——男子禁制の尼寺を、まともに訪れても、どうにもなるまい。

ふところ手の孤影を、はこび乍ら、念頭にあるのは、そのことであった。

室生寺住職から、きかされたところでは、法華寺は、光明皇后が創建した唯一の総国分尼寺である、という。

ただの尼寺ではなかった。

いわゆる比丘尼御所十五箇寺のひとつであった。

天皇御直宮——即《すなわ》ち皇女が門跡になるのは、

大聖寺（御寺御所）

宝鏡寺（百々《どど》御所）

曇華院（竹御所）

光照院（常盤《ときわ》御所）

この四箇寺であり、これにつづいて、宮家あるいは五摂家の姫君でなければ、門跡になれぬ七箇寺があった。

霊鑑寺（谷御殿）

円照寺（山村御所）

林丘寺（音羽御所）

中宮寺（斑鳩《いかるが》御所）

三時知恩寺（入江御所）

瑞竜寺《ずいりゆうじ》（村雲御所）

法華寺

皇族貴族の姫君が、門跡を相続して一千余年、女人修道の根本道場としての法燈連綿たる名刹ともなると、素浪人ふぜいが、押しかけてみたところで、門前払いをくらうのは、目に見えている。

もとより、無断で忍び込むのは、狂四郎にとって手馴れたことであった。

しかし——。

御守犬いっぴきを懐中にして、侵入して、さて、どこをどうさがせばよいのか。

大名屋敷ならば、まだ、勝手がわかるが、市井無頼の徒には、比丘尼御所の内部など、どんな構造になっているのか、見当もつかぬのである。

門跡に面謁を許され、

「百万両の金銀が、当寺のどこかに隠匿されて居り申すゆえ、さがさせて頂きたい」

と、たのむことができれば、これに越したことはないのである。

これが、できるのは、老中か若年寄か、それより下っても、京都所司代ぐらいまでであろう。

狂四郎は、

——忍び込む以外に、すべはあるまい。

と、ほぞをきめてはいるものの、たとえ尼僧たちに発見されずに、山内を歩きまわれたとしても、目的の物をさがしあてるのは、まず不可能であろう、と思われるのであった。

「眠殿——」

不意に、傍の松の樹蔭から、呼びかける者があった。

狂四郎は、足を停めなかった。

道へ出て来たのは、竜堂寺鉄馬であった。

武部仙十郎から遣わされた刺客であるこの男には、津の城下から、つきまとわれて来た狂四郎である。

竜堂寺鉄馬は、相変らずの六十六部姿であった。

「眠殿――、身共のカンは、まさに的中つかまつった。貴殿は、必ず南都へまわられる、と予感がいたして、お待ち申していた次第でござる」

いかにも得意気なその言葉をきいて、狂四郎は、かすかな嫌悪感を催した。

面妖しな男だ、と思いすてるだけでは、すまされぬいまであった。

参宮街道を通っているあいだは、つきまとわれ乍らも、狂四郎は、好意らしい気持をわかせていたし、狙って来る敵の中では、斬りたくない例外の男であった。

しかし、いまは、つきまとわれるのは、迷惑であった。

しきりに喋りかけて来る背後の鉄馬の饒舌《じょうぜつ》を、狂四郎は、さえぎった。

「鳥羽城下はずれで、わたしにこれ以上つきまとうと、お主の生命を、もらうことになる、と云ったはずだが――」

「眠殿、貴殿は、誤解されて居るのでござる。身共は、決して、刺客ではござらぬ。

「……身共は、これまで、貴殿の身辺護衛を、いたして参り申したが、これからも、是非そうさせて頂きたく存ずるものでござる」

二

宵闇が来た路上で、狂四郎は、ぱっと鉄馬に向きなおった。

他の刺客ならば、その殺気をあびて、反射的に跳び退《さが》ったところである。鉄馬は、その場を、動かなかった。

「斬られてもかまわぬのか、お主?」

狂四郎は、訊ねた。

「貴殿は、決して、身共を斬ることはなさらぬ、と信じて居り申す」

鉄馬は、こたえた。

「奇妙な人間だな、お主は――」

狂四郎は、口にせざるを得なかった。

「身共には、貴殿の生命を狙う気持が、みじんもないからでござろう。そういう人間を、貴殿は、決して、斬りはなさらぬ」

「………」

狂四郎は、黙って、踵をまわして、歩き出した。

唐招提寺裏手に、腰掛茶屋があるのをみとめて、狂四郎は、その灯に近づいた。

瞬間——。

闇を截って、手裏剣が飛来した。

身を沈めつつ、狂四郎の神経は、背後の鉄馬の動きに、配られていた。

鉄馬は、狂四郎とともに、手裏剣をかわしただけであった。

「お主の仲間か？」

狂四郎が問うと、鉄馬は、

「とんでもござらぬ！」

と、否定した。

「それならば……、わたしの護衛ならば、わたしに代って、片づけてもらおう」

「いや、身共は、人を殺すのは、好みませんな」

「敵にまわった者を斬る気持がなくて、どうして、わたしの護衛がつとまる？」

「危険を報せるのが、身共の役目。……斬るのは、貴殿の役目でござる」

狂四郎は、苦笑した。やはり、憎めぬ男なのである。

狂四郎は、しずかな足どりで、茶屋の前に立った。

落間《おちま》の床几に、手裏剣を投げた者は、腰かけたままでいた。

それは、志村源八郎であった。

青山峠で、三心刀の正剣を、円月殺法で破られたこの剣客は、片手を喪い乍らも、いつの間にか、ここで、待ち伏せていたのである。

「お主か――」

幽鬼とも受けとれる悽愴《せいそう》な面相を、見やり乍ら、狂四郎は、かまわず、落間に入って、隣りの床几に、就いた。

鉄馬は、入って来なかった。

「いいかげんで、執念をすてたらどうなのだ？」

狂四郎は、はこばれて来た茶碗酒を空けてから、云った。

「執念は、すでに、すてて居り申す」

「では、待ち伏せて、手裏剣を放って来たのは、どういうのだ？」

「偶然、貴殿の姿を見かけて、胸底の無念が、とっさに、そうさせたまででござる」

「偶然だ、というのか？」

「左様――」

「あいにくだが、こういう場合、わたしという男は、ひどく疑い深い」

「…………」

「おもてに立っている男が、わたしのあとを歩いて来、お主が、この茶店にいた。……どうも、偶然とは、思われぬ」

「………」

「そういえば、あの男とお主は、貌も声音も、似て居る」

「………」

「これも、偶然か？」

その言葉の終らぬうちに、源八郎の片手薙ぎが、胴を襲って来た。

狂四郎は、その凄まじい一撃を、脇差で受けとめざま、無想正宗を一閃させた。

肩から袈裟がけに、胸まで割りつけられた源八郎は、絶鳴すらもらさずに、床几から崩れ落ちた。

狂四郎は、衂られた無想正宗を、携げて、往還へ出た。

「おい、志村源八郎は、お主の兄か？」

「その通りでござる」

鉄馬は、みとめた。

「兄が手裏剣を放つのに合わせて、背後から、わたしを襲う手筈だったのだろう。なぜ、襲わなかった？」

「貴殿には、隙がなかったのでござる」

「それは、いいわけにはならぬ」

「………」

「わたしは、お主の兄を、面前で、斬った。弟として、当然、刀を抜くべきだろう。……本体を見せたのだ。刺客ならば、ここらあたりで、雌雄を決してもよかろう」

鉄馬は、しかし、なお、薄明りの中に立ちつくして、沈黙をつづけていた。

「なぜ、抜かぬ？　刀を抜かぬ者を、この眠狂四郎は斬らぬ、と小ずるく考えて居るのか？」

狂四郎は、一歩迫った。

「眠殿――」

鉄馬は、口をひらいた。

「貴殿は、兄弟をお持ちではござるまい。まして、智能《ちのう》も性情も武芸も、すべての点に秀れた兄を持って、物心ついた頃から、劣等感にさいなまされた弟の立場に置かれたおぼえはござるまい」

「…………」

「わが家は、三河譜代の御家人でござった。……兄は、衆に抜きん出た力をそなえ乍ら、立身の希望が皆無な日々を、無念やるかたなくすごして居り申した。たまたま、若年寄小笠原相模守殿に召されて、隠密の役目を申しつけられ、首尾よく任務をはたした上は、大番入りを約束しようと云われ、狂喜いたしたのでござる。貴殿を討つのも、その任務のひとつでござった。……身共は、兄が、必ず大番入りをする、と思い申した。身共は、兄を心底から憎み申した。……つまり身共が、武部仙十郎殿の依頼によって、貴殿の討手を引き受け申したのは、兄に、貴殿を討たせたくないためでござった。これは、断じて、いつわりではござらぬ！　……この心懐は、貴殿のように、自由に生きて居られる御仁には、とうていご理解頂けまい。しかし、いつわりではござらぬ」

それゆえに、兄源八郎から、手裏剣を放った刹那、背後から斬りつけよ、と命じられ乍らも、鉄馬は、敢えて、そうしなかったのである。

兄源八郎は、はじめて、弟から裏切られ、火のような憤怒を、胸中に燃えたたせたに相違なかった。

鉄馬の云う通り、俊才の兄に対する劣等の弟の憎悪など、狂四郎の理解の外にあった。

狂四郎は、無想正宗を、腰に納めると、歩き出した。

三

法華寺から数町はなれた小さな聚落に、うすぎたない旅籠が、あった。

狂四郎は、ひとまず、そこにあがることにした。

鉄馬は、

「相部屋を、お許し下さるか？」

と、たのんだ。

狂四郎は、べつに拒絶しなかった。

夕餉ののち、狂四郎は、ふとひとつの思慮を働かせて、懐中から、一箇の御守犬を、とり出した。

「これは、この南都のさる寺院で頒けているしろものだが、お主には、わかるか？」

わざと、訊ねた。

鉄馬は、掌にのせてみて、すぐ、

「あ、これは、ついそこの法華寺の尼僧が作っている御守犬でござるな」

と、云いあてた。

「お主に、この謎を解いてもらおう」

「………？」

狂四郎は、志摩の賢島にある切支丹館から、これを得たいきさつを、包まず語った。

「……はたして、聖母に抱かれていた小児の手に握られていたこの玩具が、太閤遺金の隠匿場所を教えるものか、どうか、こちらも判《わか》らぬ。……法華寺に忍び込めば、あるいは、手がかりが得られるか、と思って、ここまで来たのだが……、お主の智慧を、借りたい」

「眠殿――」

鉄馬は、じっと、狂四郎を見かえした。

「身共をどうして信用して下さるのか、それをおうかがいいたしたい」

「わたしは、伴天連であった父親を殺した男だ。お主も、わたしに、似かようた立場にある。うまが合うことにしよう」

「いまこそ、打ち明け申すが……、身共は、兄よりさきに、是が非でも、貴殿を討ちとりたい、と必死の念願をした者でござる。貴殿は、すでに、身共を刺客と看破されて居られたに相違ござらぬ。……ただ、似かようた境遇、というだけで、信用して下さるのは、どうも、合点いたしかたい」

「ことわっておく。信じるか信じないか、それは、おのれ自身に対する責任なのだ。わたしが、お主を信じてみよう、と思うのは、お主の知ったことではない。……わたしが、お主を信用したからと申して、お主がわたしを信じる必要はない。信用してもらったからというて、裏切ってはならぬ、と自身を縛る必要もない。……わたしは、ただ、お主の智慧を、借りたいまでのことだ」

狂四郎は、冷然として、云った。

「百万両の隠匿場所が判明すれば、身共が、貴殿をだし抜いて、先取りしてもかまわぬ、と申されるか？」

「結構だ。……お主とわたしの間に、友誼《ゆうぎ》はない。敵同士と考えてもらってよい」

「さてさて……」

鉄馬は、かぶりを振った。

「貴殿という御仁は、なんとも、名状しがたい心情をお持ちでござる」

「実は、意外なお人好《よ》しかも知れぬ」

狂四郎は、薄ら笑った。

鉄馬は、しばらく、御守犬を、ためつすがめつしていたが、

「ひとつ――これを、毀《こわ》してみては、如何でござろう」

と、云った。

「やってもらおう」

「では――」

鉄馬は、床の間から香炉を取って来て、御守犬を、入れると、小柄で、注意ぶかく、くだきはじめた。

狂四郎は、腕組みして、見まもっていた。

ついに、御守犬は、こなごなに砕かれた。

御守犬の中には、何もかくされてはいなかった。

鉄馬は、狂四郎へ視線をかえして、

「判り申さぬ」

と、かぶりを振った。

狂四郎は、しずかに、無想正宗を把って、立ち上った。

「お主とは、ここで、別れよう」

「……？」

「わたしは、これから、法華寺に忍び込む。但し、お主を連れにするのは、ことわる」

「しかし、身共を信用して頂くのなら、お連れ下されば、なにかの役に立つ、と存じますが……」

「こういう仕事は、いつも、わたしは、一人でやることにしている。……わたしが、失敗したならば、次に、お主に、やってもらおう」

「眠殿！　身共は、貴殿につきまとっているうちに、心から、惚れ申した」

「勝手だな、それは――。わたしも、お主に好意らしいものをおぼえたことがあるが、ただそれだけのことで……、もし太閤遺金を発見したならば、その場で、お主を、斬ることになる。それを、避けたい」

四

律宗尼寺、法華寺は、南都佐保《さほ》村にあった。

門前東方の法蓮より東大寺景清門に通じる一径は、左京一条南路であり、南方佐保川に沿う田径《たみち》は、左京一坊大路であった。

華やかな文化がくり展《ひろ》げられた天平時代には、この法華寺は、平城宮の境内に属していたものであろう。

聖武帝が、東大寺を総国分僧寺と為したのに準じて、その皇后光明子は、女人のために、総国分尼寺として、法華滅罪寺を創建したのである。

天平勝宝八年、聖武帝崩御ののちは、光明子は、法華寺を日常の住いとし、尼僧の仏学研修をすすめ、また挿花の法を指導した。おかげで、皇后の芳躅《ほうたく》を慕うて、入寺を求める高貴の姫君は、四百人を越すにいたった、という。

当初の堂塔伽藍《がらん》は、おそらく、平城宮内に、東大寺に劣らぬ構えをそびえさせていたに相違ない。天平勝宝元年には、墾田一千町歩が施入されている事実から推しても、その宏壮が想像できる。

都が、京都へ移されてから、しだいに、寺運は衰えたが、鎌倉時代に入ってもなお、百数十人の尼僧が、修道していた、という記録がある。

室町時代以降、堂宇は次第に失われて、荒廃していたのを、大坂城の淀君《よどぎみ》の寄進によって、堂塔が再興された。

すなわち。

いまの法華寺が、皇族貴族の姫君を門跡に迎えて、常時数十人の尼僧が修道していられるのは、淀君のおかげなのであった。

とすれば——。

豊臣秀頼が、父からのこされた莫大な金銀を、この尼寺にかくしたとしても、ふしぎではないのである。

狂四郎は、室生寺住職から、法華寺が、淀君の寄進によって、再建修築された、ときかされた時、

——そこに、太閤遺金は在る、と信じてもよかろう。

と、自信を持ったことであった。

丑刻（午前二時）——。

狂四郎は、南門わきの塀を、越えて、忍び入った。

月はなく、満天に星がちらばっている夜であった。

暮夜孤愁

一

伊豆の山に、晩秋の暮色があった。

半島最南端の石室崎へ至る一上一下の坂道を、相変らずのふところ手に、素足で、無想正宗を落し差した孤単の姿が、辿《たど》って行く。

ふと——。

狂四郎は、空を仰いだ。

中天に、昼から、かかっている上弦の月があった。

——あの折と同じだな。

狂四郎は、呟いた。

下方に棚引いた雲の光冠を、鮮やかに白く彩っているのも、そのままであった。

あの折は、早春であったが、いまは晩秋である。半年の月日が、過ぎていた。

狂四郎は、視線を、岬《みさき》の彼方に移した。

——あの日は、漁火《いさりび》が二つ三つかがやいていたが……。

今日は、ひとつも見当らなかった。

影を濃くした樹々《きぎ》が、紅葉しているのも、ちがっていた。

半年ぶりに、狂四郎は、石室崎燈明台の守をしている元岡っ引の老人を、たずねようとしていたが、はたして、まだ、佐兵衛が健在かどうか、わからなかった。

佐兵衛は、狂四郎を襲った敵に、まきぞえをくらって、右腕を、肱から両断されたのである。

六十四歳の老齢では、はたして、傷口が癒えて、健康をとりもどしたかどうか。

もし、守小屋に別の男が住んでいたならば、狂四郎の失望は、深いものになる。

——生きていてくれ。

狂四郎の心には、その祈りがあった。

やがて——。

ゆっくりと回転する反射鏡から、沖あいへ、光を送っている燈明台を、むこうに見出して、狂四郎の出足は、その祈りと反対に、重くなった。

——もし、別人であったら……？

小屋をのぞかずに、ひきかえしたい衝動が起っていた。

その時、小屋の板戸が、開けられた。

燈明台へ、菜種油をつぎ足しに行こうとしている守の姿が、佐兵衛にまぎれもないのをみとめて、狂四郎は、思わず、

「おい！」

と、よろこびの声をあげた。

こちらをすかし視た佐兵衛の方が、かえって、

「旦那ですかい」

と、おちついた応答をした。

囲炉裏端で、さし向うと、佐兵衛は、この前と同様に、濁酒《どぶろく》をすすめ乍ら、にこにこと、

「旦那は、きっと、立ち寄って下さるものと思って居りました」

と、云った。

「おれが歩いたあとには、また、たくさんの死屍《しし》が横たわった」

「人間は、生れた時から、運の強い者と、運の悪い者とに、ふた通りにわかれているようでございますな」

「うむ」

狂四郎は、茶碗を口にはこんだ。

「あの時の南蛮娘は、どうなさいました？」

佐兵衛は、訊ねた。

「長崎出島のオランダ商館まで、送りとどけた。ぶじに、安南まで帰る、と思うが……」

「それは、上首尾でございました。……ひとつ、おうかがいしても、よろしゅうございますか？　思い出したくない、と仰言るのでございますれば、ご遠慮申し上げますが――」

「あれから、どういう出来事が起ったか、ということか？」

「はい」

「佐兵衛さん、わたしは、あの娘と一緒に、宝さがしをやったのだ。柄にもないまねをしなければならぬので、いささか苦労した」

「どんな宝を――？」

「太閤秀吉が、伜《せがれ》の秀頼に遺したという黄金だった。それを欲しがる人間どもが、まんじ巴《ともえ》となったことだ」

「それは、それは――」

「ひとつ、きかせようか」

狂四郎は、南都法華寺に忍び入るまでの経緯を、手短かに語ってきかせてから、

「お前さんは、岡っ引稼業を四十年もやった男だ……黄金が、その尼寺のどこにかくされてあったか、推測できるか？」

と、訊ねた。

「さあ？」

佐兵衛は、首をかしげた。

狂四郎は、微笑し乍ら、云った。

「人間には盲点があり、場所には死角がある。……あとから考えれば、なんだ、ということも、その前には、容易に思いつかぬものだ。……太閤遺産をかくした者は、盲点をつき、死角をえらんでいた」

二

狂四郎は、法華寺本堂の床下、そして客殿の天井裏に、三昼夜ひそんだのであった。さがすのは、夜半に限られていたので、これは異常な忍耐力を必要とした。

本堂、鐘楼、客殿、横笛堂、から風呂、そして庭園と、くまなく、さがしまわったことであった。

横笛堂というのは、珍しい紙子の像をまつった堂宇であった。むかし、建礼門院の雑《ぞう》司《し》をつとめていた横笛が、禁裏御所のさむらい滝口入道時頼と、相思の仲になったが、ついにむすばれず、女は心の傷手《いたで》に堪えかねて、当寺に入り、剃髪得度した、と『平家物語』に伝えられている。横笛は、修道のなかにあって、悟りの文を綴《つづ》っていたが、発心して、文を書きつらねた紙で、自像を作った。

狂四郎は、蠟燭《ろうそく》のあかりの中に浮きあがった、どこやら哀愁をおびた小さな紙子の坐像に、しばらく、見惚《みと》れたものであった。

から風呂というのは、蒸風呂の意味である。小さな建物だが、瓦葺《かわらぶ》きのしっかりした構造であった。光明皇后が、千人の貧者、病人の垢《あか》を流すという誓願をして、建てた浴室であった。

光明子は、九百九十九人の垢を流し終えられたが、最後に来た一人が、癩《らい》病人で、全身崩れて、その臭気は、浴室にたちこめた。

流石の光明子も、この癩病人には、いささか辟易された。しかし、この一人の垢を流さなければ、誓願は達せられぬ、と自らに吩《い》いきかせて、そばへ寄られた。

すると、病人は、

「この業病をなおすには、他人に膿《うみ》を吸ってもらわねばなりませぬ」

と、泣いて訴えた。

皇后は、しばしためらってから、非常の決意をされ、

「吸うてあげますゆえ、このこと、他言してはなりませぬ」

と、申しきかせておいて、頸根の膿へ、唇をあてられた。

すると、病人の身体《からだ》は、みるみる美しくなり、光明を放った。

それは、癩患者に化けた阿閦仏《あしゆくぶつ》であった。

から風呂は、皇后の由緒を伝えているが、建物は、どうやら室町時代に建てなおされたもののようであった。

から風呂わきに、大きな井戸があった。狂四郎は、その井戸にも、降りてみた。

庭園は、五百坪に及ぶ広大さであった。細長い池に沿うて、低目の灌木がうずくまり、椿とか櫃《かし》とか山茶花《さざんか》の高生垣が、背景となっていた。

池の東寄りに、への字形の土橋が架けられ、土橋の西は、大きな蓮池《はすいけ》になっていた。

狂四郎は、池畔にちらばる大小の石の下を掘ってみたり、池に沈んで、調べてもみた。

さがしあぐねて、

――門跡を、寝所に襲うか？

とまで、あせった。

四夜目を迎えて、本堂の床下にひそんでいる時、

――隠匿しようとする者は、当然、人の盲点をつき、死角となった場所をえらぶに相違ないのだが……？

と、考えているうちに、狂四郎は、竜堂寺鉄馬が、平気で御守犬を打ちくだいたのを、ふっと、思い出した。

――そうだ！　御守犬も、仏像も、人間が作って、人間がありがたがっているしろものなのだ。

天啓のごとく、ひとつの直感がひらめいた。

この法華寺内で、人目に絶対にふれぬところ――それは、須弥壇《しゆみだん》の中央の本尊を安置した厨子《ずし》の中である。

狂四郎は、室生寺住職から、法華寺の本尊は、光明皇后が蓮池を渡られている姿をうつした十一面観世音菩薩《ぼさつ》で、高さ三尺三寸の白檀《びやくだん》の一木彫と、きかされていた。秘仏としてまつられた本尊は、住職といえども、生涯に一度か二度しか、扉を開かぬのが、常識とされていた。

金仏でさえも、そうであってみれば、木仏ともなると、虫の食うのをおそれて、何百年間も、厨子の中に安置されたまま、人目にふれずにいると考えられる。

――淀君が、法華寺を再建修築した際、本堂の厨子の扉は、一度だけ開かれた。その後は、今日まで、閉じられたまま、代々の門主も、拝んだことはない、とすると、これほど、隠匿に好都合の場所はない、ということだ。

法華寺本堂が、慶長六年に再建されたことは、廻り縁勾欄の擬宝珠や、内陣須弥壇の擬宝珠にある銘文によって、明白であった。

『慶長六年辛巳《じんみ》九月吉日、法華滅罪寺講堂御建立、秀頼公御母堂豊臣氏女、奉行片桐市正且元《いちのかみかつもと》』

と、刻んである。

厨子も仏具も、おそらく、慶長六年に、あらたにつくられたに相違ない。

夜半を待って、狂四郎は、床下から内陣へ、身を移した。

あらためて、蠟燭のあかりで照らしてみると、あきらかに、須弥壇も厨子も、天平のむかしの古さではなかった。

——おれは、忍び込んで、まずはじめに、厨子の扉をひらいて、本尊をみるべきであったのだ。

狂四郎は、おのれを嗤って、扉に手をかけた。

三

厨子の中には、十一面観世音菩薩像が、安置されてあった。

一瞥した瞬間、狂四郎は、おのれの直感が、あやまりであった、と思った。

像は、素地のままで、美しい木目がうかがわれたからである。

——まつられていたのは、やはり、本尊だったのか。

狂四郎は、がっかりしつつ、像を見まもった。

薄絹のような衣文《えもん》を透かして、豊満な肉体が、腰のあたりをやや右へねじり、右手は長くたれて天衣の端をつまみ、左手は直角に曲げて宝瓶《ほうびょう》を携げ、その立姿に流れる曲線美は、まさしく、女性のものであった。

光明子が蓮池をわたられている姿を写した、と伝えられている通り、動から静への一瞬をとらえた写実の作品といえた。

狂四郎は、失望の裡にも、その美しさに、さらに蠟燭を近づけてみた。

——はてな？

狂四郎は、眉宇をひそめた。

胸や腕や腰や足の優美で自然な流れに比して、その顔は、どうしたのか、神秘さが乏しいようであった。

これだけ自然な、女性美の極致といえる肢体を彫りあげ乍ら、どうして、顔にだけ、森厳さがないのか？

十一面観音は、善悪一切の衆生《しゆじよう》を済度する菩薩である。当然、その顔は、拝する者の心に、しずかに迫る森厳さ、神秘さをそなえていなければならない。

——贋だからだ！

狂四郎は、確信した。

小柄を抜いた狂四郎は、右足の、先をかるくはねている拇指《おやゆび》を、ひと削りした。

手ごたえがあり、削りあとは、さんぜんと山吹色が光った。

白檀の一木彫とみせかけた、金無垢《きんむく》像であった。

つまり、ほんものをそっくり模した金製の十一面観音であった。

贋であることは、その顔に示されていた。いかに巧妙に模したところで、表情の森厳さ神秘さまではぬすみ得なかった。

丹念に調べてみると、光背の蓮の蕾《つぼみ》や葉も、そして立っている台座も、すべて金無垢であった。

——これが、太閤遺金か！

狂四郎は、ほんものの方は、古い厨子とともに、別の場所に移されたに相違ない、と推測した。——太閤遺金が、菩薩像に化けていたとは、こいつは、文字通り、お釈迦《しやか》様でも気がつかぬところだった。

狂四郎は、苦笑せざるを得なかった。

「ほんものは、客殿の奥の、上の御方と呼ばれる奥書院に、なにげなく、古い厨子の中に安置されてあった。……金無垢の贋像を盗み出すのは、なにさま重いので、ひと苦労をした」

「よく、おやりなさいました」

「盗み出して、堺まで、運んだが、それにも、かなり苦労した」

「そうでございましょう」

堺には、千華と吉五郎が、待っていた。

狂四郎は、贋の光明子像を、千華に渡し、吉五郎を護衛させて、海路を、長崎に行かせたのであった。

狂四郎は、陸路を、長崎へおもむいた。

長崎出島のオランダ商館に、千華と像を送り込むのに成功するまでは、多く語るべき苦難があったが、狂四郎は、それを口にしなかった。

「佐兵衛さん、わたしがこの前、ここへやって来た時、お前さんは、海でくらしている生きものの話をしてくれたな」

「左様でしたか」

「海底の岩にくっついているうにやあわびやなまこ、ひとでなど、じっと動かずにくらしている生きものと、くらげのように、定まったすまいもなく、浪の間に間に浮いて流れている生きものと――」

「へい」

「お前さんは、あの時、わたしが、途方もない危難の道へ踏み出そうとしているのを、予感したのだな？」

「まあ、そういうことでございました」

「くらげとちがって、腰に兇器《きようき》を持ったわたしが、生きて還れたのは、たしかに、ふしぎだな」

「いえ、あっしは、旦那が、きっとおもどりになる、と信じて居りました」

「わたしの業力は、よほど強いようだ」

狂四郎は、珍しく、皓《しろ》い歯をみせた。

四

三日後――。

狂四郎は、本丸老中水野忠邦の上屋敷に入り、表長屋の側用人宅の書院に、坐っていた。

武部仙十郎は、狂四郎を半刻あまり待たせて、表御殿から、もどって来た。

脚をなげ出して、腿を撫でさすり乍ら、老人は、何気ない語気で、

「こんどばかりは、お主に、してやられたわい」

と、云った。

「百万両の太閤遺産などとは、誇大妄想とはいわぬまでも、いささか大袈裟すぎた、と申し上げておく」

「判金法馬が、あるにはあったのじゃな？」

「三尺あまりの菩薩像に化けて、奈良の法華寺に、安置されてあった、と打ち明けておこう」

「ほう！　菩薩像にのう。……お主が、打ち明けるからには、もう、日本には、ないのであろうな？」

「いまごろは、安南に到着しているだろうと思って頂こう」

「やれやれ、殿は、さぞ、がっかりなさるじゃろう」

「ご老人、貴方が、わたしを殺す刺客としてえらんだ男は、めがねちがいであった。あの男は、わたしを殺す度胸を持っては居らなんだ」

「ふふふ……、わしは、お主を殺す気は、毛頭なかったわい」

「どうであろうかな」

狂四郎は、冷やかに薄ら笑った。

「いや、まことじゃ。……わしも、はじめは、お主を憎んだ。憎んだあまり、お主の弱いところを狙って、十五歳以下の少童たちを、家中からえらんで、あとを追わせる愚策もやってみた。その一人が、帰って来て、この家の庭で、切腹し居った。それを目撃させられて、わしは、考えを変えたのだ。どうだな、竜堂寺鉄馬は、すこしは、役に立ったであろうが……」

老人は、そう云って、にやりとしてみせた。

「貴方は、主君の為《ため》に、是が非でも、太閤遺金を、手に入れなければならなかったのではないのか？」

「奉公を忘れたわけではない。しかし、わしは、切腹した十四歳の少童を抱いた時、生きれば、わしの年齢まで——あと五十年も、この世に在ったであろうに、と思うた。思ったとたん、わしは、お主の働きを阻止して、こちらに、金を奪う気持がなくなったのだ」

狂四郎は、その言葉をきいて、かるく頭を下げておいて、座を立った。

「眠——」

見上げた仙十郎は、

「お目付下条主膳は、帰府すると、切腹して、相果てた」

と、告げた。

狂四郎は、黙って、書院を出た。

麻布新堀端、三之橋ぎわにある肥後殿茶屋に、狂四郎は、しばらくのあいだ、居候することにきめていた。

水野邸からまっすぐに、三之橋へ帰って来ると、茶屋の前に、一人の虚無僧が立って、嚠々《りょうりょう》と吹き鳴らしていた。

狂四郎は、それが尺八ではなく、一節切《ひとよぎり》であるのをみとめると、そばへ寄って、

「わたしに会いたくて、毎日、ここへ来ていたのか？」

と、訊ねた。

「はい」

虚無僧に化けていたのは、沼津千阿弥の門下のお坊主であった。

「幾人、生き残った？」

「わずか六人、生き残りました」

六十七人のお坊主衆は、佃島《つくだじま》のかくれ船とともに、散りはてたのである。

「お主らを、日本から脱出させて、安南へおもむかせるてだてがあるが、行くか？」

「参ります」

お坊主は、こたえた。

「明日、いまの時刻に、ここへ六人そろって来てもらおう」

そう云いのこして、狂四郎は、茶屋に入った。

二階に上って、座敷にごろりと仰臥して、目蓋を閉じた。

——あのお坊主らを、安南へ送ってやれば、これで、一件落着か。

胸中で呟いた狂四郎は、しかし、脳裡によみがえって来た沼津千阿弥の壮絶な死にざまを、はらいのけられないまま、冷たい宵闇の底で、身じろぎもしなかった。

解説

姫野カオルコ

――切り立つ断崖にある湾。打ち寄せる波。静まり返った夜の漁師小屋。
三十代の男が小屋に入る。と、闇を照らすかの美女。まったくの初対面。美女はピストルを持っている。処女で、十代。

この状況で、男は小柄《こづか》を用いてピストルを曲げ、女とセックスする、というよりセックスさせる。一方的に提示した条件に基づいて。

この状況で、無理やりセックスさせられた、十代の処女は、男が【ふれるすべての皮膚で、羞恥に満ちた拒絶の反応を示し乍《なが》らも、何故《なぜ》か抵抗しようと】せず、うっとりし、セックス後には男に好意を寄せるようになる――

当作始まって間もないくだりである。眠狂四郎シリーズにはこの種のシーンが、定期的に出てくる。二〇二一年現在ならSNSで非難炎上だろう。
「殺傷力の高い凶器を持った相手にも、相手の数が多くても、主人公は負けない」のが、古今東西の「ヒーローもの」の「フィクションならではの夢」として、現在でも受け入れられたとしても。

ましてや、冒頭で紹介したタイプよりも頻度は少ないながら、時々登場する「三十五歳を過ぎた女性の役割」については、現在なら抗議デモがおこりかねない。

三十五歳を超えた女性は、顔と身体の外見を不格好に描かれ、男に【老女を蹴とばしてやりたい衝動にかられ、それを抑えるのに（中略）あぶら汗をか】かれる感想を抱かれ、その後に、衆人環視のもと恥をかかされるような目にあう。シリーズを通して、三十五歳以上の女性登場人物は、よくこの役割を担う。

本編を読むより先に、この解説欄を目にした読者が、もし一九八〇年（くらい）より以降の生まれで、とくに女性なら、怒るに至らず、呆《あき》れるかもしれない。

だが、待たれたし。こうした描写は、眠狂四郎シリーズに限らず、柴田作品に限らず、他の作家にもあった。小説だけでない。映画漫画演劇等々の作者にもあった。そして何より、読者観客が受け容《い》れていた。

大半の人が、こうした描写に「躓《つまず》かずにいられる感覚」で暮らしていたのである。

二〇〇〇年（くらい）までは。

これは、とある男性作家Aが、別の男性作家Bと、某高級ホテルのロビーで黙って向かい合ってすわり、ロビーにやってくる女性客の容貌を、目配せで品評していたエピソードを披露していることでも証明される。

披露した媒体は、あろうことか、作家Bの全集の付録冊子なのである。作家Aはこのエピソードを、「(女性を含めた)読者にウケる」と疑うことなく思ったのであろう。「読者を小気味よく笑わせよう」としたのであろう。A氏の代表作の文体とはちがう、カジュアルな文体で披露している。

こうしたセンスは、かつての時代には、むしろ洒脱《しやだつ》とされ、こうしたセンスを前にして躓く人などほとんどいなかった。躓くような人は「変人」だとか「哀れな(ブスの)ウーマンリブ活動家」だとかとされた。

それほど、「女の価値は、第一に若さ、第二に美貌」で、「初めてセックスした相手に女は盲従」し、「三十五過ぎた女は世のゴミと覚悟するべき(ただし自分の母親は別)」という感覚が、「社会の常識」として堂々と闊歩《かつぽ》していた。

しかし。「かつてはこうであった」ということは、過去を現在からふりかえれて、初めて言えることなのである。過去の時点では、決して言えない(わからない・気づけない)ことなのである。

柴田錬三郎によって生み出された眠狂四郎は日本文芸史における燦然《さんぜん》たるスターである。狂四郎がスターになることで、柴田錬三郎も〈柴錬〉としてその名を全国に轟《とどろ》かせた。

なぜ狂四郎はスターになれたか?

狂四郎を紹介するにあたり、「冷淡に非情に女を犯す」という言い回しがしばしば用いられてきたが、彼を創った柴田錬三郎が、冷淡で非情だったのではないかと思うのである。何に対して?「かつてはこうであった感覚」に対して、だ。

個人的な体験になるが、私は『イエスの裔《すえ》』を読み、柴錬に胸を抉《えぐ》られた読者であった。ガッツーンと来た。

『デスマスク』『十円紙幣』にも胸をいっぱいにした。時代物(歴史物)なら『毒婦伝奇』のようなストーリーテリングではないものを好んでいたし、ストーリーテリングなら、『岡っ引どぶ』のどぶの鯔背《いなせ》がかっこいいと思っていたので、若いころは、柴錬がなぜ狂四郎などを書いたのだろうと、ふしぎな気さえしていた。

自分の容貌に自信がなかったせいか、読む時は、高校生である自分に近い年齢の娘ではなく、不格好な容姿に描かれる老女のほうに目線を沿わせてしまい、彼女がひどい目に遇《あ》うと悲しくなり、「かわいそうなことをしないであげて下さい」と、柴錬宛てに手紙を書いたことさえあった。

ゆえに、じっさいに老女の年齢になった現在、「かつてはこうであった感覚」に対する柴錬の冷淡を、想像したのである。

「みんな」という世の中の多数派の人間というものが、「情にもろくも身勝手で自信家」であると、冷淡に非情にふまえれば、彼らが、ぶ男のどぶより、美男色男の狂四郎のほうに自分を重ね（！）、ワタシを抱いてと次から次へと美女のほうから寄ってくる状況に感情移入（！）することが、柴錬には見当がついたのではないか。

柴錬は博覧強記の人である。が、その教養もそのまま出したのでは、「みんな」には通用しまい。なぜならそのような箇所はすっぽり飛ばしてしまうから。なればセックスとバイオレンスを、くだんの「かつてはこうであった感覚」が満ち満ちた彼らの期待どおりに、それもスピーディに盛り込んだあいだに出す。と、「おお、そうか」と唸《うな》る。

すなわち、プロの技である。

「みんな」に媚《こ》びては、自信家の彼らは軽んじ、だが見下せば、身勝手に立ち去るのである。彼らを冷淡に非情に犯してこそ、彼らは惚《ほ》れる。


過去の時代、男は「国」から「呼び出し」があれば、戦場に赴かねばならなかった。なんら怨《うら》みなき相手を、ただ国の（城主の）敵であるという理由（いわば役割分担）だけに依《よ》って、殺さねばならなかった。でなければ自分が殺された。

こうした苛酷もまた、かつては「社会の常識」だったのである。呼び出されれば死なねばならぬという状況が、その濃淡は別にして、男にはつねに自分の前に在った。

柴錬は一九一七年生まれだ。太平洋戦争へ続く日中戦争が勃発したときに、ちょうど二十歳の世代である。最も戦場に赴かされた世代である。柴錬も召集され、乗っていた船は雷撃を受けた。日本軍幹部は、武器を上階に積み、生身の兵隊は危険な船底に乗せたと彼のエッセイ『地べたから物申す』にある。

バシー海峡に何時間も浮いていた果ての、戦後の暮らしは、たとえ狂四郎がスターになっても、柴錬にとっては海で死んでいたかもしれない自分（もしかしたら景物のような自分の運）を常に感じるものであったろうし、同時にまた、戦後に生きている幸いも感じていたであろうと想像される。

冷淡に非情に女を犯す狂四郎は、にもかかわらず女に惚れられるように物語では展開するけれども、それはあるいは柴錬が、愛されることを強く強く望んだからかもしれない。だれに？　女性にもさることながら、情にもろくも身勝手で自信家の「みんな」に。彼らに、正直な生命力そのものを見て。……。かわいい人である。

（ひめの・かおるこ　作家）

本作品には、一部不適切と思われる表現や用語が含まれておりますが、故人である作家独自の世界観や作品が発表された時代性を重視し、原文のままといたしました。これらの表現にみられるような差別や偏見が過去にあったことを真摯に受け止め、今日そして未来における人権問題を考える一助としたいと存じます。

（集英社　文庫編集部）

本書は、一九七二年六月に新潮社より単行本として刊行され、一九八一年二月に新潮文庫として文庫化、二〇〇六年十月に新潮文庫より上下二巻として刊行されました。

初出　「週刊新潮」一九七一年一月二日号〜一九七一年十二月二十五日号

集英社文庫
柴田錬三郎の本

眠狂四郎殺法帖　上・下

佐渡の金銀山の不正を探っていた隠密が次々と姿を消した。少林寺拳法の使い手陳孫らと共に真相究明に乗り出した狂四郎。大胆な展開、抜群の切れ味。

集英社文庫
柴田錬三郎の本

眠狂四郎異端状

飢饉打開のため清国との密貿易を企てる秋田藩、阿片取引で軍資金調達を図る幕府。双方の思惑と狂四郎を乗せた船は戦いの海原へ。シリーズ最終作。

集英社文庫

眠狂四郎無情控《ねむりきょうしろうむじょうひかえ》 下《げ》

2021年6月25日 第1刷 定価はカバーに表示してあります。

著 者 柴田錬三郎《しばたれんざぶろう》

発行者 徳永 真

発行所 株式会社 集英社
東京都千代田区一ツ橋2-5-10 〒101-8050
電話 【編集部】03-3230-6095
【読者係】03-3230-6080
【販売部】03-3230-6393(書店専用)

印 刷 株式会社 廣済堂

製 本 株式会社 廣済堂

フォーマットデザイン アリヤマデザインストア マークデザイン 居山浩二

ISBN978-4-08-744267-0 C0193